欧洲十大
犯罪推理小说家
作品系列

不到最后·没有真相

欧洲十大犯罪推理小说作家作品系列

（冰岛）阿诺德·英德里达松

《沉默的墓地》*Silence of the Grave*

《罪夜》*Reykjavik Nights*

《瓮城谜案》*Jar City*

《诡异海岸》*Strange Shores*

《暴怒》*Outrage*

即将出版：

Voices

The Draining Lake

Hypothermia

Black Skies

Arctic Chill

瓮城谜案

[冰岛]阿诺德·英德里达松　著
王国平　译

新 华 出 版 社

图书在版编目（CIP）数据

瓮城谜案 / (冰) 阿诺德·英德里达松著; 王国平译.
北京: 新华出版社, 2016.12
书名原文: Jar City
ISBN 978-7-5166-2993-2

Ⅰ. ①瓮… Ⅱ. ①阿… ②王… Ⅲ. ①侦探小说－冰岛－现代 Ⅳ. ①I535.45

中国版本图书馆CIP数据核字（2016）第285095号

著作权合同登记号：01-2015-7188

瓮城谜案

作　　者： [冰岛] 阿诺德·英德里达松　**译　　者：** 王国平

选题策划： 黄绪国　**责任印制：** 廖成华
责任编辑： 李瑞瑞　**封面设计：** 臻美书装

出版发行： 新华出版社
地　　址： 北京石景山区京原路8号　**邮　　编：** 100040
网　　址： http://www.xinhuapub.com
经　　销： 新华书店、新华出版社天猫旗舰店、京东旗舰店及各大网店
购书热线： 010－63077122　**中国新闻书店购书热线：** 010－63072012

照　　排： 臻美书装
印　　刷： 北京明恒达印务有限公司
成品尺寸： 148mm×210mm　1/32
印　　张： 9.5　**字　　数：** 210千字
版　　次： 2017年1月第一版　**印　　次：** 2017年1月第一次印刷
书　　号： ISBN 978-7-5166-2993-2
定　　价： 29.00元

冰岛人是这样起名的

冰岛人通常以名字称呼对方，这是因为大多数冰岛人只有随父亲名字的姓氏，而没有一个“特有的姓氏”。一般来说，男孩的名字以 –son（– 松）结尾，女孩的名字以 –dottir（– 多蒂尔）结尾。电话簿上每个人按名字先后顺序排列。即使在警局里，警察和犯人也全都以名字称呼对方，这对其他国家的人来说有些奇怪。埃伦迪尔的全名是埃伦迪尔·凯夫拉维卡，他女儿埃娃·林德的全名是埃娃·林德·埃伦迪尔多蒂尔。跟随母亲姓氏的十分少见，奥迪尔的名字很特别，本应该是科尔布伦多蒂尔，意为科尔布伦的女儿。另外，因为丹麦的殖民统治一直持续到了二十世纪初期，所以有些家庭仍保留着其传统姓氏，有的源于丹麦语，有的效仿丹麦语。布里姆是一个传统的姓氏，马里昂·布里姆就是其中一例——它不能反映使用者的性别，名字很模糊，姓氏也很神秘。

雷克雅未克，二〇〇一年

1

尸体上有一张字条，上面有几个字，用铅笔写的，埃伦迪尔完全看不懂。

死者为男性，七十岁左右，头发稀稀拉拉、几近灰白。他身穿蓝色衬衫和浅黄褐色灯芯绒裤子，脚穿拖鞋，身子靠着客厅沙发，侧躺在右边地板上。他的额头上有一处很深的口子，血迹布满头顶。旁边的地板上有个很大的尖角烟灰缸，玻璃做的，上面也有血迹。茶几翻倒在地。

这是一栋带地下室的两层公寓，位于诺德米里。它坐落在一座小花园里，花园三面围着石墙。园内树叶已凋落，布满一地，仿佛铺上了地毯。光秃秃的枝丫盘结在一起，蜿蜒伸向灰沉沉的天空。通往车库的一条砂石路上，雷克雅未克刑事调查局的工作人员正陆续赶来。大家都在等着本区的医疗官员来签署死亡证明。约十五分钟前，尸体被发现。探长埃伦迪尔是最早到达案发现场的人员之一，正急切盼望着他的同事西于聚尔·奥利尽快赶来。

正值十月，暮色渐浓，秋风夹杂着细雨，飘落在小城。客厅里的光线不是很好，有人开了桌子上的台灯，灯光忽明忽暗。但案发现场的其他东西都没碰。取证小组正忙着把荧光灯固定在一个三脚架上，以照亮整间屋子。埃伦迪尔注意到，屋里有一个书架、一组破旧的柜子、一张翻倒了的茶几以及一张靠在墙角的旧书桌；地板上铺着地毯，上面有血渍；客厅与厨房连通着，还通向书房；小过道的两侧一侧是厕所，另一侧是两个房间。

是楼上的邻居向警方报的案。下午，这位邻居接他的两个儿子放学回来，走进大门时，看到地下室的门敞开着，心生诧异。他下意识地朝屋里看了看，并大喊了一声，有人在家吗？没人应答。于是，他再次一边朝屋里看，一边唤着屋子主人的名字，仍没人应答。虽说他们做邻居好多年了，可他仍不是很了解住在地下室的这位老人。邻居家的大儿子才九岁，却没有像他父亲这般小心谨慎，只见他一溜烟儿跑进了老人的客厅。片刻之后，小男孩出来了，似乎没有被他所看到的场景吓着，说里面有一个人死了。

“你恐怖片看多了吧？”男孩的父亲说着，小心翼翼地走了进去。结果，他发现老人躺在自家客厅的地板上，已经死亡。

埃伦迪尔赶到时，注意到门铃上有死者的名字。为了让自己看起来更专业一点，他戴上了一双薄橡胶手套。然后从门边挂衣钩上的夹克里搜出了死者的钱包，里面有张贴着死者照片的支付卡。死者名叫霍尔贝格，今年六十九岁，初步推定为他杀。

埃伦迪尔在屋子里踱来踱去，思考着这个并不算复杂的案子。他的职责就是调查分析一些能看得出来的线索，而取证人员则负责搜集那些肉眼不易察觉的。不管是在窗户上还是大门口，他都没有发现任何破门而入的痕迹。凭第一直觉判断，似乎是死者自己让凶手进入屋内的。门前的走廊上、客厅的地毯上全是楼上这位邻居淋雨后进来留下的足迹，那凶手也一定留有足迹，除非他在门口先脱了鞋再进来。但据埃伦迪尔分析，行凶者进屋时似乎很仓促，没时间来脱鞋。

取证小组人员用真空吸尘器收集了所有的微尘颗粒，还采集了屋里的指纹和泥土。只要对破案有帮助，他们都不会遗漏。说不定这些微不足道的东西反而能帮警方顺藤摸瓜找到凶手。

埃伦迪尔根据自己的查看推断出，死者对行凶者并没有表现出特别的热情。他没有准备咖啡，因为厨房里的咖啡壶在过去的几小时内没有使用过；也没准备茶水，因为碗柜里的茶杯也没人用过；玻璃杯同样如此。死者生前的生活一切正常，屋里整洁干净。或许他和行凶者并不是很熟。或许行凶者袭击他时，事先没有任何征兆。在他开门的一瞬间便趁其不备下了手。哪顾得上脱鞋啊！

杀人前，你会寻思着先脱鞋，再进屋吗？

埃伦迪尔四处看了看，告诉自己应该好好整理一下思路。

现场情况表明，行凶者当时十分匆忙，走时都没顾得上关好身后的门。行凶时，性急草率，似乎突然做出了某种举动，而且毫无先兆，因为案发现场没有发现任何扭打的痕迹；除茶几外，任何东西都没被碰过。死者可能在倒地时自己撞翻了茶几；屋里也没发现任何被抢的迹象，因为所有的碗柜、橱柜都紧闭着，一台新电脑、一套旧立体音响都还在，进门处挂衣钩上夹克里的钱包也在，里面有两千克朗的纸币、两张支付卡、一张借记卡和一张信用卡。

行凶者进屋时，似乎顺手抓起手边的一样东西——烟灰缸——

直接砸向了死者的头。烟灰缸是玻璃做的，很沉，估计至少有1.5公斤。埃伦迪尔推断，行凶者就是在这里顺手拿起烟灰缸，并把它当成凶器的，因为没有人会自己带个烟灰缸来当凶器，上面布满血迹，还把它留在案发现场。

上述线索表明：老人应该是亲自开门让行凶者进来的，或者至少是跟他一起进来的。这样看来，两人极有可能认识。不过，也不一定。凶手先是用烟灰缸给了老人致命一击，之后迅速逃离现场，门都没来得及关。这就是谋杀过程，非常简单。

再看看死者身上的字条。

那张纸A4大小，似乎是从螺纹装订练习本上撕下来的。它是证明发生在这儿的是桩谋杀案的唯一线索：凶手显然是带着杀意来的。站在客厅时，他应该还没有发狂到极点，但他是有谋杀意图的。然而，仅凭字条上的几个字，埃伦迪尔还不能确定凶手是事后在案发现场写的，还是事先就写好的。来到客厅一角的书桌边时，他看见一些文件、账单、信封和信纸凌乱地散在桌上。最上面的是个螺纹装订练习本，里面有一页被撕去了，但其一角还残留着。埃伦迪尔想找到写字条的那支笔，可没找到。他查看了一下书桌四周，发现桌底下有一支铅笔。他站在那儿边观察，边思考，没碰桌上的任何东西。

“这不就是一起典型的冰岛式谋杀案吗？”西于聚尔·奥利说道。这时，埃伦迪尔才注意到他来了，并站在死者的尸体旁边。

“什么？”埃伦迪尔还在埋头沉思着，便随口答道。

“手段真卑劣，甚至都没想要掩饰一下，破坏线索或销毁证据什么的。”

“是啊！”埃伦迪尔回应道，“一起作案手段极其差劲的冰岛式谋杀。”

“可如果是死者自己撞上茶几，磕到烟灰缸上，那就得另当别论了。”西于聚尔·奥利说。同事埃琳博格也一起来了。埃伦迪尔把头压得很低，在屋内反复查看。他让边上的警察、取证人员和医务人员都不要随意走动，以免破坏线索。

“并在他跌倒时写下这令人费解的字条？”埃伦迪尔反问道。

“倒地时，这字条应该是捏在他手里的。”

“你能从中看出点什么端倪吗？”

“谁知道写的什么啊？”西于聚尔·奥利说，“也许只有凶手自己晓得，我也不清楚。他想强调的最后一个字倒有意思！”

“字条并不像是仓促写成的，因为最后一个字全用大写字母写的。这说明凶手当时不太慌张。但他走时连门都没来得及关上，这又是怎么回事呢？进门直接袭击，然后逃走，留下一张令人费解的字条，还煞费苦心地强调最后一个字。”

“最后一个字——他—— 一定指死者，”西于聚尔·奥利说道，“不可能指其他人。”

“我实在想不通，”埃伦迪尔说，“凶手留下这些信息，还放在死者身上，是何用意？他到底想说什么？他想告诉我们什么？是他的自言自语？还是给死者的留言？”

“疯子！”埃琳博格说道。当她准备伸手去捡字条时，埃伦迪尔拦住了她。

“可能不止一人，”西于聚尔·奥利说，“我是说行凶者。”

“别忘了戴手套！”埃伦迪尔严肃地提醒她，像是在教导一个小孩子，“别销毁证据！”

“字条肯定是在那张桌子上写的，”埃伦迪尔一边说，一边拿手指向角落里的那张书桌，“而且纸是从死者的一个练习本上撕下来的。”

“凶手可能不止一人。”西于聚尔·奥利又说了一遍，他觉得自己找到了一个有趣的突破口。

“嗯，嗯，”埃伦迪尔回应道，“也许吧。”

“真够冷血的！”西于聚尔·奥利说，“先是把老人杀死，接着还能坐下来留字条。真是铁石心肠、心狠手辣！能做出这种事，简直就是个混蛋，对吧？”

“或者是一个天不怕地不怕的亡命之徒。”埃琳博格接着说。

“也可能是一个以救世主自居的家伙干的。”埃伦迪尔补充道。

他边说边弯腰拿起那张字条，静静地揣摩着上面的字。

这家伙的救世情结可真够强烈的，埃伦迪尔心想。

2

一直忙到晚上十点左右，埃伦迪尔才回到自己的住处。他用微波炉加热便餐。隔着微波炉的玻璃门，他看到食物在里面不停地旋转。在他看来，这似乎比电视节目好看多了。屋外漆黑一片，秋风呼啸，雨下个不停。

他想知道，那些留下字条便消失的人一般都会写些什么？在那种情况下，如果是他自己，他可能会写些什么？写给谁？这时，他的脑海里浮现出了一双儿女的身影：女儿埃娃·林德是个瘾君子，现在肯定在想着怎样从他这儿弄到钱买毒品，越来越不像话；儿子辛德理·斯内尔最近刚从戒疗中心出来，这已是第三次了。要给儿子留字条的话，他只想简单写几个字：别再重蹈覆辙！

微波炉嘟嘟嘟地响了起来，打断了埃伦迪尔的胡思乱想。我可从没想过要人间蒸发，他想。接着自嘲地笑了笑。

发现老人尸体的邻居叫奥拉维尔。埃伦迪尔和西于聚尔·奥利上门调查时，他的妻子在家，正打算带孩子去她娘家住几天。奥拉维尔说，他们一家四口每天早上八点出门，他和妻子上班，两个儿子上学，中间没人回家，最早也得下午四点才回来。从学校接孩子回家是他分内之事。那天早晨，他们出门时，老人家的门紧闭着，所以就没留心有什么异常情况；前一天晚上，他们一家都睡得很香，什么也没听见。平日，他们和老人并没有太多接触。虽说住在老人家楼上已有多年，可对于他们而言，这位老人仍非常陌生。

病理学家还没有确定老人死亡的确切时间，埃伦迪尔推算该谋杀案应该发生在中午前后。这是一天中最忙的时候，凶手怎么会有空作案呢？他暗自思忖道。媒体上已经刊出报道，一位名叫霍尔贝格的老人，七十岁左右，家住诺德米里，被发现死在家中，可能是被蓄意谋杀的。如果当地有人在过去的二十四小时内发现了哪些可疑的行踪，请与雷克雅未克警方联系。

埃伦迪尔五十岁左右，有两个孩子，已离婚多年。他从不愿在别人面前提及他孩子的名字。他与前妻曾有过一段美好甜蜜的时光，但这二十多年来，他们几乎没讲过一句话。离婚是件糟糕的事情：孩子们很小的时候，他就和他们基本上失去了联系。他们长大一点后主动来找他，他当然很高兴能和孩子们团聚，但也为他们的状况感到难过，尤其痛心女儿埃娃·林德的命运。儿子辛德理·斯内尔情况好些，但也好不到哪儿去。

他从微波炉里取出刚热好的食物，并在厨房的餐桌边坐下。这是一间不大的屋子，只有一间卧室。屋子里面的空地方都摆放着书。墙上挂着一些老照片，照片里全是他在东部峡湾的老家亲戚。他没有一张自己或孩子们的照片。一台产自诺德蒙德的旧电视靠墙放着，电视机前有一把更为破旧的扶手椅。埃伦迪尔对打扫房屋不是很用心，只是粗粗打扫一下，觉得看得过去、住得下去就可以了。

他都没意识到自己到底吃了些什么。便餐的外包装华丽讲究，好像里面装的是东方特色美味，但其实就是某种类似酥皮卷的点心，埃伦迪尔觉得尝起来像发油，就把它扔了。他正想知道前几天买的黑麦面包和羊肉馅饼是否还有剩余的时候，门铃响了，女儿埃娃·林德来了。

“最近混得咋样？”她推开门，冲进来，一屁股坐到客厅的沙发上，开口就问。她说话的方式惹恼了埃伦迪尔。

“嗯？！”埃伦迪尔说着，把门关上，“别跟我说那种不三不四的话！”

“我知道你要我说话注意用词。”埃娃·林德不耐烦地答道。因为之前埃伦迪尔多次教育她说话要有礼貌。

“那就说些正经话啊！”

要想弄清楚她今晚会耍什么花招并不容易。埃伦迪尔从不去看戏剧或电影，多半是在家里看教育类节目，对影视明星不熟悉，但他认为埃娃·林德是他见过的最擅长表演的人。她“演”的戏剧通常是一幕接一幕的家庭剧，精彩之处就是使出浑身解数从他这儿骗钱。她并不经常演这种戏，因为她说，她有她自己弄到钱的方式，至于具体是什么方式，埃伦迪尔宁愿自己知道得越少越好。偶尔，当她一分钱都搞不到时，才会求助于他。

有时，她是父亲的心肝宝贝，依偎在他身旁，像一只小花猫似的喵喵叫个不停；有时，她几乎丧失理智，在屋子里歇斯底里，跺着脚痛斥他是一个坏父亲，在她和弟弟很小的时候就离开了他们；还耍些坏心眼。但有时，他转念一想，认为那也是她真实的一面，跟其他孩子一样。于是，他就觉得可以和她正常交流了。

她上身穿着一件黑色皮革短夹克，下身穿着一条破破烂烂的牛仔裤，头发又黑又短，右眉上嵌着两只银环，一只耳朵上吊着个银色十字架。她曾有过一口整齐洁白的牙齿，但现在，只要她大笑，就可以明显看到有两颗上排牙齿没了。她身材干瘦，脸色憔悴，眼圈发黑。埃伦迪尔有时觉得，他可以在女儿身上看到自己老母亲的样子。他诅咒埃娃·林德命运多舛，更责怪自己以前对她不管不问，以至于她变成现在这个样子。

“今天我跟妈妈谈话了。或者说，是她找我谈话了，她还让我跟你说说。离婚的父母也不赖嘛！”

“你妈妈想跟我要什么东西吗？”埃伦迪尔惊讶地问道。二十年过去了，她依然痛恨着他。这期间，他曾瞥见过她一次，当时她的脸上露出憎恨的神情。她也曾有次和他谈过有关儿子辛德理·斯内尔的事，但他不愿回想起那次谈话。

“她就是一个势利的婊子！”

“别这样说你妈妈！”

“事情是这样的！上周末，她在加尔扎拜尔的有钱朋友嫁女儿，可新娘子却在自己的婚礼上逃跑了。脸都丢光了！那天是星期六，之后，她就再也没和家人联系过。妈妈也去参加了婚礼，遇到这桩丑事差点儿没当场晕过去。她要我问你是否愿意见见那位新娘的父母。他们不想在报纸上刊登公告，知道你在刑事调查局工作，能悄悄地把这事儿给办好。这群可恶的势利眼！我就是被派来请你跟他们谈谈的。不是跟妈妈谈。你明白吗？绝不是！”

“你认识那家人？”

“哎，没有人邀请我去呀！听说全被那个没脑子的小妞给搞砸了。”

“你认识那女孩？”

“几乎不认识。”

“她能逃到哪儿去呢？”

“我怎么知道。”

埃伦迪尔耸耸肩。

“一分钟前，我还在琢磨你这次来想干什么。”他说。

“正好！”埃娃·林德回应道，“我刚才就想问，你能否……”

“我一分钱也没有。”埃伦迪尔打断女儿的话，并在扶手椅上坐下，看着女儿，“你饿吗？”

埃娃·林德弓起身子。

“为什么我一开口，你就觉得我是来要钱的？”她责问道。埃伦迪尔却觉得她是在强词夺理。

“那我为什么都不能说说？来例假了？”

“哼，去你妈的！”

“你怎么说话呢？你到底怎么了？‘去你妈的！’‘最近混得咋样？’这都是些什么不三不四的话？”

“天呢！”埃娃·林德呻吟道。

“你这像话吗？你是谁？吸食那些东西后你变成谁啦？”

“别再说废话了。‘你是谁？’”她学着父亲的腔调说，“‘你变成谁啦？’我就是我！我在这里，就坐在你面前。这就是真实的我！”

“埃娃！”

“给我一万克朗！”她说，“对你来说，这不算什么！难道一万都拿不出来？你赚的钱多着呢！”

埃伦迪尔盯着女儿。刚才她进来的时候，他就觉察到她有些不对劲。她呼吸急促，额头上满是汗，坐着不停地扭动，像是生病了。

“你身体不舒服吗？”他问道。

“我很好。我只要一点点钱。别总装穷，拜托！”

“你病了吗？”

“拜托！”

埃伦迪尔望着女儿。

“你正在戒毒？”他问道。

“拜托，给我一万。不算什么的。对你而言，这不算什么的！我再也不会回来找你要钱了。”

“那好啊！有多久了，自打你……”埃伦迪尔犹豫了一下，不知该如何表达，“……吸那玩意儿？”

“不碍事。我不戒了！去他妈的戒戒戒戒戒戒！”埃娃·林德站起来，咆哮个不停，“给我一万，拜托！五千，就五千！难道你口袋里连五千都没有？五千！这可是小菜一碟呀！”

“你现在为什么又不戒了啊？”

埃娃·林德看着父亲，“别问这些蠢问题，我不戒。戒什么？我应该戒什么？倒是你，你才应该戒掉说废话的毛病！”

“你到底怎么了？你究竟要钱做什么？你生病了吗？”

“是啊，我病得不轻呢。借我一万吧？算我借，我会还你的，嗯？你这贪婪的老混蛋。”

“说的好哇！埃娃，你真的病了吗？”

“你一直问那个干什么？”她说着，越发躁动不安了。

“你在发烧？”

“给我钱。两千！这真不算什么。你不会懂的。愚蠢的老家伙！”

埃伦迪尔也坐不住了。埃娃走近父亲，一副要动手的姿势。

他不明白她的这个突然举动是何意思，只好上下打量着她。

“看什么看？”她劈头盖脸地朝他吼道，“对我有点意思？嗯？难道脏兮兮的老爸对我有意思？”

埃伦迪尔给了她一记耳光，但不是很重。

“喜欢看我？”她说。

他又打了一巴掌，这一次重多了。

“还想打吗？”她说道。埃伦迪尔收回了那只扇她耳光的手。她从没这样跟他讲过话。这一刻，她变成了一头怪物。面对女儿的这种情绪失控，他感到无能为力，愤怒渐渐变成了怜悯。

“为什么不试着戒啊？”他又问了一遍。

“我现在不想！”她吼道，“你脑袋坏掉了？不明白我在说什么吗？谁说要戒了？”

“你到底怎么了，埃娃？”

“你能不能不要再问‘你怎么了，埃娃’？你为什么就不能给我五千？回答我呀！”过了一会儿，她开始慢慢平静下来。她可能意识到自己做得有点过了，不该那样跟父亲讲话。

“为什么要钱？”埃伦迪尔问道。

“如果我告诉你，你会给我一万吗？”

“到底怎么了？”

“给我五千。”

埃伦迪尔瞪大眼睛看着女儿。

“你怀孕了？”他问道。

埃娃·林德看着父亲，温顺地笑了一下。

“猜对了！”她说。

“怎么怀上的呀？”埃伦迪尔叹息道。

“你什么意思？怎么怀上的？你想听细节吗？”

“我不是这个意思。你肯定有采取保护措施，不是吗？用避孕套？服避孕药？”

“我不知道怎么回事，可它已经发生了呀！”

“所以你想戒毒？”

“我再也不吸了，不吸了。现在我把一切都告诉你了。一切！你欠我一万克朗！”

“去把肚子里的孩子打掉？”

“这还不算孩子，蠢蛋！它什么都不是！我不能马上就戒掉啊！我明天就戒，我保证。但不是现在。就给两千，这对你来说九牛一毛吧？”

埃伦迪尔走近女儿，说道，“但你得试着戒呀！只要你想戒，我就帮你。”

“可我戒不掉！”埃娃·林德怒吼道，汗珠不断地从她的脸颊滴落，浑身上下也抖个不停。她努力想要掩饰抖动的身体，但还是能看出来。

“这就是你来找我的原因？”埃伦迪尔问道，“你本可以去别的地方筹钱，你一直不都是那样吗！这次来是因为你想要……”

“切，废话！是妈妈要我来的，因为你有钱啊！没有其他理由。如果你不给，我也会想其他办法弄到。这不成问题！因为有很多像你一样的老家伙愿意付钱给我。”

埃伦迪尔努力不让女儿把自己气倒。

“你之前怀孕过吗？”

“没有。”埃娃·林德答道，眼睛瞅着其他地方。

“孩子爸爸是谁？”

埃娃·林德睁大眼睛，目瞪口呆地看着父亲。

“呸！”她吼道，“你是不是觉得我一直待在他妈的萨加酒店新婚套房里，现在才出来？”

埃伦迪尔还没来得及拦住她，她就猛地一把推开他，冲出屋子，跑下楼梯，消失在冰冷的秋季雨夜里。

女儿离开后，埃伦迪尔慢慢地关上门，思考自己做的到底对不对。似乎他们父女间的谈话一直都充斥着争吵，他早已厌倦了这些。

埃伦迪尔再也没有什么胃口吃饭了，他回到扶手椅边坐下，若有所思地凝视着半空，担心埃娃·林德会去求谁要钱。过了好一会儿，他才拿起身旁桌子上打开着的书。这是他最喜欢的系列丛书中的一本，讲的是在荒野中历经各种灾难的故事。

接下来，他要看的那章标题是《命丧莫斯费德谢蒂》。很快，他便沉浸在了惊险的故事情节中。这章讲的是一群年轻人遇到了残酷无情的暴风雪，孤立无援，最后被冻死了。

3

埃伦迪尔和西于聚尔·奥利开车来到斯蒂加赫利德区，下车时，天空突降大雨。两人狂奔到一栋公寓大楼的廊檐下，接着走到一户门前，按响了门铃。他俩本来打算等雨停之后再过去，但埃伦迪尔有点不耐烦了，先跳下了车。西于聚尔·奥利不想被丢下，便紧随其后。他俩瞬间浑身湿透。雨水从西于聚尔·奥利的头发和后背直往下流，等待开门期间，他气愤地瞪着埃伦迪尔。

那天早上，参与这起案件调查的警察们在会上分析了犯罪分子作案的种种可能性。一种观点是，霍尔贝格谋杀案是完全没有作案动机的，行凶者在那个街区附近闲荡了一些时间，甚至可能好几天，以便寻找可乘之机入室行窃。他敲了敲霍尔贝格屋的门，想看看屋内是否有人，当听到房主应答时，一时心生恐惧便下了毒手。他留下的字条没有什么特别意义，只是想误导警方罢了。

据报道，就在霍尔贝格被谋杀的同一天，住在斯蒂加赫利德一栋公寓楼里的两位老年妇女—— 一对孪生姐妹——遭到了一位身穿绿色陆军夹克的年轻人的袭击。他混进了公寓楼，敲响了姐妹俩屋的门。当她们准备开门时，他突然闯了进来，顺手把门猛地关上，开始要钱。被拒绝后，他用拳头猛地打在了其中一人的脸上，还把另一个推倒在地，踹了一脚，然后逃离了。

门上的对讲机传来了声音，西于聚尔·奥利报了自己的名字。门咯吱一声打开后，他俩迈了进去。楼梯间很黑，空气中散发着难闻的气味，显然卫生搞得差。当他俩爬到楼上时，一位妇女正站在门口等着他俩的到来。

“你们抓住他了吗？”她一开口便问。

“非常遗憾，还没，”西于聚尔·奥利摇头说道，“但我们想向你们了解一下有关……”

“他们抓住他了吗？”一个声音从屋子里面传了出来，这个声音跟门口等他们的老人的声音一模一样。她们大约七十岁，都穿着黑色的裙子和红色的毛衣，身材微胖，圆脸臃肿，头发灰白蓬松，神情充满期待。

“还没。”埃伦迪尔答道。

“他是个可怜的家伙！”事先讲话的这位老妇人说道。她叫菲乔拉，是她邀请他俩进屋的。

“你用不着同情他。”后来开口的这位老妇人名叫伯尔娜，她边说边随手关上他们身后的门，“那家伙面目丑恶、手段残暴，打在了你的头部，真是个卑鄙的家伙！”

两位侦探在客厅里坐了下来，依次仔细打量着眼前的这两位老人。这是一套很小的公寓。西于聚尔·奥利注意到，两间卧室相邻，从客厅可以直接看到小厨房。

“我看过了你们的供述。”西于聚尔·奥利说道。他是在来这儿的路上粗略翻看的，“你们能不能讲讲袭击你俩的那个男人的具体情况？”

“男人？”菲乔拉惊讶地说，“他更像一个男孩。”

“但壮得足以击倒我们，”伯尔娜接着说，“敢干这种违法的事，年纪肯定不小。他把我推倒在地，还用脚踢我。”

“我们身上没有钱。”菲乔拉说。

“我们从不把钱放在这里，”伯尔娜接着说，“我们也是这样跟他讲的。”

“可他不相信我们。”

“于是他就动手了。”

“他太野蛮了。”

“口吐粗话，还叫我俩老东西来着。”

“那家伙穿着绿色陆军夹克。”

“脚上穿的似乎是军靴，黑色的，很笨重，靴带系在腿上。”

“不过，他倒是没有打砸任何东西。”

“是的，之后他就跑掉了。”

“他拿走什么东西了吗？”埃伦迪尔问道。

“他当时看起来精神有点不正常，”菲乔拉说，试图从袭击她的人身上找到一些值得同情的地方，“他没有打砸任何东西，也没有拿走什么。当意识到从我们身上弄不到钱时，才殴打了我们。可怜的家伙！”

“更像是丧心病狂。”伯尔娜咬牙切齿地说道，“可怜吗？”

她转向她的姊妹，“你真是个大傻瓜。从他的眼神里就可以看出那家伙完全是丧心病狂、冷酷无情、目光呆滞，而且还一直流汗。”

“流汗？”埃伦迪尔质疑地问道。

“从脸上流下来的，肯定是汗。”

“那是雨水！”菲乔拉纠正道。

“不，他一直在浑身发抖。”

“肯定是雨水！”菲乔拉重复了一遍。

伯尔娜恶狠狠地瞪了她一眼。

“他揍了你的头，菲乔拉。记得吗？”

“他踢你的地方还疼吗？”菲乔拉一边问伯尔娜，一边将目光转向埃伦迪尔。埃伦迪尔觉得她的眼睛欢快地转动着。

*

又一大清早，埃伦迪尔和西于聚尔·奥利赶到了诺德米里。霍尔贝格的邻居在等着他俩的到来。警方已经给这家人做了笔录，但埃伦迪尔还是想跟他们进一步谈谈。住在这栋楼顶层的是一名飞行员，霍尔贝格被谋杀那天，他中午刚从波士顿回到家，下午一直在睡觉。警察来敲他的门时，他才醒。

埃伦迪尔和西于聚尔·奥利决定先问问那个飞行员。他开了门，满脸胡子拉碴，穿着背心和短裤。他三十多岁，一个人住，屋子里像个垃圾堆，衣服扔得到处都是；看起来有些新的真皮沙发上，放着两个行李箱，都没有拉上；免税店的塑料袋随便扔在地上；饭桌上放着红酒瓶；其他有空的地方都堆放着空啤酒罐。飞行员看了看他们两个，一言不发地回到屋里，跌坐在椅子上。埃伦迪尔和西于聚尔·奥利来到他面前，却找不到任何可以坐下的地方，只好站着。埃伦迪尔环顾四周，心里嘀咕道，他决不会乘坐这种人驾驶的飞机，哪怕是飞行模拟机。

也不知为何，飞行员开始谈论起他正在办理的离婚一事，但想不通为何这种事也会惊动警方。他忙于开飞机，经常不在家，他的妻子（他称她为婊子）开始跟人厮混。一天，他从奥斯陆赶回家时，发现他妻子和他的老校友睡在一起。可恶！他补充道。他是因为妻子对他不忠所以觉得可恶，还是因为他不得不待在奥斯陆所以觉得可恶，他俩听不明白他到底想说哪个。

“底层的地下室公寓里发生了一起谋杀案。”埃伦迪尔打断了飞行员啰啰唆唆的独白。

“你去过奥斯陆吗？”飞行员插话道。

“没去过，”埃伦迪尔回答，“而且我们也不打算谈论奥斯陆。”

飞行员先看了看埃伦迪尔，然后将目光转向西于聚尔·奥利，终于恍然大悟。

“我根本不认识那个人。”他说，“我四个月前才买下这套房子。据我所知，这个房子之前已经空了很久了。我只在进门时见过他几次。他看起来人很好。”

“很好吗？”埃伦迪尔问道。

“我认为很好交谈呀！”

“你们谈了些什么？”

“开飞机。大多时候谈开飞机，他对开飞机很感兴趣。”

“你是说他对开飞机感兴趣？”

“对，开飞机，”飞行员说着，从塑料袋中摸出一罐啤酒，打开，

“谈城市，”他说，接着喝下一大口，“还谈空姐，”他边打嗝边说，“他问了我很多关于空姐的事。你知道的。”

“我不知道。”埃伦迪尔说。

“你知道的。中转时，在国外。”

“嗯。”

“他问我那时会发生什么？空姐性不性感？类似这样的事。他听说那事很狂野……特别是在国际航班上。”

“你最后一次见到他是在什么时候？”西于聚尔·奥利问道。

飞行员想了想，似乎记不起来了。

“几天前吧！”他最后说。

“你有没有留意到最近有什么人来拜访过他？”埃伦迪尔问道。

“没有，我经常不在家。”

“你有没有注意到什么形迹可疑的人在这周围窥探，或者闲逛？”

“没有。”

“有没有看到一个穿着绿色陆军夹克的人？”

“没有。”

“有没有看到一个穿军靴的年轻男子呢？”

“没有，是他吗？你们知道是谁干的了？”

“还不知道！”埃伦迪尔说着，转身准备离开时，一不小心踢翻了地上的半罐啤酒。

*

邻居家女主人决定把孩子们送到她娘家住几天，而且已经准备好离开。谋杀案发生后，她不希望孩子们继续待在这里。她的丈夫也同意了。这对一家人来说都是最好的决定。他们夫妻俩显然也被吓坏了。四年前，他们买下了这套房子，并且喜欢住在这儿。对于有孩子的家庭而言，这是一个宜居之地。男孩们依偎着母亲站着。

“看到他死的那个样子，太可怕了！”这位丈夫低声说，他看了看孩子们，“我告诉他们，霍尔贝格睡着了。”他补充道，“但是……”

“我们知道他死了。”大儿子说道。

“被谋杀的。”小儿子接着说道。

夫妻俩露出了尴尬的笑。

“警察叔叔会处理的。”这位母亲说完，轻吻了大儿子的脸颊。

“我并没有不喜欢霍尔贝格。”这位丈夫说，“我们有时会在外面聊聊天。他在这里住很长时间了。我们谈过园艺和维修之类的事，就像你和你的邻居们一样，茶余饭后闲聊几句。”

“但那并不代表我们很熟。”他的妻子说，“我们和他接触，我是说，适当就好。我认为不应该走得太近。隐私嘛，你知道的。”

他们没有注意到什么可疑的人，也没有看到任何身穿绿色陆军夹克的人在房子附近溜达。这位母亲急切地想把孩子们送走。

“平常有人来拜访霍尔贝格吗？”西于聚尔·奥利问道。

“我从没见过。”这位妻子回答道。

“他给人的印象是孤单一人。”她的丈夫说道。

“他的公寓很臭。”大儿子插话道。

“非常臭。”他的弟弟附和道。

“地下室里的潮气造成的吧。”这位丈夫解释道。

“有时都能窜到我们家来，”妻子说道，“潮气，我是说。”

“我们和他谈过这个问题。”

“他答应要去查看一下。”

“那已两年前的事了。”

4

加尔扎拜尔的这对夫妇望着埃伦迪尔，满面愁容。他们的小女儿失踪了，已经三天没收到她的任何消息。在不久前的婚礼上，她逃跑了。他们的小女儿，埃伦迪尔以为是一个金发卷曲的小女孩，后来才得知，她已经二十三岁了，在冰岛大学读心理学专业。

“婚礼上？”埃伦迪尔疑惑地问道。他环顾四周，觉得这栋房子的大厅十分宽敞，足有他居住的公寓楼一整层那么大。

“她自己的婚礼！”女孩的父亲说着，好像他到现在也不明白是怎么一回事，“孩子在她自己的婚礼上逃走了！”

女孩的母亲拿出一条皱巴巴的手帕，擤了一下鼻涕。

由于从雷克雅未克到加尔扎拜尔的马路正在维修，埃伦迪尔花了半个小时才赶到这里，又经一番周折，到中午才找到这栋独立住宅。从这条街望去，根本看不到这栋别墅，因为它的四周全是花园，里面长着各种各样的树，高达六米。显然，这对夫妇对他的突然造访感到颇为吃惊。

由于手头还有其他更重要的事情等着他去处理，埃伦迪尔认为这是在浪费时间。虽然有近二十年几乎没跟前妻说过话，但他还是想帮她一个忙。

女孩的母亲穿着一身时髦的浅绿色套装，父亲穿着一身黑色西装。他说他越来越担心自己的女儿。但他相信女儿最终会回家，并且安然无恙——他无法相信会有其他意外发生——即使他明白他没有十足的理由让搜索队或救援队立即展开行动，或是通过广播电台、报纸和电视发布寻人启事，但他还是想向警方寻求帮助。

“她就这么不见了。”女孩的母亲说。这对夫妇看起来比埃伦迪尔稍微大一点，六十岁左右，靠经营一家进口童装公司成为暴发户，享受富足的生活。岁月也对他们温柔以待，夫妇俩看起来比实际年龄年轻许多。埃伦迪尔注意到，他们的连体双车库前停放着两辆新车，每一辆都擦得锃亮。

女孩的母亲双手环抱在胸前，开始告诉埃伦迪尔整件事的来龙去脉。“星期六——也就是三天前，上帝啊！时间过得真快！——那是一个美好的日子，他们（新娘新郎）刚刚由一位非常受欢迎的牧师主持完婚礼。”

“令人失望啊！”女孩的父亲接着说，“牧师匆忙前来，讲了一通陈词滥调，然后拿起他的公文包就走了。我不明白，为什么他这么受欢迎。”

这位母亲可不愿让人破坏这场婚礼带给她的美好回忆。

“多么美妙的一天！阳光灿烂，秋风怡人。光教堂里就有一百位嘉宾。她有那么多的好朋友。是个招人喜爱的姑娘。我们在加尔扎拜尔的一个大厅里举办了招待宴。那地方叫什么名字来着？我总记不住。”

“加达霍特。”她的丈夫说。

“如此舒适美好的地方，”她继续说，“里面坐满了人。我是说整个礼堂。还有好多彩礼。然后，当……然后，当……”

“该他们跳第一支舞的时候，”她突然放声大哭起来，她的丈夫接着说，“新郎那个傻瓜已在舞池里站着了。我们高喊女儿迪萨·罗斯的名字，但她迟迟不见出来。于是我们就开始找，但似乎有个地洞把她吞没了。”

“迪萨·罗斯？”埃伦迪尔问道。

“后来才发现，她开着婚车逃跑了。”

“婚车？”

“那是一辆豪华轿车。就是那辆车将他俩从教堂接来的，车上还装饰有鲜花和缎带。她就这样逃离了婚礼现场。没有任何征兆！也没有留下一句话！”

“而且还是从她自己的婚礼上！”女孩的母亲抬高了嗓门。

“你们不知道她为什么那样做吗？”

“她显然是临时改变了主意，”这位母亲说道，“一定是后悔这桩婚事了。”

“但是，为什么呢？”埃伦迪尔问道。

“求求你，你能帮我们找到她吗？”女孩的父亲说，“她没和我们联系，而且你可以看得出来，我们是多么担心她。宴会糟糕得一塌糊涂，婚礼也被毁了，我们都不知道怎么办才好！更糟糕的是，我们可爱的女儿不见了。”

“婚车找到了吗？”

“找到了，在加达斯特拉埃蒂找到的。”

“为什么会在那儿呢？”

“我不知道。她在那里没有认识的人啊！她的衣服扔在车里，她的礼服。”

埃伦迪尔迟疑了片刻。

“她的礼服扔在婚车里？”过了一会儿，他说了句，并思考了一下这场对话以及他是否需要负责此事。

“她脱下结婚礼服，换上了她事先藏在车里的平日里穿的衣服。”女孩的母亲解释道。

“你认为能找得到她吗？”女孩的父亲问道，“我们已经联系了她认识的每一个人，但没有人知道她的消息。我们也不知道要去哪里找她。这是她的照片。你看一下！”

他递给埃伦迪尔一张他女儿上学期间的照片，照片里的女孩金发碧眼、年轻貌美，现在却不知躲到哪里去了。照片上的她朝着他微笑。

“你们真不知道这是怎么回事？”

“不知道。”女孩的母亲答道。

“完全不知道。”女孩的父亲答道。

“这些都是客人送的礼物吗？”埃伦迪尔望着那张巨大的餐桌上堆得像座小山似的礼物，花花绿绿的，用光艳的玻璃纸包着，上面还有漂亮的蝴蝶结和鲜花点缀着。女孩的父母看着埃伦迪尔走了过去。他这辈子从未见过如此多的礼物，很想知道里面包的是什么。他越猜越肯定是陶器。

多么奢华的生活！

“这是什么？”他一边问，一边指着桌子另一端的大花瓶里插着的一截树枝，上面挂着一些用细丝带缠着的红色心形卡片。

“这是一棵祝福树。”

“什么？”埃伦迪尔追问道。他一生中只参加过一次婚礼，而且是很久以前的事了。那时没有祝福树。

“嘉宾们把送给新郎新娘的祝福词写在卡片上，然后挂到树枝上。”女孩的母亲用手帕捂着鼻子哭着说，“女儿失踪前，树上就已经挂满了卡片。”

此时，埃伦迪尔外套口袋里的手机响了。他掏手机时，手机卡在了袋口，他本该慢慢地把袋口拉大一点，这样拿出来就容易多了，可他并没有这样做，而是使劲一拽，硬是把手机拉扯了出来。由于用力过猛，扯袋口的那只手不小心碰倒了祝福树。埃伦迪尔抱歉地看了一眼这对夫妇，然后接通了电话。

“你要和我一起去诺德米里吗？”西于聚尔·奥利刚拨通电话就问道，“仔细检查一下那公寓。”

“你已经出发了吗？”埃伦迪尔转身到一边问道。

“还没，我想等你一起去。”西于聚尔·奥利回答说，“你在哪儿？”

埃伦迪尔直接挂掉了电话。

“我会尽力而为。”埃伦迪尔对这对夫妇说，“我觉得她应该没有危险。她可能是感到有点慌张才逃跑的，说不定现在正和朋友们在一起。你们不用太担心！我敢肯定，她很快就会给你们来电话。”

夫妇二人弯下腰，去捡散落在地上的小卡片。埃伦迪尔看见椅子下面还有几张，他们没有注意到，便去捡。他瞅了一眼上面的贺词，抬头望向这对夫妇。

“你们见过这张卡片没有？”他问道，并把那张卡片递给了他们。

女孩的父亲看了看卡片，脸色突变，然后把卡片递给了他的妻子。可她看了一遍又一遍，似乎也不明白。埃伦迪尔伸手要回了那张卡片，又看了一遍，发现这张卡片上没有署名。

“这是你们女儿的字迹吗？”他问道。

“我觉得是。”女孩的母亲答道。

埃伦迪尔把卡片翻过来，又看了一遍：

他是个禽兽，我到底做错了什么？

5

“你刚才去哪儿了？”埃伦迪尔刚回到局里，西于聚尔·奥利便问道。埃伦迪尔没有吱声。

“埃娃·林德联系过我吗？”他反问道。

西于聚尔·奥利说没有联系。他知道有关埃伦迪尔女儿及她的一些事，但谁都不会提及这些事，毕竟是隐私。

“霍尔贝格的案子有什么新进展吗？”埃伦迪尔边问边径直走向他的办公室。西于聚尔·奥利跟了进来，随手把门关上。雷克雅未克很少发生谋杀事件，偶尔出现这种事，必定引起人们的极大关注。刑事调查局规定，除非确实有必要，否则不得向媒体透露案件的调查详情。但目前，此案还未引起太多关注，因此这一规定暂时还不适用。

“我们又了解到了一些关于霍尔贝格的情况。”西于聚尔·奥利说着，打开手里的文件，“他出生于瑟伊藻克罗屈尔，今年六十九岁。生前在冰岛运输公司做货车司机，但也只是隔几天过去拉点活。”

西于聚尔·奥利停了下来。

“我们要不要去和他的工友们谈谈？”西于聚尔·奥利接着问道，并整理了一下自己的领带。他今天穿了件新西服，显得又高又帅。他毕业于美国一所大学的犯罪学专业，还有着埃伦迪尔所欠缺的一些品质：追求新潮时髦，并把自己的生活打理得井井有条！

“其他同事都怎么想的？”埃伦迪尔边问，边捻弄着羊毛衫上一粒松了的纽扣，把它捻得掉了下来。他身材健壮，头发浓密，呈姜黄色，是局里最有经验的侦探之一。他办案总有自己的独到之处，不走寻常路。为此，他的上司与同事们早早就放弃了与他较量。过去几年里，事实也证明如此。埃伦迪尔觉得这样也挺好。

“他们觉得可能是个疯子干的。”西于聚尔·奥利说道，“目前，我们正在寻找那个穿绿色陆军夹克的家伙，可能是他想找霍尔贝格要钱，遭到拒绝后，惊慌之下动了手。”

“霍尔贝格的家人怎么说？他成家了吗？”

“没有。不过，我们目前收集的相关信息还不完全准确，正在调查、汇总他的家人、朋友和工友们所反映的情况。”

“从他住的屋子来看，我估计他是单身，而且单身很久了。”

“当然，你也能看得出来。”西于聚尔·奥利脱口而出，埃伦迪尔却假装没听到。

“病理学家和取证小组那边有什么新消息吗？”

“都写在临时报告里了，内容我们都已知晓。霍尔贝格死于头部重击，主要是烟灰缸的尖角刺入颅骨，给了他致命一击，当场死亡……几乎没得救。另外，霍尔贝格倒下的时候，大概是撞上了茶几的桌角，他额头上那个很深的口子恰好与茶几桌角吻合。烟灰缸上除了霍尔贝格的指纹外，至少还有两处其他人的，其中一处和铅笔上的指纹一致。”

“那就是凶手的指纹？”

“嗯，很有可能是的。”

“那么，这就是一起典型的愚笨的冰岛式谋杀。”

“是很典型，这一假设也是我们目前开展工作的出发点。”

*

雨还在下个不停。每年此时，来自大西洋深处的低气压向东移动，不断从冰岛过境，带来狂风暴雨、潮湿以及冬季的阴郁。在诺德米里的那栋楼里，刑事调查局的工作人员仍在忙着，大楼四周围着黄色警戒线，让埃伦迪尔想起了供电局：路面挖个洞，上面搭个脏兮兮的小篷，里面闪着亮光，并用黄色警带围起来（警示路人走路小心），像包裹起来的礼物似的，严严实实的。同样，警察用干净的黄色警带将犯罪现场围起来，带子上印着刑事调查局几个字样。埃琳博格等其他几位侦探在这儿工作了整整一夜，刚刚忙完手上的活。埃伦迪尔和西于聚尔·奥利跟他们碰了面。

周围几栋楼里的邻居也都调查过了，但从周一早上到发现尸体这段时间，没有人留心过这附近有什么形迹可疑的人。

不一会儿，楼里就只剩埃伦迪尔和西于聚尔·奥利两人了。地毯上的血迹已经变成黑色，烟灰缸、铅笔和字条也被当成证据拿走了。此时，似乎什么都没发生过。西于聚尔·奥利进入小书房搜查了一番，接着查看了通往卧室的过道；埃伦迪尔则在客厅里走来走去，不想放过任何蛛丝马迹。他俩都戴着白色的橡胶手套。墙上嵌着一些镶边的印制画，看起来像是从家门口的流动推销员手上买来的。书架上摆放着几本翻译过来的恐怖小说，还有一些从读书俱乐部借来的平装书，有的已经读过了，有的像是还没读。连一本吸人眼球的精装书都没有。埃伦迪尔把腰弯得很低，身子几乎贴近地板，以便看清书架底层上的书名。他只认出了一本纳博科夫的《洛丽塔》。他将其抽出一看，英文版的，明显有人读过。

埃伦迪尔把书放回书架，小步走到书桌边。书桌呈 L 型，靠着客厅一角。两边比较宽大，下面各有四个抽屉，中间有个长一点的抽屉，总共九个且每个都上了锁。桌子上摆放着一个十七英寸的电脑显示器，键盘放在一个滑动的托盘上，大小刚好。桌边放着一把崭新、舒服的办公椅，椅子下面放着塑料垫用来保护地毯不受磨损。

西于聚尔・奥利仔细检查了卧室里的衣柜，里面摆放得十分整齐：床单放在最高层的抽屉里，袜子、内衣、裤子、毛衣也都分别放在不同的抽屉里；横杆上挂着几件衬衫和三套西装，最旧的一套棕色条纹西装应该是迪斯科流行年代的；柜底放着几双鞋。一条白色的毛毯平整地铺在羽绒被和枕头上面。看来，死者在行凶者来之前整理过床铺。这是一张单人床。

床头柜上放着一个闹钟和两本书，其中一本是关于某位著名政治人物的系列采访，另外一本是斯堪尼亚－法毕斯卡车的图片集。这个柜子也有一个抽屉，里面放着一些医用酒精、安眠药、镇痛药，还有一小瓶凡士林。“你看见钥匙了没有？”埃伦迪尔站在门边问。

“没有啊。你是说门的钥匙吗？”

“不，书桌的钥匙。”

“都没见。”

埃伦迪尔去小书房看了看，之后又进了厨房。他打开橱柜，发现里面只有刀叉、杯子、勺子和盘子，没有钥匙。他折返到门边的衣架处，搜了搜外套，掏出了一个黑色的小袋子，里面有一个钥匙圈和几枚硬币。钥匙圈上除两把小钥匙外，还有其他几把，分别是开大楼门、公寓门和其他房间的。埃伦迪尔试了一下，九个抽屉都能用一把钥匙打开。

他首先打开了书桌中间的那个大抽屉，里面有各种各样的账单——电话账单、电费账单、暖气账单、信用卡账单——还有一张订阅报纸的收据。左手边底层的两个抽屉是空的，挨着的上面抽屉里有纳税申报表和工资单。最上面的抽屉里有本相册，里面都是黑白老照片，照于不同年代，有的盛装打扮，像是在诺德米里的这一客厅里照的；有的像是在野餐时照的，旁边有低矮的桦树，还有古佛斯瀑布和间歇喷泉。其中两张照片应该是死者年轻时照的，但他的近期照一张也没有。

接着他打开了右手边的抽屉。上面两个是空的，第三个里有一副扑克牌、一副折叠式国际象棋和一个旧墨水瓶。

他在最底层的那个抽屉里找到了一张照片。

关这个抽屉时，埃伦迪尔听到里面似乎发出了轻微的咯吱响声。他重新开了一次，再关时，仍听到了同样的咯吱声。他猜，有什么东西卡在抽屉的滑道上，引起摩擦，发出了响声。他叹了口气，蹲下去，往里瞧了瞧，但什么也没看到。他又把抽屉拉出来，没听到什么响声，可再关上时，那种响声又有了。于是，他干脆跪到地上，把抽屉全拉了出来，看看到底怎么回事。他发现确实有东西卡在了里面，就伸手进去把它拉扯了出来。

这是一张尺寸不大的黑白照片，可以看出是在冬天照的，上面是某个墓地里的一座坟墓。埃伦迪尔认不出这是哪里的墓地。墓前有块墓碑，上面的碑文大部分清晰可见。碑上刻着一个女的名字——奥迪尔——但没刻姓氏。埃伦迪尔看不清上面刻着的日期，他从夹克口袋里掏出眼镜戴上，把照片举到眼前：一九六四年至一九六八年。依稀可见上面有墓志铭，但字太小，看不清究竟写的什么。他小心地拂去照片上的灰尘。

这个小女孩死的时候只有四岁。

埃伦迪尔抬起头，窗外秋雨如注，猛烈地击打着窗户玻璃。此时正值一天的正午，天空却一片阴暗。

6

大卡车像史前怪兽般在暴风雨中摇晃，雨水不停地击打着车身。因为霍尔贝格没把它停在诺德米里，而是停在了斯诺拉布劳特西边的一个停车场里——那里离多姆斯医疗保健中心很近，距霍尔贝格家几分钟路程，所以警方花了很长时间才找到它。刚开始，警方找不到它时，曾在电台发布过消息，请求听众帮忙寻找这辆车。最终，一支警察巡逻队找到了它。它是辆德国产的曼牌卡车，驾驶室为红色。此时，埃伦迪尔和西于聚尔·奥利拿着那张照片正要离开霍尔贝格的公寓。一支取证小组被召来到车上搜寻证物，结果只发现了一堆淫秽色情杂志。之后他们决定把这辆卡车开回总部做进一步调查。

取证小组的有关技术人员也开始分析、研究这张照片。照片用的是伊尔福相纸，这种相纸在二十世纪六十年代被广泛使用，但现在已没人使用了。这张照片看起来像是拍照者自己或由某个业余爱好者拍下并冲洗出来的，冲洗得不是很好，照片已经开始褪色了；

上面看不到任何地标，背面也什么都没写，所以没法确定它是在哪个墓地拍的，因为在这个国家的任一墓地都能拍出类似的照片。

拍照者应该是站在离墓碑三米左右的地方，并在它的正前方按下快门的。如果拍照者个子高些，那他还必须蹲下身子。虽然离得较远，但取景范围还是非常有限。从照片上可以看出，坟墓周围一片荒芜，也没有其他坟墓与其为邻，地面铺着一层白雪。墓碑后面，白雾茫茫。

技术人员全神贯注地盯着照片上的墓志铭，但由于拍照者站的位置不够近，几乎看不清上面刻的字。他们将照片上的墓志铭放大，直到每个字母都有一页 A5 打印纸般大小并将其打印出来，然后按墓碑上相同的顺序将这些字母编号、排列。打印出来的字母像一幅幅纹理粗糙的图画，几乎都是黑白相间的点点，深浅不一，但扫描进计算机后，这些阴影和分辨率都可以用软件来处理。经过处理后，有一些字母比较清楚。M、F、O 这三个字母就很容易辨认出来，其他的还是难以认清。

埃伦迪尔给国家统计局某部门负责人的家里打了个电话，尽管那位负责人把他恶骂了一通，但还是答应去斯库格加松德的办公室见他。埃伦迪尔知道，那里保存着自一九一六年以来冰岛所有的死亡证明。他赶到那儿时，大楼里空无一人，所有的工作人员都已下班。半个小时后，那位负责人把车停在了大楼前，和埃伦迪尔礼节性地握了个手。他在安保系统中输入了一串个人识别密码，门就自动开了，手持一张卡，两人一起进了大楼。埃伦迪尔跟他说了来意和案件基本情况，没有多谈。

他们查看了一九六八年以来签发的所有死亡证明，找到了两个叫奥迪尔的。其中一个四岁，二月份去世。她的死亡证明上有医生的签名，很快，他们就在全国医务人员登记网上查到了那位医生的名字。他就住在雷克雅未克。死亡证明上也有女孩母亲的名字，其相关信息也轻轻松松地查到了：她叫科尔布伦，二十世纪七十年代早期居住在凯夫拉维克，死于一九七一年，比她女儿晚三年。

小女孩死于脑部恶性肿瘤。

她的母亲死于自杀。

7

新郎把埃伦迪尔迎进了他的办公室。他是一家批发公司的质检和销售部经理，该公司经营从美国进口的早餐谷物。埃伦迪尔从没吃过什么美国进口的早餐谷物。他一坐下来就开始琢磨这家批发公司的质检和销售部经理都做些什么工作，但不敢冒昧地问。新郎穿着笔挺的白衬衫和厚背带裤，卷着袖子，让人觉得从事质量管理工作需要消耗大量体力似的。新郎名叫维戈，身高一般，体态微胖，厚厚的嘴唇上长了一圈胡须。

“我还没有迪萨的任何消息。”维戈在埃伦迪尔的对面坐下，急切地说道。

“是不是你对她说了什么之后，她才……”

“大家都这么认为。”维戈说，“认为是我的错。真是糟糕透了！我快受不了了！”

“在她跑掉之前，你没有觉察到哪些异样吗？任何可能会惹她不高兴的事？”

“大家正高兴得起劲！你也知道，婚礼嘛，对吧？”

“不懂。”

“你参加过别人的婚礼吧？”

“参加过一次，不过那已是很久以前的事了。”

“婚礼致辞结束后，迪萨的朋友们组织了一些娱乐项目，手风琴师也来了，接下来该由我们跳开场舞。我当时就站在我们那一桌的边上。大家都帮着找迪萨，但她不知道去哪儿了。”

“你最后见她是在哪儿？”

“她一直坐我旁边，后来说要去洗手间。”

“你有没有说什么惹她生气的话？”

“绝对没有！我亲了她一下，并嘱咐她早点回来。”

“她离开后多久，你们开始找她？”

“我记不太清了！我和我的朋友们坐在一起，之后去外面吸了会儿烟——所有人吸烟都得到外面去吸——出去的路上碰到了一些认识的人，停下来和他们聊了会儿；吸完烟回来的路上又碰到了一些，又聊了会儿。然后，手风琴师走过来，跟我说了一些有关舞曲的事情。后来，我又和其他人聊了几句话，前前后后至少有半个小时吧，不过，我也不确定。”

“这中间你一直没见过她吗？”

“没，当我们发现她不见了的时候，完全慌乱了。大家都盯着我看，好像是我的错似的。”

“你觉得她究竟为什么会逃走？”

“我找遍了所有的地方，问了她所有的亲戚和朋友，但谁也不清楚她到底去了哪儿，反正他们都是这样回答的。”

“你觉得有没有人在撒谎？”

“嗯，她现在肯定躲在某个地方。”

“你知道她留了一条信息吗？”

“不知道。什么信息？你什么意思？”

“她在祝福树上挂了张卡片，上面写着：‘他是个禽兽，我到底做错了什么？’你知道这是什么意思吗？”

“他是个禽兽，”维戈重复了一遍，“她说的是谁呢？”

“我之前以为可能是在说你。”

“我吗？”维戈愤怒不已，“我从没伤害过她。不管什么事。从来没有！不是我，绝不可能是我！”

“她开的车在加达斯特拉埃蒂找到了。”

“她在那里没有认识的人呀！你们准备报告她失踪了吗？”

“我觉得她的父母想给她一些时间，等她自己回来。”

“那如果她不回来呢？”

“到时候再说。”埃伦迪尔犹豫了一下，说道，“我以为她联系过你，告诉你她一切都好。”

“等一下！你的意思是说，那是我的错，她才不和我联系，因为我做了什么对不起她的事。上帝啊，多么恐怖的故事啊！你知道星期一来这儿上班时我是什么感受吗？我所有的同事都参加了我的婚礼，包括我的老板！你认为那是我的错？妈的！大家都这样认为。”

“女人啊，”埃伦迪尔站了起来，说道，“总是让人难以捉摸。”

*

埃伦迪尔刚回到办公室，电话铃声就响了。只听了几声，他就听出了电话那头是谁。尽管年岁已高，但他说起话来还是那么嗓音洪亮、铿锵有力。埃伦迪尔认识马里昂·布里姆将近三十年了，这期间并不总是一帆风顺。

“我刚从外地度假回来，”电话里的声音说，“回到城里才听说了这个案子。”

“你是指霍尔贝格的案子吗？”埃伦迪尔问道。

“你们有没有查看他的相关记录？”

“嗯，西于聚尔·奥利正在电脑上查，但他还没告诉我。你说的是什么记录？”

“问题是，电脑里还有没有。或许已经删除了吧？不是有什么法律条款规定了个人档案记录失效时间？”

“你究竟想说什么？”

“想证明霍尔贝格不是什么好人。”马里昂·布里姆说。

“为何？”

“他很有可能是个强奸犯！”

“多大可能？”

“他曾被控告强奸，但没有被定罪。那已是一九六三年的事了，你应该查看一下你们的立案报告。”

“谁告的他？”

“一名叫科尔布伦的女人，她住在……”

“凯夫拉维克？”

“是的，你怎么知道的？”

“我们在霍尔贝格的桌子里找到了一张照片，像是被藏在那里的。照片上有个叫奥迪尔的小女孩的墓碑，但具体在哪个墓地，我们还不清楚。我打电话叫醒了国家统计局一个“行尸走肉”的家伙，从他那儿的奥迪尔死亡证明上看到了科尔布伦的名字，她是小女孩的母亲，也去世了。”

马里昂·布里姆沉默了。

“马里昂？”埃伦迪尔叫道。

“发现这些后，你是怎么想的？”电话里问道。

埃伦迪尔想了想。

“嗯，如果霍尔贝格强奸了那位母亲，那他很可能就是小女孩的父亲，所以那张照片才会在他的桌子里。小女孩生于一九六四年，死的时候只有四岁。”

“霍尔贝格一直没有被定罪，”马里昂·布里姆说，“因为证据不足，那个案子最后不了了之。”

“你认为她编造了事实？”

“在那个年代应该是不会的，但一切无法证明。对一名女性来说，控告那样的暴力行为从来都非易事。你可能想象不到，在大约四十年前她得承受多大的压力。即使在今天，一名女性被侵害后敢于站出来指控被人强奸都非常需要勇气，更何况是在那个年代。她不可能是闹着玩的。也许那张照片就是父女关系的证据，霍尔贝格为什么要把它藏在书桌里呢？强奸案发生于一九六三年。你是说，科尔布伦在第二年就生了个女儿，四年后，小女孩去世了，她就把她埋葬了。霍尔贝格也被牵扯了进来，因为那照片。也许那照片就是他自己拍的，至于原因，我不清楚，也许并没什么关系。”

“他没法出现在葬礼上，但之后他可能去了墓地并拍下那张照片。你是这个意思吗？”

“也有另外一种可能。”

“是什么？”

“也许是科尔布伦自己拍了那张照片，然后把它寄给了霍尔贝格。”

埃伦迪尔想了一会儿。

“但为什么呢？如果他强奸了她，她为什么还要将女儿坟墓的照片寄给他看？”

“问得好！”

“死亡证明上写明奥迪尔的死亡原因了吗？”马里昂·布里姆问道，“是意外事故吗？”

“她死于脑肿瘤，你觉得这个重要吗？”

“医生给她做过尸检吗？”

“肯定啦，死亡证明上有那位医生的名字。”

“她母亲呢？怎么死的？”

“在家突然死亡。”

“自杀？”

“是的。”

“你好久没来看我了。”马里昂·布里姆沉默了一会儿，说道。

“太忙了！”埃伦迪尔回应道，“他妈的太忙了！”

8

第二天早上，雨还是下个不停。在通往凯夫拉维克的路上，货车驶过后留下很深的车辙印，里面积满了雨水，小车纷纷避开而行。倾盆大雨使得埃伦迪尔几乎看不清车窗外的景象。来自东南方向的狂风暴雨把车窗打得啪嗒啪嗒，上面的雨点瞬间散成一片水雾。雨刷使劲地扫着挡风玻璃上的雨水，却怎么也扫不完。他紧握方向盘，指关节都发麻了。他只能隐约地辨认出前面汽车的红色尾灯，并尽量跟上。

他正独自开车前行。清早，他和科尔布伦的姐姐通了电话，但沟通很不愉快。据死亡证明上记录，她是科尔布伦的近亲，但她不肯配合调查，也拒绝见他。报纸上刊登了被害者（霍尔贝格）的照片及其名字。埃伦迪尔正打算问她是否看了那张照片，是否还记得霍尔贝格这个人时，她立马就把电话挂了。埃伦迪尔不想让警察带她来见他，所以决定亲自去一趟，看看突然出现在她家门前时，她会有什么反应。

当天夜里，埃伦迪尔睡得特别不好。他一直在担心埃娃·林德，怕她会做出什么傻事来。她有手机，但每次打过去，总是一个声音机械地重复提示着电话无法接通。埃伦迪尔很少记起他的梦。不过这一次，当他从睡梦中惊醒时，噩梦碎片还一直萦绕在他的脑海中，未完全散去，不免让他惴惴不安、心里发怵。

警方手里有关科尔布伦的信息还满稀少珍贵的。她生于一九三四年，一九六三年十一月二十三日控告霍尔贝格强奸了她。埃伦迪尔去凯夫拉维克之前，西于聚尔·奥利已大致向他介绍了那起强奸控告，包括警方所做的笔录。这些都是从大堆的案卷里找出来的——来自马里昂·布里姆的启示。

科尔布伦三十岁那年生下了女儿奥迪尔，那是在强奸案发生九个月后。根据科尔布伦的证词，她是在位于凯夫拉维克和贾德维克之间的克罗斯舞厅遇到霍尔贝格的，以前不认识，也从没见过他。那是一个星期六的晚上，她与她的两名女伴、霍尔贝格同他的两名男伴，六人一起跳舞。舞会结束后，他们又一同去了科尔布伦的一名女伴家继续狂欢。夜深时，科尔布伦准备回家。霍尔贝格说，为了安全起见，他送她回去，她没有拒绝。他们两人都没喝醉。科尔布伦说，她在舞厅里只喝了两杯伏特加和一点儿可乐，之后什么都没喝。霍尔贝格那晚更是什么都没喝。科尔布伦听到他跟别人说因为耳部感染，他正在服用青霉素，所以不能沾酒。档案里有一份医生证明证实他没说谎。

*

到了科尔布伦家门口时，霍尔贝格问他能不能进去打个电话叫辆出租车送他回雷克雅未克。她犹豫了一会儿，但还是告诉了他电话在哪儿。他进客厅去打电话，科尔布伦则在走廊脱外套，之后她去厨房接水喝。她没听到他什么时候打完的电话，如果他真的打了的话。她站在厨房的水槽边，突然意识到他来到了她身后。

她吓了一跳，惊慌失措中，手中的杯子掉了，水洒在了厨房里的桌子上。他一把抓住她的乳房，她尖叫着，躲开了，退缩到一个角落里。

“你想干什么？”她厉声问道。

“我们一起玩玩嘛！”他边说边逼近她。霍尔贝格肌肉发达、双手有力、手指粗壮。

“请你离开！”她说得很坚决，“现在！马上！出去！”

“我们就玩一会儿嘛！”他又说了一遍，并向前逼近了一步。她挥打着，柔弱地进行着自卫。

“离我远点！”她大叫着，“不然我报警了。”突然，她意识到，面对这个自己请进家门的色狼，她是多么的身单力薄、手无缚鸡之力。他又上前一步，一把抓住她的双臂，扭向背后，试图去吻她。

她拼命反抗，但无济于事。她还试着叫他住手，但她的话是那么软弱无力，连她自己都感觉到了。

*

一辆大货车按着喇叭从埃伦迪尔的车子旁边超过，卷起的雨水溅了他整个车身，这时，他才从沉思中回过神来。他猛转手中的方向盘，车子立刻晃动了起来。车后轮还有点打滑，有那么一瞬间，他以为自己的车子就要失控，冲向路边的熔岩区。他一脚急刹，车子终于停了下来，然后大骂了那个货车司机几句。但此时，那位货车司机已在蒙蒙雨雾中消失得无影无踪。

二十分钟后，他把车停在了一栋小房子外面，它的屋顶是用瓦楞板搭建成的。这里是凯夫拉维克年代最久的地方。房子四周围着白色的栅栏，墙面也粉刷成了白色。旁边还有一座花园，打理得非常漂亮，几乎无可挑剔。科尔布伦的姐姐名叫埃琳，比科尔布伦大几岁，现在已经退休。她当时正站在门廊里，埃伦迪尔按响门铃时，她穿着外套走了出来。她看着他，有些惊愕。埃琳个子不高，身材偏瘦，脸上表情坚毅，眼睛炯炯有神，颧骨高高突兀，嘴角边起了一些唇纹。

“我记得我在电话里跟你说清楚了，我不想跟你或其他任何警察扯上关系。”她听了埃伦迪尔的自我介绍后，生气地说道。

“我知道，”埃伦迪尔说，“但……”

“请你不要来打扰我！”她说，“你不该执意过来，在这儿浪费时间。”

说罢，她迈步到门口，随手将身后的门关上，走下三级台阶，来到花园，打开栅栏上的小门，示意要埃伦迪尔离开，甚至都不正眼看他一眼。埃伦迪尔站在台阶上，望着她一步步走远，头也不回。

“您应该知道霍尔贝格死了，对吧？”他大声说。

她没有理他。

“他在家里被杀了，您大概已经知道了。”

埃伦迪尔来到最下面的一级台阶上，赶忙跟上埃琳。她将一把黑色的雨伞撑开来遮挡头上的倾盆大雨。而埃伦迪尔只戴了顶帽子，除此之外，再没别的什么可以遮雨。她加快脚步，他也跑着跟上她。但他不知道该说些什么才能让她听自己说句话。他想不通，为什么她会如此厌恶警察。

“我想问问您有关奥迪尔的事。”他说。

埃琳突然停了下来，转过身，走到埃伦迪尔面前，轻蔑地看了他一眼。

“你们这些该死的警察！”她咬牙切齿地说道，“你怎敢提她的名字，怎敢？你们对她妈妈都做了些什么？滚开！赶紧给我滚开！该死的警察！！”

她充满恨意地瞪着埃伦迪尔，埃伦迪尔也回瞪着她。

“我们到底对她做了些什么？”埃伦迪尔问道，“到底对谁？”

“滚远点！”她嚷着，转身走开，留他一人待在原地。他没有再追上去，而是目送着她穿着绿色的雨衣和黑色的浅口靴，猫着腰，渐渐消失在雨中。他转过身，走回小房子，来到车旁，陷入沉思。过了一会儿，他钻进车里，点了支烟，把车窗摇下一条小缝，发动引擎，缓慢地离开了。

埃伦迪尔一吸气就感到胸口隐隐作痛。这个老毛病已经折磨他快一年了。每天早上醒来时，这种痛感就来了；等下床后，又立马好了。他睡的床垫并不是很舒服，要是躺得久一点，浑身上下都疼痛。

他吸了一支烟，希望这痛只是与床垫有关。

埃伦迪尔刚打算灭掉烟，放在外套口袋里的手机便响了。来电显示的是取证小组的负责人，他说他们之前试图弄清楚的墓志铭选自《圣经》。

“选自《诗篇》第六十四篇。”那位负责人说。

“哦。”埃伦迪尔答道。

“‘求你保护我的性命，不受仇敌的惊恐。’”

“你说什么？”

“我在读墓碑上的那句话：求你保护我的性命，不受仇敌的惊恐。选自《诗篇》第六十四篇。”

“‘求你保护我的性命，不受仇敌的惊恐。’”

“这对你们破案有帮助吗？”

“说不准呀！”

“照片上有两组指纹。”

“嗯，西于聚尔·奥利跟我说了。”

“其中一组指纹是霍尔贝格的，但尚不能确定另一组是谁的。毕竟有些年头了，模糊不清了。”

“你能辨认出这张照片是用哪种相机拍出来的吗？”埃伦迪尔问。

“不能，但我觉得肯定不是什么高档相机。”

9

西于聚尔·奥利把车停在冰岛运输公司的货场里，并希望自己的车没有挡住别人的道。卡车一排排地停在那儿，有的正在装货，有的正倒进仓库准备卸货，还有的装满货后准备开走。到处引擎轰鸣、震耳欲聋，空气里满是刺鼻的柴油和汽油味。货场员工、交货人、拉货人在停车场与仓库间来来往往。一派繁忙景象！

气象局预报说今天的雨势将会更大。为了避免被雨淋湿，西于聚尔·奥利把外套举过头顶，向仓库冲去。经人指引来到领班面前。此人正坐在玻璃隔间里核对文件，看上去挺忙的。

只见此人大腹便便，身穿蓝色带风帽厚夹克，只在大肚子那里扣上了一粒纽扣。手指尖夹着一短截雪茄。谈话中得知，他已经听说了霍尔贝格被谋杀的事，并声称对他比较了解。据他说，霍尔贝格是一个诚实可靠、工作勤奋的人。几十年来，他开着货车跑遍了冰岛的大江南北，对各地路线都了如指掌。他还说，霍尔贝格是那种谨小慎微的人，从不对人推心置腹。在公司里不谈及个人往事，也不怎么交朋友，大家只知道他是个货车司机。据他所知，霍尔贝格没有结婚，也没有子女，也从没听他提起过他的任何亲人。

“长话短说，情况基本上就是这样。”领班看上去也不愿多谈了。他从口袋里掏出一只打火机，点燃那截雪茄，吸了起来。“真他妈丢人！”，噗噗，“怎么就那样被人干掉了呢？”，噗！

“他在这里和谁打交道多些？”西于聚尔·奥利问。他憋着气，尽量避免把难闻的雪茄味吸进鼻子里。

“你跟希尔马谈谈吧，我想他应该是最了解霍尔贝格的。他现在就在门外边。他是雷达夫尤都人，偶尔想在城里休息时，便去诺德米里的霍尔贝格家住。这源自司机们共同遵守的留宿守则，以便他们能在城里有个地方歇歇脚。”

“那你知道他上周去了吗？”

“没，上周他在东部开车，一个礼拜前倒有可能。”

“那你觉得谁会对霍尔贝格下毒手呢？是否有人在工作上跟他起过冲突，或是别的什么？”

“不会！没有”，噗，“那样的”，噗，“事”，噗！领班担心手上的雪茄快灭了，“去问问”，噗，“希尔马”，噗，“那家伙吧！他也许能帮到你”。

根据领班的指引，西于聚尔·奥利很快找到了这个叫希尔马的人。他是个大块头，身高足有两米，肌肉发达，面色红润，留着络腮胡，上身穿着一件T恤，袖子里伸出两条汗毛浓密的胳膊，下身穿着一条蓝色吊带牛仔裤，老旧过时、脏兮兮的。他看上去约莫五十岁，正站在一个仓库旁，监视着卸货。一辆小型叉车正在那儿忙着卸货，另一辆货车正倒着进入旁边的一间仓库。与此同时，还有两位司机在货场猛按喇叭，相互对骂，吼叫着让对方让路。

西于聚尔·奥利径直走到希尔马跟前，轻轻拍了拍他的肩膀，但他没感觉。于是西于聚尔·奥利又加大力气拍了一下，他这才转过身来。他看见西于聚尔·奥利正对着自己说话，但听不清他到底在说些什么，只好驽钝地低头望着眼前这个陌生人。西于聚尔·奥利抬高了嗓门，仍无济于事。他又把嗓门抬得更高些，希望能从希尔马的眼神中看出一丝理解的神情，但他还是想错了。希尔马摇了摇头，并指了指自己的耳朵，表示自己还是听不清。

西于聚尔·奥利踮起脚尖，弓起身子，拼尽全力对着希尔马大喊了一声。突然，原本喧哗、吵闹的货场立刻变得悄无声息，唯有他一人的声音在偌大的货仓里回荡，余音不绝。

“你和霍尔贝格一起睡过吗？”

10

埃伦迪尔找到他时，他正在自家园子里耙扫地上的落叶。他一直没有抬头，不曾留意到埃伦迪尔已经盯着他看好半天了。他伸手去擦拭鼻尖上的水滴，但因为还下着雨，这么做无异于徒劳。地上的树叶粘裹在一起，越发难以耙动。因为年岁已高，行动迟缓，他正慢吞吞地用耙子钩起落叶，将它们扫成一小堆一小堆的。他现在仍住在凯夫拉维克这个生他养他的地方。等他迈着蹒跚的步伐离开时才发现有人站在那儿。

之前，埃伦迪尔已经吩咐埃琳博格收集他的相关资料，她确实摸清了很多重要细节，包括此人的警察生涯；多年来在警局里因行为不当、办案程序不合规定而受过种种批评，尤其是在查办科尔布伦强奸案时所受到的严厉训斥等所有资料。埃伦迪尔还在凯夫拉维克，坐下来准备吃饭时，埃琳博格打来电话，向他汇报了上述情况。他本来打算先回家等第二天再来造访这位老人，但后来一想何不待会儿就冒雨开车过去，完了再冒雨开车回家，于是便直接赶来这里了。

老人个子很高，从面相上来看，以前肯定是个强壮而又强势的人物，现在却成了一个上了年纪的羸弱老头，皮肤皱巴巴的，鼻涕也流个不停。他身穿绿色皮大衣，头戴棒球帽，苍白而干瘦的双手握着耙柄，在园中缓慢走动。只见他一个劲地盯着脚下的落叶，压根儿没有留意到来访者。就这样过了好一会儿，埃伦迪尔决定采取行动。

“为什么她姐姐不愿跟我谈谈？”埃伦迪尔开口便问。老人吃惊地抬起头。

“啊？你说什么？”老人停下手里的活，问道，“你是谁？”

“科尔布伦找你提出控告的时候，你是怎么对待她的？”埃伦迪尔又问。

老人用手背擦了一把鼻尖，打量着这个闯入他花园的不速之客。

“我认识你吗？”他接连发问，“你哪位啊？你在说些什么啊？”

“我叫埃伦迪尔，专门来调查一桩凶杀案，死者男性，名叫霍尔贝格，住在雷克雅未克。大约四十年前，他曾经卷入一宗强奸案，当时是由你负责的。受害者名叫科尔布伦，已经过世。但由于种种原因，她姐姐不愿配合我的调查，还对我说了这样一句话，‘你们对她做了些什么？’我想知道，她姐姐说的是什么意思。”

老人看着埃伦迪尔，一言不发。

“你对她做过些什么？”埃伦迪尔再次问道。

“我不记得了……你有什么权力问我？是想搞人身攻击吗？”他颤抖着说，“滚出去，不然我报警了！”

“不必了，鲁纳，我就是警察。而且，我也没时间在这儿听你臭骂。”

鲁纳想了一会儿，开口说道：“莫非这是你的新审讯方法？滥用职权搞人身攻击，嗯哼？”

“真高兴听你这么说。”埃伦迪尔揶揄地回应道，“当初你被指控八起渎职行为，包括野蛮执法。我不知道你为了保住‘乌纱帽’曾向谁讨好卖乖，可最终你还是没拍好他的马屁，因为你是灰溜溜地离开警局的。是被开除的……”

“你给我闭嘴！”鲁纳开始闪躲、回避埃伦迪尔的目光，并大声骂道，“你好大胆！”

“……多次被指控性骚扰。”

这时，鲁纳脸上的肌肉绷在一起，双眼眯成一条线，露出无比愤怒的神情。他用毫无血色、骨瘦嶙峋的双手紧紧抓着耙子，手背上的皮肤绷得太紧，指关节都凸显了出来。埃伦迪尔在开车赶来这儿的路上，埃琳博格说的鲁纳的种种恶行在他的脑海里不断闪现，他想知道，如果有来世，这个人会不会因其这辈子所做的恶行而遭报应，即使他变成了另外一个人。埃伦迪尔在警局的这些年，听说过不少有关鲁纳的传言，对他曾经犯下的恶行早已有所耳闻。直到现在，在局里依然能听到他的斑斑劣迹。实际上，很多年前，他还多次见过鲁纳。但是现在，他一时半会儿还不能把当年的鲁纳和现在站在他面前的这位羸弱老人联系到一起。埃伦迪尔忽然想起曾读过这样一句话：过往已成过往。现在，他总算理解了这句话的含义，也开始明白，时过境迁，岁月催人老。不过，他并不打算就这样抹掉过去。

两人面对面地站在园子里。

“你把科尔布伦怎么了？”埃伦迪尔接着问。

“你给我滚！”

“除非你跟我讲了科尔布伦的事，否则，我哪儿也不去。”

“她就是个下贱的妓女。”鲁纳咬牙切齿地说道，“她告诉我的都他妈是谎话！根本就没有什么强奸。她从头到尾都在说谎！！这下你满意了吧？满意了，就赶紧给我滚！”

埃伦迪尔眼前浮现出这样一幅画面：很多年前，科尔布伦悲痛地坐在这个人面前，向他申诉自己遭到了强奸。埃伦迪尔心想，当时她需要鼓起多大的勇气才走进警察局来诉说她所遭受的一切。他还想到，她遭受暴行的画面是怎样的恐怖，她该如何忘记，只当它从没发生过，或只当它是一场噩梦。但她终究要从噩梦中醒来，她遭到了玷污，遭到了攻击，遭到了暴行，这一切都使她陷入绝望。

“强奸一事都过了三天，她才来报案。”鲁纳说，“这就难以令人信服了。”

“所以你就把她打发走了。”埃伦迪尔质问道。

“她在说谎。”

“而且你还嘲笑她、贬低她、奉劝她忘了这一切。然而，她根本就忘不掉，对吧？”

鲁纳看着埃伦迪尔，眼神中透着憎恶。

“之后她去了雷克雅未克，对吧？”埃伦迪尔接着问道。

“霍尔贝格一直没被定罪，对吧？”

“你认为，这一切，他应该感谢谁？”

埃伦迪尔想象着科尔布伦和鲁纳在警局里争辩的场景。就是眼前这个人！她坚称她被强暴的事实，并竭尽全力说服他相信她所说的，仿佛他就是审判她案子的大法官。

*

她使出浑身解数希望自己可以将事情原委说得条理分明，可这些经历对她来说太过痛苦，根本没法描述清楚。她要如何开口去描述这难以启齿、可憎的、可怖的一切？但不管怎样，她还是尽力描述了些细碎片段，并将它们拼接完整，讲出了她那噩梦。这有趣吗？这哪里有趣？这压根儿不是什么嬉笑好玩的事。她想不明白，为什么这个警察听完后，还咧着嘴笑，继续审问她一些细节。

“跟我好好说说这到底是怎么一回事。”

科尔布伦盯着他，眼里满是疑惑不解，又开始吞吞吐吐地讲述了一遍她的遭遇。

“不是这个，这个我知道。我要听的是细节、细节。你当时穿着内裤，他是怎么脱掉你内裤的？又是怎样得逞的？”

他真的是在履行职责吗？最后，她问了句，这里有没有女警察？

“我们这儿没有女警察。如果你想指控那个男人强奸了你，你得告诉我更多的细节，明白吗？你有没有做过什么暗示性的动作，让那个人觉得你是自愿的？”

自愿？她以极低的声音答道，根本没有的事。

“你得大点声说，他是怎么把你内裤脱掉的？”

她觉得，那种笑实在是不怀好意。他问的问题粗俗下流，还质疑她说的是否真实可信，这简直是一种侮辱。他让她觉得是她引诱了他，是她想和他发生关系，事后她可能后悔了，但一切都太迟了，没法回到事情没发生之前了。“在舞厅里跟那个男人调情，后来又变卦。就这么回事，再说也没用。”他说。

她抽泣着打开自己的手提包，拿出一个塑料袋，递了过去。鲁纳接过，打开一看，里面正是她被强奸时穿的那条内裤……

*

鲁纳放下耙子，试图绕开埃伦迪尔走掉。但埃伦迪尔拦住他，用力把他拽到屋子的墙边，按着他，两人对视着。

“她给了你一个证物。”埃伦迪尔说，“那可是她手上唯一的证物啊！她确信霍尔贝格在上面留下了些东西。”

“她什么也没给我。”鲁纳气若游丝地说道，“放开我！”

“她把那内裤给了你。”

“她撒谎。”

“他们当时真该开除了你，你这个人渣！”埃伦迪尔露出了极其厌恶的表情，手慢慢松开年老体衰、靠在墙边缩成一团的鲁纳。

“我只是告诉她，如果要提出控告，必须拿出真凭实据。”他用短促、尖厉的声音说道，“我那是在帮她。没有证据，上法院是会被当成笑话的。”

埃伦迪尔转身离开。他一边走，一边想，如果真有上帝，他怎么能容忍像鲁纳这样的人渣活到今天这把年纪，但却夺走了一个天真无邪的四岁小女孩的生命。

*

他本来打算再去看看科尔布伦的姐姐，却先来到了凯夫拉维克图书馆。他在一排排书架间穿梭，眼睛不停地在一摞摞书中寻找着什么，目光最后锁定在了一本《圣经》上，埃伦迪尔早已对它非常熟悉。他翻开《圣经》，找到《诗篇》第六十四篇，看见了刻在墓碑上的那句“求你保护我的性命，不受仇敌的惊恐”。

埃伦迪尔记得非常清楚，墓志铭就是这篇圣诗首句接下来的那句。他靠在书架旁，用手指着那行文字，在心中默默地读了一遍又一遍。

这篇圣诗的首句是在向上帝请求。穿越时空，埃伦迪尔几乎可以听到那名女性在默默哭诉。

“上帝啊，我哀叹的时候，求你听我的声音！”

11

埃伦迪尔又一次开车来到了那栋有瓦楞板屋顶的白色小房子前，熄了火，待在车里抽了支烟。他正努力减少吸烟，目前降到每天五支，也还习惯。不过今天，才刚到下午三点，他就已经抽了八支。

他下了车，走到房前按响了门铃。等了好一会儿，没人应门。他又按了一次，依旧没人应门。他将脸贴近窗户，透过窗户看到了屋里的绿色雨衣，还有雨伞和雨靴。他站在最上面的台阶上，以免被淋湿，并再次按了下门铃。突然，门开了，埃琳瞪了他一眼。

“离我远点儿，听到没？滚开！马上滚开！”说罢，她试图把门关上，可门却被埃伦迪尔用脚顶住了。

“不是每个警察都像鲁纳那样。”他解释道，“我知道您妹妹那时受到了不公正的对待。我见了鲁纳，也和他谈过了，确实不能原谅他，但我们现在无力改变什么。他现在已年老体衰，恐怕永远也不会明白自己哪里做得不对。”

“请你不要来打扰我！”

“我必须得跟您谈谈，要是您不配合，我只得请您去警局接受盘问了，可我不想那么做。”他从口袋里掏出那张墓地照片，试着通过门缝塞进去。“我在霍尔贝格的家里找到了这张照片。”他紧接着说道。

埃琳并没有搭理他。许久之后，埃伦迪尔将持照片的手从门缝里伸了进去，但他还是没法瞧见她。渐渐地，他感觉到埃琳抵着门的力气小了，照片也被拿走了。不久，门开了。埃琳拿着照片朝屋里走去。埃伦迪尔迈了进来，进屋后，轻掩上身后的门。

埃琳走进了小小的客厅。好一会儿，埃伦迪尔寻思着，要不要把自己的湿鞋脱了。他把鞋在门垫上蹭了蹭，穿过整洁的厨房和书房，跟着埃琳来到了客厅。客厅的墙上挂着一些画，还有一些镀金边框镶嵌着的刺绣，角落里搁着一台小型电子管风琴。

“您认得这张照片吗？”埃伦迪尔小心翼翼地问道。

“没，从没见过。”她回答。

“那件……事情过后，您妹妹和霍尔贝格还有联系吗？”

“据我所知，没有。你想也想得到，不可能的事。”

“有没有做过亲子鉴定？看看那家伙会不会是孩子的父亲？”

“做那干什么？”

“可以证明您妹妹所说的是事实，证实她被强奸过。”

她抬起头，视线从照片上转移到埃伦迪尔身上，盯着他看了好一会儿，说道：“你们都一样，你们这些警察连必要的准备工作都没做好，就来调查。”

“真的吗？”

“你有没有仔细看过我妹妹这个案子？”

“我觉得，重要细节都看过了。”

“霍尔贝格并没有否认他们发生过性关系，这正是他高明的地方。他仅仅只是否认了强奸。他说一切都是我妹妹自愿的，说她勾引他，主动邀请他到家里。他就是这样狡辩的。他说得像是你情我愿。他一直在装无辜，扮演无辜者的角色，那个混蛋！”

“但是……”

“科尔布伦不想做亲子鉴定是不想让她的孩子跟他扯上一丁点儿关系。而且，就算证明了孩子的亲生父亲就是霍尔贝格那个混蛋，对她控告被强奸一事没有任何意义，所以，验了又有何用？”

“我没想到会是这样。”

“我妹妹手上保存的唯一证据，就是被害时穿的那条内裤。”埃琳继续说，“她看上去就不像那种好动手打架的，长相也很柔弱，与别人打起来，哪会扛得住。她告诉过我，霍尔贝格在厨房里就开始在她身上一阵乱摸，她当时差点就吓瘫了。那个禽兽逼着她进了卧室，然后把她按倒在床上，任意凌辱，还说了些低俗下流的话，强暴了她两次。她足足花了三天的时间才鼓足勇气去警察局报了案。后来，他们给她做了个体检，可出来的结果已经没有意义了。她一直也没弄明白霍尔贝格为什么会糟蹋她，便开始责怪自己激起了他的兽性。她甚至想，在之后的那个派对上她或许引诱过他。可能她当时说了什么或做了什么让霍尔贝格心生邪念，动了歪心思。她一直自责个不停！我觉得，这都是很正常的反应。”

说罢，埃琳陷入了沉默。

“她最终决定不能就那样算了，便跑去找鲁纳。”她接着往下说，“我多么希望自己当时陪着她一起去啊！但她觉得这事很丢人，过了好久才对人说起她的遭遇。霍尔贝格还威胁她，要是她乱讲，就一定会回来收拾她。到警察局后，她以为，那儿就是她要找的避难所，她可以寻得庇护、得到帮助、收获关心。可就在鲁纳戏弄了她一番，拿走了那条内裤，还要她最好忘了那事，然后打发她回家的路上，一切希望都破灭了。经过此番周折，她才向我倾诉。”

“那条内裤后来一直都没找到。”埃伦迪尔打断道，“鲁纳否认……”

“科尔布伦说她确实把内裤交给他了，我知道我妹妹从不说谎。我猜不透鲁纳那家伙到底在想什么。好几次见他在镇上闲逛，有时是在超市，有时是在鱼店。有一次，我实在控制不住自己，冲他大骂。可他却看起来还挺享受，咧着嘴笑。科尔布伦曾给我说过那种笑。他说他从没拿过她的什么内裤，还说她的讲述含糊不清，毫无逻辑可言，是不是喝醉了。这就是他打发她回家的原因。”

“不过，鲁纳最后还是受到了警告处分。”埃伦迪尔接过话茬，“但这并没什么用，因为他总是被警告。他是局里尽人皆知的恶棍，但里面有人保他。后来连他的靠山也保不了他了，他就被开除了。”

“他们说指控霍尔贝格的证据不够充分。鲁纳说的也不是完全没道理，科尔布伦应该忘了那件事。当然，她优柔寡断的时间太长，以至于错过了最佳报案时间。她还做了件傻事，就是把整个房间里里外外都打扫了一遍，床单也洗了，消除了所有证据，除了那条内裤。她的确想过保留几条证据，只是她太过天真地以为只要有那条内裤就够了，只要她说出真相就能将他绳之以法。她想彻底抹去那屈辱，不想带着它过一生。而且，如我刚才所说，一看她就不是喜欢惹是生非的。这不，被强暴时，她的嘴唇被霍尔贝格弄破了，一只眼睛也充血了。好在其他地方没有受伤。”

“她从伤痛里走出来了吗？”

“一直没有。我妹妹生性非常敏感，心地很善良，也很脆弱，极易受到伤害。像霍尔贝格那种人，还有鲁纳那种人都发现了她这个弱点，只不过他们的攻击方式不一样，但都残忍、野蛮地践踏了她这只猎物。”她低下头，望着地板，痛苦地说道，“都是禽兽！”

埃伦迪尔等了几分钟。

“得知自己怀孕后，她是什么反应？”他问道。

“她表现得很理智，我觉得。哪怕遭遇了这些不幸，她还是为孩子的到来感到高兴。她真的很爱奥迪尔。她们母女俩相依为命，我妹妹把她女儿照顾得无微不至，做了她能做的任何事。惹人怜爱的孩子。”

“那么，霍尔贝格知道这个孩子是他的吗？”

“他当然知道，可他不承认孩子跟他有任何关系，还污蔑我妹妹到处睡男人。”

“他们从没联系过？即使是关于孩子或……”

“联系？！怎么可能？你怎么想得出问这种问题？绝不可能！”

“科尔布伦会不会给他寄孩子的照片？”

“不，不会，这种事我想都不会去想，没有这种可能性。”

“这张照片可能是他自己拍的，也可能是某个知情人士拍了后给他的。也许是他从报纸上看到了奥迪尔的讣告。你们有刊登过奥迪尔的讣告吗？”

“在一家地方报纸上，我写过一则很短的讣告，说不定他看过。”

“奥迪尔是葬在凯夫拉维克吗？”

“没，我妹妹和我都出生于桑德盖尔蒂，紧邻那儿的华尔斯内斯有块面积不大的墓地。科尔布伦希望将女儿安葬在那儿。那时恰逢隆冬时节，挖了很长时间才挖好墓穴。”

“死亡证明上说，奥迪尔死于脑瘤。”

“他们给我妹妹是这么说的。她就那么死了，就在我们面前，可我们却束手无策。可怜的孩子，她那时才四岁。”

埃琳抬起头，慢慢将视线从照片上移向埃伦迪尔，“她就那么死了。”

*

房间里很暗，埃琳的话带着些许不解和悲伤，在这昏暗中回荡着。她慢慢站起身，打开一盏落地灯，灯光暗淡，然后穿过走廊，进了厨房。埃伦迪尔听见她拧开水龙头，在壶内接了一些水，又将水倒掉一点，接着打开一个罐子，不一会儿，一股咖啡的香味扑鼻而来。他站起来，看了看墙上的画，有的是素描画，有的是油画，一个黑色细框里还有张小孩画的彩色蜡笔画。最后，他看到了自己要找的东西。有两张照片，拍照时间可能相隔两年。照片上的孩子就是奥迪尔。

早些时候拍的那张应该是在照相馆里拍的，黑白照。照片上的小女孩看起来还不满一岁，坐在一个大垫子上，穿着漂亮的裙子，头上扎着丝带，一只小手里握着拨浪鼓。她半侧着身子，对着摄影师微笑着，露出了四颗乳牙。另一张照片里，她看上去三岁左右。埃伦迪尔估计这张是她妈妈拍的，彩色照。小女孩站在灌木丛中，阳光照在她身上。她穿着一件厚厚的红色针织套衫和一条小裙子，脚上穿着一双锃亮的黑皮鞋，鞋的搭扣闪闪发亮，还配有白色短袜。她对着相机，没有露出一丝笑容。可能是她不想笑吧！

“科尔布伦一直没能从阴影中走出来。”埃琳的声音从客厅门口传来。埃伦迪尔站直了。

“这对任何人来说，恐怕都是极难走出来的。”埃伦迪尔端起一杯咖啡说道。埃琳也端起自己的咖啡，重新坐回沙发上。埃伦迪尔面朝着她坐下，抿了一口咖啡。

“你要是想抽烟，就抽吧！”她说。

“我正在努力戒。”埃伦迪尔说道，尽量不让自己听上去像是在辩解。想到这儿，胸口又开始闷痛起来，他只得再次将手伸进口袋，摸出一支烟，这已经是今天抽的第九支了。埃琳将一只烟灰缸推到他面前。

“还好，她生病没多久就去世了。”埃琳说，“刚开始，孩子只是感觉头痛，像是患了头痛病。给她检查的医生也只说是儿童偏头痛，开了几片药，但是吃过之后，病情未见好转。他是个庸医。科尔布伦跟我说过，她闻到了那个医生口中有股浓浓的酒味，担心他没有认真检查孩子的身体。果真如此，一切来得非常突然，孩子的病情急转直下。她的皮肤上出现了肿瘤的迹象，那位医生本来应该注意到才对。是一些斑点，医生称之为咖啡斑，主要分布在她的腋下。后来，她被送进了凯夫拉维克医院，确诊患了一种神经瘤。再后来证明是脑瘤。从开始生病到去世，加起来大约六个月。”

埃琳陷入了沉默，“如我所说，自从孩子去世后，科尔布伦就像完全变了个人似的。”她长叹一声，“不过，又有谁能经受得起那么大的伤痛，还能缓过来。”

“医生有对奥迪尔进行过尸检吗？”埃伦迪尔边问，边在脑海中想象着这样一种场景：荧光灯照射下，一个小小的躯体躺在冰冷的手术台上，胸腔被呈Y型切开。

“科尔布伦完全接受不了。”埃琳回答道，“但她对此没有发言权，发现医生已经解剖了孩子的尸体后，她几近崩溃。孩子故去后，她悲伤得不能自已。无论谁说什么，她都听不进去。她无法承受女儿尸体被剖开的惨景。奥迪尔死了，已是事实，无人能更改。尸检证明了诊断结果，孩子脑袋里长了一个恶性肿瘤。”

“您妹妹后来怎么样了呢？”

“女儿死后三年，她也自杀了。那时，她陷入了不可自拔的抑郁之中，离不开药物干预，还到雷克雅未克的一家精神治疗所住了段时间，之后回到了凯夫拉维克的家中。我尽我所能地照顾她，可用处不大，她走不出阴影，失去了活下去的勇气。尽管发生了那么恐怖的事，但奥迪尔还是给她带来了诸多欢乐和幸福。但女儿死了，她再也不觉得有什么可值得留恋的了。”

埃琳看着埃伦迪尔，说道：“你也许想知道她是如何自杀的吧？”

埃伦迪尔没有回答。

“她躺在浴缸里，割开了两只手腕。用买来的剃须刀片。”

埃琳停了下来，阴郁笼罩着整个客厅，“每当想起我妹妹自杀的事，你猜，我想到了什么？不是一浴缸的鲜血，不是她躺在血泊中，也不是她手腕上的伤口，而是她在商店掏钱买剃须刀片时的场景：她把钱递给老板，叫他拿几片剃须刀片，数数找回的硬币。”

埃琳又沉默了。

“难道你不觉得你的想法很奇怪吗？”她虽是在质问，却更像是在自言自语。

埃伦迪尔不知该如何回答。

“是我发现的。”埃琳接着说，“我觉得她像是事先计划好了的。那天，她给我打电话，希望我晚上去看看她，我们聊了会儿。我一直警惕着她的抑郁情绪，但那晚她看上去好了许多，说话的语气丝毫没有透露出准备自杀的征兆。那种感觉像是她心里的迷雾在消散，她又能重新面对生活了。我们谈及将来，计划一起去旅行。所以我根本没朝那方面想。再次看到她时，她已经躺在浴缸里，死了，脸上的神情非常安详，我已经很多年没见过她的这种神情了。可我知道，自始至终，她的灵魂没有得到丝毫的安宁。”

“我必须问您一个问题，然后就得走了。”埃伦迪尔说，“我一定要听您亲口回答。”

“什么问题？”

“霍尔贝格被谋杀了，您知道吗？”

“不，我不知道。”

“也就是说，您并未直接或间接参与谋杀？”

“不，我没有。”

两人都陷入了沉默。

“您妹妹为孩子选的墓志铭与仇敌有关。”埃伦迪尔说。

“‘求你保护我的性命，不受仇敌的惊恐’。这是她给自己选的，但没有用在她自己的墓碑上。”埃琳说罢，起身，走到一个漂亮的玻璃门橱柜前，打开一个抽屉，取出一个黑色的小盒子。她用钥匙打开盒子，取出几个信封，掏出一张字条。“她死的当晚，我在她厨房的桌子上发现了这张字条。但我不确定她是否希望我把这句话刻在她的墓碑上。但看到这字条时，我才真正意识到她承受了多少痛苦。”

说完，她将字条递给了埃伦迪尔。埃伦迪尔接过字条，看到开头的几个字仍出自他不久前在《圣经》中读过的那篇圣诗：“上帝啊，求你听我的声音。”

12

晚上，埃伦迪尔一回到家，就看见女儿埃娃·林德倚着进屋的门坐着，一看就是睡着了。他试图叫醒她，但她没反应，不知是睡着了，还是喝醉了。于是他将双手放在她的胳膊下面，把她搀扶起来，挪进客厅，轻轻地放到沙发上。埃娃脉象平稳、呼吸均匀，一时间埃伦迪尔不知该做些什么，便盯着女儿看了好一会儿。她手指脏兮兮的，头发蓬乱不堪，浑身上下散发着难闻的臭味。现在他最想做的事就是让她赶紧去洗个澡。

“你又到哪里疯玩去了？”他小声问道，像是在跟自己说话。

埃伦迪尔拉过一把椅子，靠在女儿身旁坐下，想着女儿的事，不知不觉就睡着了，而且睡得很沉，连帽子都没来得及摘下，外套也没来得及脱掉。

第二天早上，埃娃·林德想弄醒父亲，可埃伦迪尔似乎不愿醒过来。同一梦境反复出现，让他感到很不安。如同以往，他竭力想记牢那支离破碎的梦，哪怕只是比上一次多记住一点儿，但就是不行！醒来后只有那挥之不去的不安感。

还没到八点，外面仍是漆黑一片。埃伦迪尔估计，窗外的秋风、秋雨一时半会还停不下来。令他吃惊的是，他闻到了从厨房里飘来的咖啡香味，感受到了从浴室里冒出来的水汽，像是有人洗澡了。过一会儿，埃娃·林德出现在他面前，上身穿着他的一件衬衫，下身穿着他的一条旧牛仔裤，还用一条带子紧紧地系在她的瘦腰上，光着脚站在那儿，显得非常干净。

“你昨晚表现得挺好啊！”他脱口而出，但立刻就为自己说出的话感到后悔。但又一想，他其实早就不应该再迁就女儿了。

“我已经决定，”埃娃·林德边说边走进厨房，“让你当外公，埃伦迪尔外公。”

“你是在昨晚做的决定？还是……”

“我可不可以在你这儿住一段时间，找到新住处后再搬走？”

“随你便！”

他走到在餐桌边，挨着埃娃·林德坐下，呷了一口女儿给他倒的咖啡。

“你怎么做出的决定？”

“就那样啦！”

“就那样？”

“能一起住吗？”

“想住多久住多久！”

“那你能不能别再问东问西了？像审问犯人一样，好像你总在工作似的。”

“我的确总在工作。”

“你找到加尔扎拜尔的那个女孩了吗？”

“还没呢，这事不急。我前两天跟她丈夫聊过了，他似乎一无所知。那女孩走前留下一张贺卡，上面写着‘他是个禽兽。我到底做错了什么？’”

“可能有人在婚礼上对她动手动脚了吧？”

“动手动脚？”埃伦迪尔问道，“为什么用这么个词？”

“那还能有什么忍无可忍的事以至于让新娘从自己的婚礼上逃跑？”

“我怎么知道。”埃伦迪尔答道，似乎对这个话题不太感兴趣，“我有种预感：当时新郎对伴娘动手动脚，正好被新娘撞个正着，她非常气愤，就逃跑了。你打算把孩子生下来，我很开心。也许这能让你远离那个龌龊的圈子，回归正路。”

他沉默了一会儿，继续说道：“真奇怪，昨晚过后，你现在看起来挺有活力的嘛！”

他谨小慎微地表达着这些，但他知道，通常情况下，埃娃·林德不会如夏日里的出水芙蓉般光彩照人，而且还给他煮好了咖啡，似乎正竭尽所能去照顾好自己的父亲。她看着他，他知道她正在心里琢磨着怎么回应才好，而且他已经做好心理准备去应对她接下来可能出现的暴跳和直言不讳。但她没有。

“我随身带着药丸。”她语气平静地说道，“它不会毫无规律地发作。我也不只昨晚一次好好的。它发作起来很慢，很长时间才一次，但这正是我希望的。”

“那胎儿怎么办？”

“我每次吸食的量，不会对它有伤害的。我可没打算伤害这个小生命；相反，我还准备把它生下来。”

“你知道毒品对胎儿的影响有多大吗？”

“我知道呀！”

“你想怎样就怎样吧！不过，还是小心点，别那样作践自己，或者随便你。待在屋子里，好好想想你自己。我可……”

“停！”埃娃·林德打断他，“你什么都不用做，继续过你的日子，别总暗中监视我，也别瞎琢磨我在干什么。要是你回来，见我不在，别瞎操心；要是我回来很晚，或者压根儿没回来，也别到处打听；要是我一直没回来，那肯定就是挂了。”

“你的意思是，以后再也不关我的事？”

“什么时候跟你有关过？”埃娃·林德轻抿了一口咖啡，说道。

此时，电话铃响了，埃伦迪尔起身去接电话，是西于聚尔·奥利从他家里打来的。

“昨天一直找不着你人。”他说。埃伦迪尔这才想起，自己去凯夫拉维克找埃琳谈话时，关了机，后来忘开了。

“有什么新进展吗？”埃伦迪尔问道。

“我昨天找到了一个卡车司机，他叫希尔马，有时会借宿在霍尔贝格家里。他们喜欢把这个叫作‘休息站’或什么的。据希尔马所说，霍尔贝格是个好哥们，人不错，乐于助人、和蔼友善，工友也都挺喜欢他的，等等，说了一大堆这样的话。他想不出他会有什么仇敌，但又补充说他其实并不是很了解霍尔贝格。还说，最后一次在霍尔贝格家住大概是在十天前，当时感觉他和平时不大一样，举止有些反常。”

“哪里反常？”

希尔马说，霍尔贝格像是怕接电话，某个家伙让他不得安宁，总打电话骚扰他。希尔马还说，那周六他住在霍尔贝格家时，霍尔贝格便要他帮忙接一次电话。打电话的人一听接电话的不是霍尔贝格，就猛地挂了。”

“我们能否查一下，最近给霍尔贝格打过电话的人都有谁？”

“我正在查。另外，我去电话局调出了霍尔贝格所有的通话记录，发现了些有趣的事。”

“什么事？”

“你还记得他的电脑吗？”

“记得。”

“我们还没查看过。”

“嗯，技术人员打算查。”

“你有没有留意过，那台电脑是和一根电话线连在一起的？”

“没有。”

“霍尔贝格的电话几乎都是网上拨号。他整天泡在网上。”

“那又说明得了什么呢？”埃伦迪尔疑惑地问。凡是与电脑有关的东西，他都知之甚少。

“或许等我们打开他的电脑后看一下就知道了。”西于聚尔·奥利说。

*

两人几乎同时赶到了诺德米里的霍尔贝格家。周围的警戒线已经解除，没有一丝痕迹表明这里曾经发生过凶杀案。楼上没有灯光，漆黑一片，看样子邻居们都不在家。埃伦迪尔有屋子的钥匙，进屋后，两人径直来到电脑旁，启动，电脑发出了嗡嗡声。

“这台电脑的性能相当强。” 西于聚尔・奥利说。他犹豫了片刻，要不要跟埃伦迪尔解释一下电脑的型号和规格呢？想了想，还是算了。

“好吧！”他继续说，“让我来看看他的收藏夹里存了哪些网址。好多啊！真他妈太多了！ 可能还下载了些文件。”

“怎么了？”埃伦迪尔赶忙询问。

“他的硬盘塞得满满的了。”

“什么意思？”

“要下载好多好多东西才能把硬盘塞满。他肯定下了不少电影。你看，这里有个文件夹叫 avideo 3。我们要不要打开来看看里面是什么？”

“好！”

西于聚尔・奥利点开这一文件夹，弹出了一个窗口，开始播放一个视频。他们看了几秒钟，发现是个色情片段。

“他们让一个女孩和一只山羊？！”埃伦迪尔表示难以置信。

“有三百一十二个这样的文件。”西于聚尔・奥利说，“可能都是类似的片段，有的甚至还是整部的。”

“Avideo？什么意思？”埃伦迪尔问。

“我不清楚。”西于聚尔・奥利回答道，“可能是兽奸类的。这里还有叫 gvideo 的，我们还看吗？就这个文件夹吧，gvideo 88？双击……最大化……”

“双——？” 埃伦迪尔话才说到一半，十七寸的显示器上就出现了四个男人做爱的画面。

“Gvideo 肯定是指同性恋视频。”看完后，西于聚尔・奥利说道。

“很显然，他经常看这些。”埃伦迪尔说，“加起来，一共有多少部这样的影片？”

“光这个文件夹就超过一千部了。硬盘里别处说不定还有更多。”

这时，埃伦迪尔外套口袋里的手机响了。来电显示是埃琳博格。科尔布伦被强暴那晚，还有两名男性和霍尔贝格一同去了舞厅。埃琳博格一直在追查那两个人的下落，她告诉埃伦迪尔，其中一个家伙名叫格雷塔，已多年杳无音讯。

“杳无音讯？”埃伦迪尔问。

“嗯，失踪了。”

“另一个呢？”埃伦迪尔追问。

“另一个在蹲监狱，”埃琳博格说，“他总惹是生非，被判了四年，现在还剩一年半。”

“罪名？”

“你能说出来的都算。”

13

埃伦迪尔提醒取证人员查看一下这台电脑。虽然查看里面所有的文件需要花很多工夫，但他还是交代他们逐个查看、列出清单、分门别类，并写一份详尽的内容报告。吩咐好这些后，他和西于聚尔·奥利便开车前往雷克雅未克东边的利特拉－赫劳恩监狱。沿途能见度很低，道路结冰，可他们的车子还是夏季轮胎，因此不得不小心行驶。过了斯伦格斯林关口后，天气变得暖和起来。开过奥尔富萨河后不久便隐约看见两栋监狱大楼高耸在铺满砾石的河岸边。旧一点的那栋楼三层高，三角墙风格。以前，它一直都是红色的瓦楞板屋顶，远远望去，像是一栋有些年头的大农舍。如今，屋顶已被粉刷成了灰色，使它和旁边的那栋新楼色调相匹配。新楼外面铁皮覆盖，颜色钴灰，楼顶还有一个瞭望塔，显得坚固又新颖，看上去和雷克雅未克市中心的那些金融机构大楼十分相像。

时代不同了啊！埃伦迪尔内心感叹道。

出发前，埃琳博格已和监狱负责人联系过，告知他们埃伦迪尔和西于聚尔·奥利要来见一名犯人。监狱长对两位侦探的到来表示欢迎，并亲自邀至他的办公室，给他们说了下这名犯人的一些具体情况。他说他俩去的时间十分不凑巧，想见的这名犯人正被单独关押着，因为他伙同其他两名犯人把一个因恋童癖刚关进来的犯人殴打致死。狱长说他不想细讲，但他必须让两位侦探清楚地知道，他们此次来见这名犯人实际上违反了单独关押重刑犯的规章制度，而且目前这名犯人还情绪不稳，容易暴躁冲动，不过，这已经算是所有状态中最好的了。但说明情况后，他还是陪同他们来到了探监室。两人坐在那儿等着犯人押来。

他叫埃利迪。今年五十六岁，是个惯犯。埃伦迪尔认识他，有一次还亲手把他押送到这个监狱里来。埃利迪被抓之前，干过很多坏事，一直过着为人所不齿的生活：先是利用渔船和商船出海，走私酒和毒品，被查出后坐了牢；后来为了骗取保险费，在一艘载重二十吨、刚驶离西南海岸的船上放火，导致船沉，同伙中算上他共有三人“幸存”，因为出了差错，另一个被他们几个忘了，被锁在了轮机舱，随船沉入了海底。潜水员下到船骸处调查时，发现起火点有三处，并且是同时点燃的，这起骗保案才得以揭穿。埃利迪因骗保、过失杀人以及国家检察机关所掌握的一系列轻微犯罪一并，被判有期徒刑四年，在利特拉－赫劳恩监狱服刑。目前他已服刑两年半。

埃利迪作恶多端，早就声名狼藉。最严重的一起是让受害者落下终身残疾。车子行驶在荒野上，埃伦迪尔给西于聚尔·奥利讲起了一件关于埃利迪的案子，他对那案子的印象尤其深刻。案情是这样的：埃利迪去斯诺拉布劳特找一年轻人算账。他把那个年轻人绑在椅子上，用破裂的瓶子划他的脸，以此来取乐。等警察赶到时那个年轻人已被打得不省人事，后来在重症监护室里待了四天，才勉强保住了性命。在制服埃利迪的过程中，一名警察被击昏，另一名断了胳膊。冰岛法官向来以姑息纵容恶名昭彰，对他如此恶劣的行径，加上之前几起轻微罪行，才判了他两年。宣读判决书时，埃利迪的脸上流露出了蔑视的神情。

门开了，两名看守押着埃利迪走了进来。这家伙尽管已经一把年纪，但看上去依旧力大无比。他身高六英尺，站在那儿像座塔似的。皮肤黝黑，光头，耳朵不大，耳垂与面颊粘连着，一只耳朵上还打了个耳洞，戴着一个黑色的“卐”字耳饰。一嘴假牙，说起话来直漏风。他上身穿着一件黑色T恤，下身穿着一条破洞牛仔裤，两条胳膊上布满了文身，厚实的二头肌非常显眼。埃伦迪尔和西于聚尔·奥利注意到，他手上戴着手铐，一只眼睛通红，上嘴唇浮肿，脸上满是抓痕。

心理变态的施虐狂，埃伦迪尔自语道。

看守分别把守在门两边。埃利迪走向桌子，面朝埃伦迪尔和西于聚尔·奥利坐了下来，并用他那双灰色、呆滞的眼睛打量着他俩，看上去满不在意。

“你认识一个叫霍尔贝格的人吗？”埃伦迪尔首先发问。

埃利迪像没听见似的，毫无反应。他用无神的双眼再次将他俩扫视了一遍。两位看守在门旁小声议论着些什么。楼里的某处突然传来喊叫声，接着砰地摔上门。埃伦迪尔又问了一遍，他的声音在空荡荡的大厅里回响着：“霍尔贝格，你还记得他吗？”

埃利迪仍不当一回事。他前后左右瞅着，仿佛眼前的这两人压根儿不存在似的，有的只是空气。三人面面相觑，时间一点点过去。埃伦迪尔和西于聚尔·奥利相互对视了一下。埃伦迪尔只得再一次发问，问他是否认识霍尔贝格，关系如何；还跟他说霍尔贝格死了，是被人杀死的。

听到最后，埃利迪来了兴趣。他把浑圆的胳膊放在桌子上，弄得手铐哐啷作响，抑制不住自己的惊讶，用好奇的眼神看着埃伦迪尔。

“霍尔贝格上周在家被杀了。”埃伦迪尔说，“我们正在排查、走访不同时期和他打过交道的人，你们两个似乎很熟。”

埃利迪转而盯着西于聚尔·奥利，他也盯着他，但埃利迪仍没有回埃伦迪尔的话。

“这是例行公事……”

“戴着手铐，我是不会跟你聊的。”目光还停留在西于聚尔·奥利身上的同时，埃利迪忽然开口说道，那声音嘶哑、粗野，充满挑衅意味。埃伦迪尔思考了一会儿，站起身，走向两名看守，向他们说了下埃利迪的要求，并询问是否可以给他拿掉手铐。看守犹豫了好一会儿，但还是走过去给埃利迪解开了手铐。解开后，他们立马回到门边站好。

“现在你可以讲讲霍尔贝格了吧？”埃伦迪尔问道。

“可以啊，先叫他们走开。”埃利迪朝那两名看守望去。

“不行！”埃伦迪尔说。

“你小子是不是同性恋啊？”埃利迪一边说，一边盯着西于聚尔·奥利。

“废话少说！”埃伦迪尔大声说道。西于聚尔·奥利一言不发，正和埃利迪对视着。

“没什么是不行的。”埃利迪说，“别他妈的告诉我什么是不行的。”

“看守哪儿都不会去。”埃伦迪尔补充道。

“你是同性恋吧？”埃利迪又说了一遍，说话时眼睛还是盯着西于聚尔·奥利。但西于聚尔·奥利不理睬他。

场面陷入了僵局，三人沉默了好一会儿。后来，埃伦迪尔起身，走到那两名看守身旁，询问如果有可能，让他们先出去，他俩好问埃利迪几个问题。看守不假思索地否决了埃伦迪尔的这个提议，因为上面有命令，不准他们离开犯人半步。况且，埃利迪还是个重点关押对象，他们更是不得擅自离开。经过几番交涉，看守提出，让埃伦迪尔通过对讲机问狱长答不答应。埃伦迪尔跟狱长说，看守站在门里或门外把守区别不大，他俩从雷克雅未克远道而来，就是想问这个犯人几个问题，他说如果答应他提出的条件，他就愿意配合问话。狱长吩咐看守照做，由他本人替两位侦探的安全负责。看守退到门外。埃伦迪尔转身回到桌边坐下。

“现在可以跟我们讲了吧？”埃伦迪尔问。

“我都不知道霍尔贝格被人杀了，”埃利迪说，“我也不知道我干了什么，这些‘法西斯分子’就把我单独关起来了。他是怎么死的？”他说着，眼睛仍盯着西于聚尔·奥利。

“不关你的事！”埃伦迪尔说。

“我爸说我是世上最好问的家伙。他总是这么说，不关你的事！不关你的事！他死了，是被捅死的吗？霍尔贝格是被人捅死的吗？”

“不关你的事！”

“不关我的事！”埃利迪看着埃伦迪尔说道，“那就滚吧！”

埃伦迪尔想了想，刑事调查局以外的人是不能知道此案细节的。要他一再容忍这个混蛋，真是烦死了！

“他头部受到了重击，头骨粉碎，当场死亡。”

“用锤子吗？”

“烟灰缸。”

埃利迪凝视着埃伦迪尔，又缓缓地将目光转向了西于聚尔·奥利。

“哪个笨蛋会用烟灰缸杀人？”他问道。埃伦迪尔注意到西于聚尔·奥利的额头上渗出了密密的汗珠。

“这也正是我们想知道的。”埃伦迪尔接过话，“你之前和霍尔贝格联系过吗？”

“他死的时候痛苦吗？”

“没有。”

“蠢蛋一个。”

“你还记得格雷塔吗？”埃伦迪尔又问道，“他和你，还有霍尔贝格，你们三个一起去过凯夫拉维克。”

“格雷塔？”

“你还记得他吗？”

“你问他干什么？”埃利迪问道，“问他什么？”

“我知道格雷塔多年前就失踪了，”埃伦迪尔说，“关于他的失踪，你知道些什么？”

“我应该知道些什么？”埃利迪反问，“你凭什么认为我知道些什么？”

“你们一行三人——你、格雷塔，还有霍尔贝格——在凯夫拉维克……”

“格雷塔是个混蛋。”埃利迪打断埃伦迪尔，说道。

“你们在凯夫拉维克做了什么，然后霍尔贝格……”

“……把那个小妞强奸了。”埃利迪插嘴说道。

“你说什么？”埃伦迪尔问。

“这就是你们来的目的吧？想知道关于凯夫拉维克那个小妞的事？”

“那么，你还记得那件事？”

“那件事和他被杀有什么关系？”

“我没说……”

“霍尔贝格特爱讲那件事。炫耀，懂吧？炫耀他既快活了又没被抓。他把那小妞干了两次，你们不晓得吧？”埃利迪故意说得很生硬，还来回打量着埃伦迪尔和西于聚尔·奥利。

“你确定，你说的是凯夫拉维克的那起强奸案吗？”

“亲爱的，你穿的内裤是什么颜色的呀？”埃利迪笑嘻嘻地望着西于聚尔·奥利。埃伦迪尔瞅了一眼自己的同事，发现他正恶狠狠地瞪着埃利迪。

“你嘴巴放干净点！”埃伦迪尔厉声说道。

“我在学霍尔贝格，问她的内裤。他干起那事可比我疯狂多了。”埃利迪傻笑着说道，“结果反而是我被抓进监狱里来了。”

“他问谁的内裤？”

“不就是凯夫拉维克的那个小妞吗？”

“他真的跟你讲过？”

“讲得还很详细。”埃利迪继续说道，“霍尔贝格总是津津乐道地讲起那事。话说回来，你们为什么要问这些？这跟凶杀案有什么关系？还有，为什么突然问起格雷塔？我没闹明白。”

“我们只不过在例行公事罢了，没什么。”埃伦迪尔说。

“那好吧，如果告诉了你们，我能有什么好处？”

“你已经得到了你想要的。我们在这儿和你单独谈话，没要你戴手铐，也没人监管你，还得忍受你这些脏话。其他的，我们帮不了你。听着，要么回答我们的问题，要么我们马上离开。”

埃伦迪尔受不了了！他那双强劲的手伸到桌子对面，一把抓住埃利迪的脸，把他的脸扭过来朝向自己。

“你爸没教过你，盯着别人看很不礼貌啊？”埃伦迪尔又补充了一句。西于聚尔·奥利望了一眼埃伦迪尔。

“放心吧，我搞得定，没事。”埃伦迪尔说道。

他松开了手。

“你是怎么认识霍尔贝格的？”他追问。埃利迪揉了揉他的下巴。埃伦迪尔知道他刚取得了一个小小的胜利，得乘胜追击。

“别以为我不知道你。”埃利迪开口说道，“别以为我不知道你是谁，别以为我不认识埃娃。”

埃伦迪尔盯着埃利迪，满脸震惊。这不是他第一次听坐牢的家伙这么说，但他的确没有丝毫的心理准备。他不知道女儿埃娃·林德到底和哪些人混在一块，但其中肯定有一些囚犯、毒贩、窃贼、妓女、恶棍，要列名单的话，可以列一长串。上学期间，埃娃·林德贩卖毒品，被家长举报，让警察逮捕了，为此还犯了法。她要想结识埃利迪这类人并不难，而埃利迪这类人认识她也很容易。

“你是怎么认识霍尔贝格的？”埃伦迪尔再一次问。

“埃娃还不赖。”埃利迪答非所问，但埃伦迪尔觉得他话里有话。

“你要是再提她，恕不奉陪！”埃伦迪尔说，“那样就没人让你耍着玩了。”

“去他娘的苦役，去他娘的禁闭，给我弄点烟抽，买台电视看，这些要求不多吧？你们两个超级警察应该搞的定吧？要是每个月还能给我弄个小妞玩玩，就像他的那个小妞，那就太美了！”他说着，用手指着西于聚尔·奥利。

埃伦迪尔站了起来，西于聚尔·奥利也慢慢站起身。埃利迪忽然大笑起来。那嘶哑的笑声先是闷在喉咙里，进而变为咯咯咯地狂笑，接着又忍不住一阵剧烈咳嗽，随后，一口浓痰吐到了地上。看到这一切，埃伦迪尔和西于聚尔·奥利没有再逗留，转身走向门口。

“霍尔贝格跟我讲过很多关于凯夫拉维克的那次强奸。难道你们不想听吗？”埃利迪冲着他俩大喊，“他全都告诉我了。他跟我说，那个小妞的尖叫声像杀猪似的。难道你们就不想知道，他干完一次，等着干第二次时，向那个小妞耳语了些什么吗？该死的笨蛋！你们不好奇他对她说了些什么吗？”

埃伦迪尔和西于聚尔·奥利停下来，转身一看，只见他冲着他俩摇头晃脑，嘴里喷着白沫，骂骂咧咧。接着，他又踮起脚，双手撑着桌子，身体前倾，大脑壳使劲地伸向他们，像一头愤怒的公牛似的咆哮个不停。

这时，门开了，两名看守走了进来。

“他跟那个小妞还说了另一个女人。”埃利迪大叫着，“他告诉她，他是怎么干另一个小妞的。”

14

埃利迪一看到看守进来，立刻暴怒起来。他翻过桌子，吼叫着，冲向四人，整个身子都扑了上去。还没等埃伦迪尔和西于聚尔·奥利反应过来，就被他猛地扑倒在地。接着，埃利迪用头撞去，两人顿时鼻血喷出。正当埃利迪举起拳头准备冲着埃伦迪尔毫无防备的脸挥拳时，一名看守掏出黑色警棍，冲着埃利迪的身子一侧一阵电击。可惜，电击只减缓了他出拳的速度，并没能让他停下来。等他再次抡起胳膊时，另一名看守果断给了他第二次电击，他这才倒地，压在埃伦迪尔和西于聚尔·奥利身上。

他俩吃力地从埃利迪身下爬出来。西于聚尔·奥利拿出手帕，塞进鼻孔，以免鼻血流出来。看守们再次给了埃利迪一电击，他终于老实不动了。他们重新给他戴上手铐，非常吃力地将他抬起，正打算带他离开时，被埃伦迪尔叫住，让他们稍等一会儿。接着，埃伦迪尔走向埃利迪。

“另一个女的是谁？”埃伦迪尔问道。

埃利迪毫无反应。

“被霍尔贝格强奸的另一个女的是谁？”埃伦迪尔重复了一遍。

埃利迪想笑，但遭电击后的他觉得有点晕眩，脸部肌肉有些扭曲，鼻血顺着鼻子往下流，流到了嘴巴里，假牙上都是血。埃伦迪尔强压怒火，面不改色，说话的语气听起来像是对埃利迪掌握的信息并不在乎。他很清楚，像埃利迪这种人，哪怕是最轻微的弱点，但凡被他们察觉，都会让他们立刻变得傲慢起来，目中无人、得寸进尺。语气热切、眼神异动、双手不自然、情绪不耐烦等些微类似的迹象，都可能给他反击的机会。刚才他把埃娃·林德扯进来时，已经快让埃伦迪尔失控，打破两人间的均势局面。正因如此，埃伦迪尔决定不能再正中下怀，让他体会到凌驾于人的变态乐趣！

他们就这样瞪着对方。

“带他出去！”埃伦迪尔说罢，转过身去。看守过来打算押他回囚室，他却僵住似的。他们使出浑身力气挪他，他仍然纹丝不动，赖在原地不走。他意味深长地打量了埃伦迪尔好一会儿，最后还是放弃了抵抗，任凭看守架着他出了房间。西于聚尔·奥利还在忙着止鼻血。他的鼻子已经肿了起来，手帕上浸满了鲜血。

“你的鼻子流了好多血啊！”埃伦迪尔一边说着，一边仔细地检查着西于聚尔·奥利的鼻子，“其他没什么问题，没有大碍。没看见伤口，鼻子也没断。”埃伦迪尔用力捏了一下西于聚尔·奥利的鼻子，他疼得尖叫起来。

“哦，说不定真断了，我可不是医生啊！”埃伦迪尔又说。

“混蛋！”西于聚尔·奥利咬牙切齿地说，“他妈的混蛋！”

“那混蛋是在玩弄我们呢，还是他真的知道另一名被强奸的女性？”埃伦迪尔同西于聚尔·奥利往外走时，说道，“如果的确还有一名受害者，说不定还有更多受害者，只不过都没报过案。”

“那种混蛋能讲什么真话。”西于聚尔·奥利还是非常气愤，“他故意只说一半，吊我们的胃口，还觉得有趣。他是在戏弄我们。他的话，你一个字也别信。人渣！败类！”

他俩来到狱长办公室，简要地说了下刚才发生的事。在他俩看来，像埃利迪那种人，应该被关在精神病院的单间里，四周加铺软垫。狱长一脸倦怠地表示赞同，但他指出，眼下除了利特拉－赫劳恩监狱以外，官方也别无他处收押他。这已不是埃利迪第一次在监狱里因暴力伤人而被单独关押了，也绝非最后一次。

他俩出办公室后，来到牢房外面的开阔处。在等停车场的蓝色大门打开，发动车子准备离开时，西于聚尔·奥利看见一名看守在车后面追着跑来，向他俩挥手示意，要车停下。于是他俩停下车，等他跑过来。埃伦迪尔摇下车窗。“他想跟你谈谈。”看守气喘吁吁地说。

“谁？”埃伦迪尔问。

“埃利迪，他想跟你谈谈。”

“我们已经跟他谈过了。”埃伦迪尔答道，“你告诉他，让他别痴心妄想了。”

“他说，他会告诉你你想知道的一切。”

“他撒谎。”

“他就是这么说的。”

埃伦迪尔望着西于聚尔·奥利，西于聚尔·奥利耸了耸肩。埃伦迪尔思考了片刻。

“好，那我们去！”他终于开口说道。

“他只想跟你谈，没有他。”看守说着，瞅了眼西于聚尔·奥利。

*

埃利迪再也不被允许出禁闭室，埃伦迪尔只好通过门上一个小洞跟他谈话。他将门上的嵌板滑向一侧，朝里看去，只见里面漆黑一片，什么都看不见，只能听得到埃利迪那嘶哑的声音，他在咯咯咯地笑着。看守把埃伦迪尔带到门口后就退到一边去了。

“那个同性恋怎么样了？”埃利迪张口便问。他没有靠近门上的洞口跟埃伦迪尔讲话，而是退回在房间里。也许他躺在床上，也许背靠墙坐着。埃伦迪尔只觉得，那声音像是从黑暗深处传来的。他明显冷静下来了。

“这可不是下午茶的闲聊。”埃伦迪尔说，“是你想跟我谈的。”

“你觉得是谁杀了霍尔贝格？”

“我们还不清楚，关于霍尔贝格，你都知道些什么？”

“她的名字叫科尔布伦，在凯夫拉维克被霍尔贝格强奸了的那个小妞。霍尔贝格总是津津乐道地谈起此事。他告诉我说，那妞傻到极点，竟然想到要去警局告他；还说他差点就难逃那一劫，受牢狱之灾。他还详细地讲了整件事情的经过。你想听吗？”

“没兴趣！”埃伦迪尔说，“你跟霍尔贝格什么关系？”

“我跟他都在港口和灯塔管理局做工，后来就认识了。那时，我在跑船，他也还不是货车司机。我俩时不时会碰面，我卖他酒，他卖我黄片，还一起进城找女人玩。一旦失手便永远无法补救，这是他教给我的第一个道理。他很会讲话，花言巧语的，总能讨女人欢心，是个特别爱寻欢作乐的家伙。”

“你们一起进城玩？”

“所以我们才去了凯夫拉维克。那时我们一起给雷恰内斯灯塔刷油漆。那地方很恐怖，有野鬼，你去过不？整晚上都能听见尖叫声、嚎叫声，比现在这鬼地方还糟糕，可霍尔贝格一点都不怕。他连野鬼都不怕，还怕什么？”

“他刚认识你就立马告诉了你他强奸科尔布伦的事？”

“他跟那妞离开时，冲我挤了挤眼。我当然明白他什么意思。他很会勾引女人，觉得玩火很刺激。那妞报警后，他把办理那案子的警察嘲笑了一番，后来那警察就没再管这案子，那事就不了了之了！”

“那警察和霍尔贝格认识吗？”

“我不知道。”

“科尔布伦遭强奸后，生了个女儿。他跟你说过这事吗？”

“女儿？不知道啊！还把那妞的肚子搞大了？”

“你还听说过另一起强奸案，”埃伦迪尔没有回答他，紧接着问，“他强奸过另一名女性。她是谁？叫什么名字？”

“我不知道。”

“那你为什么叫我回来？”

“我不知道她是谁，但我知道事发时间，还有她住的地方。这么多线索，足以让你找到她。”

“那是什么时候？在哪儿？

“好吧，我可以告诉你。给我什么好处？”

“给你？”

“你能为我做什么？”

“我什么都帮不了你，而且也不想帮你。”

“你肯定会的，这样我就会告诉你我所知道的。”

埃伦迪尔思考了一会儿。

“我没法保证能帮上你。”埃伦迪尔答道。

“我受不了被关在这儿，就我一人。”

“这就是你专程叫我回来的原因？”

“你不知道我在这儿遭得什么罪，我都要疯了。他们从不开灯，我都搞不清是白天还是黑夜。我像动物一样，被他们关在笼子里。他们还像对待牲畜一样对待我。”

“那不然，你想怎样？你真当自己是基督山伯爵？”埃伦迪尔挖苦他说，“你是个施虐狂，埃利迪。是最不可救药的精神变态和施虐狂，是个喜欢暴力的白痴，是个仇视同性恋的家伙，还是个种族歧视者。你是我见过的最坏的低能儿。我才不管你，哪怕他们把你一直关在这儿，直到你死了。我这就给他们提提建议去！”

“要是你能把我从这房间弄出去，我就告诉你她住哪儿。”

“我没法帮你，你个蠢蛋，我也没权力这么做。哪怕有，我也不会这么做。你要是想少关禁闭，就不该再打人。”

“你可以的。你就说，是你们把我打伤了，你那个同性恋同事先动的手；我很配合调查，但他说了些自作聪明的话；我回答了你们很多问题等。我知道你的能耐，他们会听你的。”

“除了这两个，霍尔贝格是否还谈到其他女性？”

“你会帮我的吧？”

埃伦迪尔想了想，“我试试吧。他还提到过其他人吗？”

“没，从没。我只晓得这两个。”

“你说话当真？”

“我没说谎。另一个女的从没提出过控告，那可是在六十年代初期呀！后来霍尔贝格再也没去那个地方。”

“什么地方？”

“你会把我弄出去吗？”

“到底是什么地方？”

“你保证？”

“我什么也不能保证，”埃伦迪尔说，“但我会跟他们谈谈。到底是什么地方？”

“胡萨维克。”

“她那时多大？”

“年纪跟凯夫拉维克那个差不多，只是更惨些。”埃利迪说。

“更惨些？”

“难道你不想听？”埃利迪掩饰不了内心的急切，赶紧问，“你想知道霍尔贝格都干了些什么吗？”

还没等答复，埃利迪的声音便穿过门上的小洞，从黑暗中传了出来。埃伦迪尔站在那儿，静静地听着那个嘶哑嗓音发出的独白。

*

西于聚尔·奥利坐在车里等着埃伦迪尔。两人驶离监狱后，埃伦迪尔简要地告诉了他刚才谈话的内容，不过跳过了埃利迪后面的独白部分。他俩决定去趟胡萨维克，找找一九六〇年左右住在那儿的居民。要是真如埃利迪所说，在那儿有一个和科尔布伦年纪相仿的女性，那么，找出她并非难事。

“埃利迪怎么办？”开车回雷克雅未克的路上，途经斯伦格斯林关口时，西于聚尔·奥利问道。

“我问看守能否缩短他的单独监禁，被拒绝了。别的我也无能为力。”

“至少你信守了诺言。”西于聚尔·奥利笑了笑，说道，“霍尔贝格不会只强奸过这两名女性，肯定还有其他受害者。”

“有可能。”埃伦迪尔神情茫然地回应道。

“你在想什么？”

“有两件事情让我很伤脑筋。”埃伦迪尔说道，“我想知道那个小女孩的确切死因。”他听见西于聚尔·奥利叹息一声，又接着说，“还想知道她究竟是不是霍尔贝格的孩子。”

“你怎么会对这一点起疑心？”

“埃利迪跟我提过，霍尔贝格有个妹妹。”

“妹妹？”

“而且很小就去世了。我们应该去医院查查她的医疗档案，看看能否发现什么有价值的东西。”

“霍尔贝格妹妹的死因是什么？”

“可能类似于奥迪尔的病。埃利迪说霍尔贝格曾提到过她的死因跟大脑有关。我问埃利迪是不是脑瘤，但他说他也不清楚。”

“这跟我们破案有什么关系？”西于聚尔·奥利吃惊地问。

“我认为可能与血缘相关。”埃伦迪尔回答。

“与血缘相关？什么？怎么可能？就凭我们找到的那张字条？”

“是的！”埃伦迪尔说，“就因为那张字条，也许这是个与血缘和遗传有关的案子。”

15

在格拉法沃于尔西郊，一位医生住在这里的一幢连栋房屋里。他长得又矮又瘦，面庞棱角分明，活力满满。他穿着件衬衫，胸前的口袋里别着两支笔，站在家门口迎接埃伦迪尔的来访，并将他领进了宽敞的门厅。他把那儿当成了自己的办公室，虽陈设简单，只有一张桌子、一台打字机，但也干净整洁。他跟埃伦迪尔说，自己现在已不再行医治病了，只是偶尔帮帮律师们的忙，为他们接手的案子做一些伤残鉴定工作。这位医生名叫弗兰克。

埃伦迪尔事先打电话约的这次会面。午后的时光悄然流逝，天色渐渐暗淡下来，西于聚尔·奥利和埃琳博格此刻正在局里围在一起看传真。那是由东北部区的胡萨维克地方政府发过来的一份40年前的居民登记表。而这边，弗兰克医生正请埃伦迪尔坐下。

“来找你看病的人里有没有很多骗子啊？”埃伦迪尔环顾了一下办公室四周，问道。

“骗子吗？”弗兰克回答道，“不能说很多，但总有些，特别是颈部受伤的人，最容易弄虚作假，你不得不相信他们所说的，什么他们的脖子是在交通事故中受伤的，那种人最难对付。其中有几个，我相信，可能真的伤得很重，其他的，应该仅仅只是脖子感觉不舒服罢了。”

“你是不是一接到我的电话，就立马想起了住在凯夫拉维克的那个小女孩？”

“要忘记那件事还真不容易！那个小女孩的母亲名叫科尔布伦，对吧？我听说她自杀了。”

“自始至终，它都是场悲剧。”埃伦迪尔说。他正犹豫着要不要咨询一下医生，自己每天早上起来胸部都会疼，到底是什么原因。可想了一下，觉得现在不是时候。要是弗兰克医生发现他已经病得十分严重，就会让他去住院，还没等到周末，他就得乖乖地听从白衣天使们的安排了。关于自己的身体状况，埃伦迪尔没指望能从医生那儿听到什么好消息，也不想听到什么坏消息，所以干脆闭口不谈。

“你是说，小女孩的死与诺德米里谋杀案有关？”医生问道。他这一问，把埃伦迪尔从遐想中拽回了现实。

“是的。霍尔贝格——谋杀案的被害者——可能是小女孩的父亲。”埃伦迪尔说，“小女孩的母亲一直这么认为，但霍尔贝格本人却不承认。他承认与科尔布伦发生过关系，但要他承认是他强奸了科尔布伦却没有十足的证据。一般来说，指控类似的案子，证据确实少之又少。我们正在调查此人的过去。那个小女孩四岁时因病去世了。你能告诉我这是怎么一回事吗？”

“可我看不出这与谋杀案有什么关系。”

“嗯，会清楚的。你能回答我几个问题吗？”

医生盯着埃伦迪尔，仔细打量了好一会儿。

“探长先生，我直接跟您说吧。”他说道，像是准备好了要应对什么事似的，“我那时与现在完全不一样。”

“不一样？”

“甚至更糟糕。不过，现在我已经近三十年没碰过酒了。我必须坦诚地面对这一切，这样您也就不需要再费心去调查了。一九六九年到一九七二年间，我的全科医生从医资格证被吊销了。”

“因为那个小女孩？”

“不，不，不是因为她，虽然那件事足以吊销我的执照，但不是这个原因，而是酗酒和渎职。后果严重到必须吊销我的从医资格证。”

埃伦迪尔想就此打住，但抑制不住自己的好奇心。

“你的意思是，有好多年，你都在酗酒？”

“可以这么说。”

“你的从医资格证后来恢复了？”

“是的。”

“之后再没出过其他医疗事故？”

“嗯。”弗兰克说完，又摇了摇头，“但是，正如我所说，给科尔布伦的女儿——奥迪尔——看病的时候，我的状态的确不好。她头痛得厉害，我以为只是儿童偏头痛症。她过去常常在早上呕吐。当她头痛得越来越厉害时，我也只是给她加大了用药量，而没有仔细检查她身上是否还有其他症状。那件事成了我职业生涯中的一个污点，我多么想尽快忘了它。谁都会犯错误，医生也一样！”

“孩子的死亡原因是什么？”

“即使我当时反应迅速，及时把她送去医院，情况也和现在没什么不同。”弗兰克若有所思地说，“起码我是这么安慰自己的。那时，儿科医生不多，也没有用于脑部扫描的先进仪器，我们诊断病人全凭自己的经验和感觉。正如我刚才所说，那些年我常用酒精麻痹自己。老婆跟我离婚也没让我迷途知返。我这样说并不是想给自己找借口，误诊了那个小女孩。”他说完，看了一眼埃伦迪尔。而在埃伦迪尔看来，这位医生分明是在找借口。

埃伦迪尔点点头以示相信。

“大约过了两个月，我开始怀疑，那孩子的病情可能比儿童偏头痛症严重。因为她不仅没有丝毫好转，反而变得越来越糟。她开始慢慢消瘦，像花儿一样枯萎、凋零。当时我也想过有没有可能是其他病症，尤其是头部结核感染。根据小女孩的症状，通常的诊断结果应该就是伤风。后来，我又想会不会是脑膜炎，但缺少各种相应症状，而且她的发病速度更快。再后来，我发现女孩的皮肤上出现了咖啡斑，直到那时，我才开始往肿瘤方面去想。”

“咖啡斑？”埃伦迪尔重复道，记得在哪儿听过这个。

“这种斑点可能是肿瘤的症状。”

“然后，你就把她送去了凯夫拉维克医院？”

“她死在那儿了。”医生说，“对她妈妈来说，那是多么沉重的打击啊！她几乎疯了。我们不得不通过采取措施来让她镇静下来。听说院方要解剖她女儿的尸体，她坚决不允许，还冲着他们大叫：不要做解剖！”

“但那里的医生还是做了。”

弗兰克医生犹豫了一下。

“这是不可避免的。没有办法！”

“尸检的结果怎么样？”

“跟我判断的一样，死于一种致瘤疾病。”

“致瘤疾病？什么意思？”

“脑肿瘤。”医生回答道，“她死于脑肿瘤。”

“哪种类型的脑肿瘤？”

“我不清楚。”医生接着说，“我不知道他们有没有进一步研究，但愿他们做了。我记得他们说过那是一种遗传性疾病。”

“遗传性疾病？”埃伦迪尔抬高嗓门，说道。

“现在遗传性疾病不是很多吗？这和霍尔贝格被杀有关联吗？”医生吃惊地问。

埃伦迪尔坐在那儿，陷入了沉思。

“你为什么打听那个小女孩的事？”

“我总是梦到这些。”埃伦迪尔答道。

16

晚上，埃伦迪尔回到家，女儿没在。他尽量听从女儿的建议，在她住家的这段期间，不要总惦记着她去哪儿了、会不会回来，也不要担心她在外面是好是坏。他回来顺路去了家外卖餐馆，买了一包炸鸡当晚餐。他把炸鸡扔到椅子上，脱外套时，闻到了一阵阵熟悉的香味。他很久都没有闻到厨房里的烹饪香味了。一日三餐都类似搁在椅子上的炸鸡，或者汉堡、低廉餐馆的外卖、超市的速食、凉的煮羊头肉、盒装凝乳，以及难吃的微波炉加热食品。他已经记不起上一次亲自下厨做一顿像样的饭是什么时候的事了，甚至哪一天有过这个想法，他都记不得了。

埃伦迪尔小心翼翼地向厨房走去，准备发现闯入者，却见到一张精心布置的餐桌，上面摆放着两个漂亮的盘子——他依稀记得家里有这种盘子——两个盘子边都摆放着一个高脚葡萄酒杯，餐巾也准备好了，红色的蜡烛已经点燃，放在烛台里。蜡烛的颜色与烛台并不搭，埃伦迪尔从没见过这两个烛台。

他慢慢走到灶台边，想知道锅里煮着什么。他掀开盖子，低下头，看见锅里煮的是令人垂涎欲滴的炖肉，有萝卜、土豆、肉块和一些调味品，上面飘着一层油，这一美味菜肴散发出的香味溢满了整个屋子。这才是家的味道啊！埃伦迪尔忍不住地弯下腰，贪婪地闻着锅里的香味。

“家里菜不够了，我又去买了点。”埃娃·林德站在厨房门口说。埃伦迪尔没有注意她是什么时候进来的。她穿着他的带风帽厚夹克，手上拎着一袋胡萝卜。

“你从哪儿学的炖肉？”埃伦迪尔问道。

“妈妈以前经常炖肉给我吃，”埃娃·林德回答道，“不骂你时，她会告诉我你最喜欢吃她做的炖肉。可过了一会儿，她又说你是个混蛋。”

“你妈妈说的都对。”埃伦迪尔回应道。他看着埃娃把胡萝卜切碎，放进锅里和其他蔬菜一起煮，他突然觉得，自己恢复了正常的家庭生活，这让他感到既伤心，又快乐。他多么希望能一直这么幸福下去，但还是提醒自己别奢望它会持久。

“你们找到那个凶手了吗？”埃娃·林德问。

“埃利迪问候过你。”埃伦迪尔说道。话一说出口，他马上觉得，像埃利迪那种人，不该出现在他们父女的对话中。

“埃利迪，他在利特拉-赫劳恩监狱服刑。他知道我是谁吗？”

“有些混蛋在跟我谈话时会提起你的名字。”埃伦迪尔说，“他们以为那么做就能戳到我的软肋，占据上风。”

“是吗？”

“嗯，比如埃利迪。你怎么会认识他？”埃伦迪尔小心翼翼地问道。

“我听说过有关他的一些事。几年前还见过他一次，当时他的假牙是用胶水粘上去的。我跟他不是很熟。”

“他是个十足的白痴。”

那晚，他们再也没谈及埃利迪。父女俩开始坐下来吃饭，埃娃·林德往酒杯里倒了点水，埃伦迪尔吃得特别多，之后几乎是一步一蹒跚地走到客厅，然后穿着衣服就睡了。睡得特别不好。

最近，他一直在做同一个梦。奇怪的是，醒来之后，想不起梦见了什么。但这次，他却记得昨晚的梦，大部分都没忘。

梦中埃娃·林德出现时，周遭环境以及她的样子，他好像从来没见过：阳光普照，周围洋溢着夏天的气息。她身穿一条长及脚踝的夏季连衣裙，头发浓黑飘逸，垂落在后背，缓缓向他走来，也可能是轻飘过来的，因为他没有看见她双脚着地。他说不出自己到底在哪儿，只见闪闪光芒中，埃娃·林德开心地笑着，朝他飘来。他张开双臂，想抱住她，他等得真着急，但她一直没能进入他的怀抱，只是递给了他一张照片。突然间，光亮全消失了，埃娃·林德也随之不见了。他的手里捏着那张熟悉的照片，就是在墓地拍的那张。恍惚中，照片上的一切好像活了，而他也现身其中。他抬头仰望漆黑的天空，感觉雨滴砸在了他的脸颊上；他又低头往下瞧，发现墓碑向后移动，墓穴洞开，黑暗之中出现了一口棺材，棺材盖渐渐打开。他看到里面躺着一个小女孩，她的躯干从中间被切开，切口一直延伸到肩部。突然，小女孩睁开了眼睛，直勾勾地盯着他，还张开了嘴巴。他听见从她的坟墓里发出了哭喊声，那哭声悲凉、凄楚，令人同情。

他猛然惊醒，上气不接下气，两眼盯着半空，好一会儿才镇定下来。他高喊了几声女儿的名字，没人回应，便走向她的卧室。房门还没打开，他就觉得里面没人。他知道，她已离开。

*

查看过胡萨维克居民登记表后，埃琳博格和西于聚尔·奥利列出了一份清单，包含一百七十六位女性，其中可能有被霍尔贝格强奸过的受害者。他们下一步要做的，就是从埃利迪所说的“年纪差不多”着手，以科尔布伦的年纪为参考，找那些比她年长或年轻十岁的人为调查对象。经过第一轮筛查后，这些人大致可以分为三组：还住在胡萨维克的占四分之一，搬去雷克雅未克的占一半，剩下的四分之一遍布冰岛各地。

“挨个去问这么多疑似受害者，是要把人逼疯的。”埃琳博格叹了口气，看了看名单，之后交给了埃伦迪尔。她注意到，埃伦迪尔比平常邋遢了点儿，胡子好几天都没刮了，头发浓密姜黄，横七竖八地倒在脑袋上，破旧的西服皱巴巴的，太需要送去干洗了。埃琳博格犹豫着要不要提醒他一下，但埃伦迪尔看起来一脸严肃，好像禁不起开玩笑。

“你最近睡得还好吗？”埃琳博格小心地问道。

“糟糕极了！”埃伦迪尔说道。

“接下来该怎么办？”西于聚尔·奥利问道，“我们真的有必要挨家挨户去找所有这些女性，然后问她们四十年前有没有被人强奸过？这是不是有点……无礼？”

“我想不出其他什么更好的办法，我们先从搬离胡萨维克的人问起吧。”埃伦迪尔说道，“先查住在雷克雅未克的，看看能不能查到有关那名女性的新线索。要是埃利迪那个蠢蛋没撒谎的话，霍尔贝格应该向科尔布伦提起过她。那么，科尔布伦也可能向她的姐姐或鲁纳提起过她。所以，我想去一趟凯夫拉维克。”

“或许我们可以缩小一下搜寻范围。”他想了会儿，说道。

“能缩小吗？怎么缩小？”埃琳博格问道，“你想到了什么好办法吗？”

“我刚想出了一个。”

“什么办法？”埃琳博格一下子就不耐烦了。她今天上班时穿了条崭新的浅绿色裙子，但没一个人注意到她的新衣服。

“血缘、遗传与疾病。”埃伦迪尔说道。

“对！”西于聚尔·奥利回应道。

“我们假设霍尔贝格是个强奸犯，而我们不知道他到底强奸过多少名女性。目前知道的有两名，其中只有一名是可以确定的。即使他否认了，但现在，种种迹象都表明他确实强奸过科尔布伦。他是奥迪尔的父亲，甚至在此基础上可以这样推测，他跟胡萨维克的那名女性也可能有一个孩子。”

“还有一个孩子吗？！”埃琳博格惊讶道。

“在奥迪尔之前出生。”埃伦迪尔说道。

“可能吗？”西于聚尔·奥利表示怀疑。

埃伦迪尔耸了耸肩。

“你们不是想缩小调查范围吗？那就查找那之前生过孩子的女

性，那是哪一年？噢，对了，一九六四年。”

“我觉得这主意不错！”

“他可能到处生孩子。”埃琳博格插话道。

“的确，他不可能只强奸过一名女性，所以，我们要做的还有很多。”埃伦迪尔说道，“你弄清楚他妹妹的死因了吗？”

“还没呢，正在查。”西于聚尔·奥利回答道，“我在努力查找他的家人，但什么都查不到。”

“我查了格雷塔。”埃琳博格说，“当年，他突然就消失了，像是地面上裂开了一道口子，把他给吞了。压根儿没有人想起他。就连他的母亲也是整整两个月没他的消息，最后才报的警。警察在报纸上刊登了他的照片，还在电视上播了他的失踪消息，但都没人回应。那已是一九七四年夏天的事了。当时冰岛正在庆祝建国三十周年。你去辛格韦德利的庆典现场了吗？”

“去了。”埃伦迪尔说道，“你提辛格韦德利干吗？你认为他是在那里失踪的吗？”

“或许吧，我就知道这些。”埃琳博格说道，“对了，还有，当年警方按常规对格雷塔的失踪展开调查，并通过询问他母亲，对认识他的一些人进行了盘问，这些人中就包括霍尔贝格和埃利迪。他们还盘问了另外三个人，但没一个知道他的下落。除了他的母亲和妹妹挂念他以外，没人记得他了。他出生在雷克雅未克，没谈过女朋友，没娶过妻子，没生过孩子，也没姑表亲戚什么的，所以这起失踪案就这样悬而未决。几个月后，他被宣布死亡了。当年他三十四岁。”

“如果他同埃利迪、霍尔贝格是一路货色，那么没人记得他也就不足为奇了。”西于聚尔·奥利插话道。

“七十年代，算上格雷塔，整个冰岛共有十三人失踪。”埃琳博格接着说道，“八十年代有十二人，还不包括海上失踪的渔民。”

“共有十三人失踪？”西于聚尔·奥利惊讶地说道，“相当多了，难道都没破了案？”

“失踪背后并不一定都是犯罪事件吧！”埃琳博格说道，“有些人失踪，或许就是故意的，他们只想玩失踪罢了。”

“如果我的推测正确的话，情形可能是这样的：一九六三年秋天，某一周末的晚上，埃利迪、霍尔贝格还有格雷塔三人去克罗斯跳舞。”埃伦迪尔说道。

他注意到西于聚尔·奥利一脸疑惑。

“克罗斯是一个废弃了的军事医疗站，后来改造成了一个舞厅，那里经常举办一些非常低级趣味的舞会。”

“哦，冰岛披头士首次开演唱会就在那儿！”埃琳博格突然兴奋地插了一句。

“他们在舞厅里结识了几名女性，其中一名后来又在自己家里办了个派对。”埃伦迪尔自顾自地说着，“我们要试着找到这些女性。霍尔贝格送其中一名回家，然后把她强奸了。很显然，他之前玩过同样的把戏。他小声跟她讲他还玩过其他女性。那名女性可能住在胡萨维克，而且几乎可以肯定她从没指控过他。科尔布伦在强奸事件发生三天后才鼓起勇气去报了案，碰到的却是一名对女性毫无同情心的警察，他认为她们在舞厅里勾引男人，回家干完那事之后，又跑来哭诉遭到强奸。科尔布伦后来生了个女婴。霍尔贝格也许知道这孩子的存在，因为我们在他的书桌抽屉里找到了这孩子坟墓的照片。但那是谁照的呢？又为什么照那照片？这孩子死于一种致命的疾病，三年后，她的母亲也自杀了。又过了三年，霍尔贝格的同伴失踪了，而霍尔贝格本人几天前也被谋杀了，尸体上还留下了一张让人费解的字条。”

“为什么霍尔贝格会在晚年被杀？凶手跟我刚说的这些有关吗？如果有，那么霍尔贝格为什么早些年没被杀？凶手为什么等这么久才下手？难道霍尔贝格被杀与他是个强奸犯这一事实无关？如果这是事实的话。”

“这不像是一次预谋杀人，我们不应该忽略这一点。”西于聚尔·奥利插话道，“正如埃利迪所说，哪个卑鄙的人会拿烟灰缸当凶器？这不像是一次预谋已久的行凶，那张字条是闹得玩的，没什么寓意。霍尔贝格被谋杀应该和强奸没任何关联。我觉得我们应该去找那个穿绿色陆军夹克的年轻人。”

“霍尔贝格绝非善类，”埃琳博格说，“有可能是仇杀，有人觉得他该死。”

“最痛恨霍尔贝格的人应该是科尔布伦的姐姐，她住在凯夫拉维克，我们现在可以确定的唯一嫌疑人只有她一个。”埃伦迪尔说道，“可我不相信她能用烟灰缸把人杀死。”

“她会不会找其他人来帮她干掉他呢？”西于聚尔·奥利补充道。

“找谁？”埃伦迪尔问。

“我说不准。不管怎样，我觉得案情可能是这样的：某人一直在社区周围晃悠，准备入室行窃，不料被霍尔贝格抓住了，就拿烟灰缸砸向了他的头。这个人很可能是个瘾君子，毒瘾犯了恐怕连自己姓什么叫什么都不知道。因此，此案跟过去无关，只涉及当下。说不定这几天在雷克雅未克还会发生类似的案子。”

“至少，有人认为把他干掉是在做对的事，”埃琳博格说，“我们必须认真分析那张字条，那不是儿戏。”

西于聚尔·奥利看了眼埃伦迪尔，问道：“你想知道那个小女孩的确切死因。你真的那么想知道吗？”

“我有种不祥的预感！”埃伦迪尔答道。

17

鲁纳开门后，盯着埃伦迪尔看了好一会儿，似乎想不起来他是谁。埃伦迪尔从车里跑到这栋楼时，浑身湿透了。他现在站在一个公共走廊里，右手边是上楼的楼梯，很多人都从这里经过，楼梯上铺着的地毯已磨损。空气里弥漫着一股潮湿发霉的气味，埃伦迪尔感觉自己像是待在一栋有养马爱好者的楼里。埃伦迪尔问鲁纳是否记得自己时，显然他记得，因为一明白过来，他就想立马砰地把门关上，但埃伦迪尔快他一步，在鲁纳还没来得及行动之前，就抢先迈进了他的屋里。

“好舒服呀！”埃伦迪尔说着，环视着昏暗的室内。

“你给我马上离开！”鲁纳试图叱喝埃伦迪尔，但他的嗓音沙哑且短促刺耳。

“当心你的血压，如果你倒在我面前，我可不想给你做人工呼吸。我问完几个问题后立马就走，然后你继续在这里等死。你放心，不会占用你很长时间的。你看起来一点也不像‘本年度超级长者’，所以还没到耍大牌、叱喝人的时候。”

“滚开！”鲁纳拼上老命大吼一声后转身走进客厅，在沙发上坐了下来。埃伦迪尔跟着他进来，一屁股坐到椅子上，面朝鲁纳。但鲁纳连看都不看他一眼。

“科尔布伦跟你说过霍尔贝格强奸过其他女性吗？”

鲁纳没有回答。

“你早点说出来，我就可以早点离开。”

鲁纳抬起头，盯着埃伦迪尔。

“她从没跟我提起过他还强奸过其他人。现在你可以走了吧？”

“我们有足够的理由相信，霍尔贝格在遇到科尔布伦之前，还强奸过某名女性。他后来强奸科尔布伦可能只是故伎重演，不过现在我们还不是十分确定。只有科尔布伦一人站出来提出了控告，可就因为你，霍尔贝格得以逍遥法外。”

“滚出去！”

“你确定，她没有提过另一名女性？霍尔贝格向她吹嘘他还玩过一个，这也是有可能的。”

“她从没向我说起过。”鲁纳低头看着桌子回答道。

“那晚，霍尔贝格和他的两个朋友在一起。一个叫埃利迪，是个惯犯，你可能认识，现在在牢里的禁闭室和幽灵作战；另外一个叫格雷塔，在建国三十周年夏季庆典上失踪后就像从地球上蒸发了似的。关于他的这两个朋友，你都知道些什么？”

“不知道！走开！”

“科尔布伦被强奸那晚，他们三个在镇上做了些什么？”

“不知道！”

“你没审问过他们？”

“没。”

“那时，雷克雅未克的调查由谁负责？”

鲁纳第一次抬起头看了看埃伦迪尔。

“是马里昂·布里姆。”

“马里昂·布里姆？！”

“是的，就是那个该死的白痴！”

*

埃伦迪尔敲门时，埃琳不在家。于是他回到车里，点了支烟，考虑待会儿要不要去趟桑德盖尔蒂。雨水不停地落在车上，他没有看天气预报，不禁想知道这漫漫无期的雨季什么时候才是个头。车里烟雾缭绕，他想，这会不会就是诺亚遭逢的那场大洪水的“迷你版”，看来时不时地洗刷一下人类的罪恶很有必要。

埃伦迪尔本来还有点担心与埃琳的这次见面，没想到她不在家，这反倒让他松了口气。他知道埃琳肯定会对他发火，当她骂他是个“该死的警察”时，他也得忍着，即使这是他最不愿意听到的。但他不能回避，早晚都得面对。他长叹一声，直到烟燃得烫到了手指才发觉。他猛吸一口烟，掐灭，然后吐了出来。突然想起了禁烟运动中的一句话：只需一个小小的坏细胞就可能诱发癌症。

早上他感到胸口疼，但现在已经没事了。

他正准备开车回去时，埃琳敲了敲他的车窗。

“你是来找我的吗？”埃琳撑着雨伞问。埃伦迪尔摇下了车窗。

埃伦迪尔故作神秘地笑了笑，微微点头。埃琳打开家门，让他进了屋。他突然觉得自己像个叛徒似的。他的同事们已经出发前往墓地去了。

他摘下帽子，挂在衣帽钩上，然后脱下外套和鞋子，穿着皱巴巴的套装走进了客厅。他今天在夹克里穿了件棕色无袖开襟羊毛衫，羊毛衫没穿好，扣子扣错位了，使得最下面的一颗扣子没地方扣。他还是坐在上次来时坐的那把椅子上。埃琳进了厨房，插上咖啡机电源后，咖啡的香气顿时溢满了整个屋子。她回来后，面对着埃伦迪尔坐了下来。

这位“叛徒”清了清嗓子。“你妹妹被霍尔贝格强奸的那天晚上，与他一同去的还有两人。一个叫埃利迪，现在被关在利特拉－赫劳恩监狱，长期以来，我们称他为‘非常嫌疑犯之一’。另一个叫格雷塔，一九七四年——建国三十周年那年——他就失踪了。”

“我那时也去看庆典了，”埃琳说，“在那里见到了好些诗人。”

埃伦迪尔又清了一下嗓子。

“你和那个埃利迪谈过吗？”埃琳接着问。

“跟那种家伙谈话真叫人头疼！”埃伦迪尔说。

埃琳说了声抱歉，起身进了厨房，埃伦迪尔听到杯子叮当作响。这时，他口袋里的手机响了，来电显示是西于聚尔·奥利打来的，他屏住呼吸接通了电话。

“我这边已经准备好了。”西于聚尔·奥利说。埃伦迪尔能听到那边在下雨。

“在我赶到你那儿之前，不许擅自行动！”埃伦迪尔说，“听清楚了没？没有得到我的指令，或者我在场，任何人都不许采取行动！”

“你跟那位老太太说了吗？”

埃伦迪尔没有回答，直接挂了电话，然后把手机放回口袋。这时，埃琳走了进来，手里端着一个托盘，搁在埃伦迪尔面前的桌子上，拿出两只咖啡杯，端起咖啡壶，倒满，都没放奶和糖。倒好后，她把咖啡壶也放在桌子上，在埃伦迪尔对面重新坐了下来。埃伦迪尔接着往下讲。

“埃利迪跟我们说，霍尔贝格在欺辱科尔布伦之前，还强奸过另外一名女性，并且可能还在科尔布伦面前吹嘘了一通。”他看到埃琳一脸惊讶。

“即使科尔布伦知道还有其他女人和她的遭遇一样，她也从没跟我说过。”她说着，若有所思地摇了摇头，又问道，“埃利迪说的是真的吗？”

“当下，我们必须先假设他说的是真的，不然没法开展调查。”埃伦迪尔答道，“对埃利迪那种货色来说，撒谎更是家常便饭。但我们还找不到任何证据来证实他撒了谎。”

“我和科尔布伦也不是经常聊她被强暴那件事，”埃琳说，“可能是因为奥迪尔吧，也有其他原因。科尔布伦生来就胆小害羞、性格孤僻、沉默寡言。那事发生之后，她变得更加自我封闭了。而且，在她怀孕期间，问起那次可怕的遭遇当然不好，更别提生完孩子之后了。她想尽一切办法来忘记惨遭蹂躏的点点滴滴。”

“我想，如果科尔布伦知道还有一名女性跟她遭遇相同，她应该告诉警察，那样的话，还能为自己的证词提供些旁证。但我查看了所有相关案卷，里面都没有提及这事。”

“或许她是想维护那个女人的名声吧！”埃琳说。

“维护她的名声？”

“我妹妹很清楚，遭遇那种事该有多痛苦，再去报案说自己被强奸更有多痛苦。所以她自己也犹豫、彷徨了好些天。等她终于鼓起勇气去报案，却招来一顿羞辱。如果那个女人不愿意站出来，让自己的遭遇被人知道，那么我妹妹肯定会尊重她的意愿。我想应该是这样的，但也很难说，毕竟我不确定你的假设是否真实。”

“也许她并不知道详情，比如，那个女人的名字。可能只是隐约觉得有那么一个女的和她一样被霍尔贝格强奸了。也可能是从霍尔贝格的污言秽语中觉察到的。”

“她从没跟我说过那样的事。”

“你和科尔布伦谈起她被强奸那件事时，一般都说些什么？”

“不会说得很详细。”埃琳回答道。

这时，埃伦迪尔口袋里的手机又响了，埃琳停了下来。埃伦迪尔拿出手机看了下，又是西于聚尔·奥利打来的，便直接关了机，把它放到了一边。

“抱歉！”埃伦迪尔说。

“这些电话真烦人，是吧？”

“确实很讨厌，”埃伦迪尔回答道。他感觉时间用得差不多了，便说，“请您继续吧！”

“我妹妹说她非常疼爱女儿奥迪尔。尽管遭了那份罪，但她们母女之间的关系仍非常亲密。对她来说，奥迪尔就是她的全部。说出来不怕吓着你，其实科尔布伦一直很想当妈妈，甚至不想错过任何实现这一心愿的机会。你能理解吗？我觉得，她甚至把奥迪尔作为自己被强奸的某种补偿或类似的什么。这样认为似乎有点奇怪，可这个孩子好像就是上帝为了弥补她的不幸而赐给她的。我不清楚我妹妹到底是怎么想的，她从不说出自己的想法或感受。我对她的了解也有限，但我并没有为她辩解什么。后来，我妹妹开始为女儿祷告，甚至从不让女儿离开她的视线。从来没有。母女间的关系因那事而更加微妙，但她从没把女儿和那个毁了她一辈子的禽兽联系起来，只觉得奥迪尔是个漂亮可爱的孩子。她对女儿的宠爱甚至到了无以复加的地步，即使女儿死了。绝不止像墓志铭上所说的那样：'求你保护我的性命，不受仇敌的惊恐。'”

“您知道您妹妹选这句话的真实用意吗？”

“这是在向上帝祈求，你读了圣诗就会明白的。显然，这句话和孩子的死有关。她就这样不明不白地走了，实在悲惨。我妹妹更是不能忍受奥迪尔死后还要被解剖，她连想都不敢想那种事。”

埃伦迪尔看着地板，显得有些局促不安。可埃琳并没有注意到。

“你可以想到，”埃琳继续说道，“科尔布伦到底经受了多大的痛苦。她先是惨遭强暴，后又失去女儿，这些对她的精神打击非常大，几乎使她崩溃。她经历了那么可怕的事才有了女儿，但很快又要失去她。她觉得，这一切都是上帝的意愿，所以希望女儿能安安静静地离去。当医院提出对孩子进行尸检时，她的偏执狂加重了，觉得医生都是仇敌，她要保护她的女儿。”

埃伦迪尔迟疑了好半天才开口说：

“我觉得我现在也是仇敌中的一个。”

埃琳盯着他，不懂他说的是什么意思。

“如果可能的话，我们想打开棺材，对她做个更为详细的尸检。”

埃伦迪尔小心翼翼地说道。埃琳愣了，过了好一会儿才明白他话里的意思，茫然若失地看着他。

“你说什么？”

“这样，我们就能解释那孩子死亡的确切原因。”

“解释？不就是脑瘤！”

“可能……”

“你究竟想说什么？！把孩子挖出来？我简直不敢相信，我警告你……”

“我们有两点理由。”

“两点理由？！”

“再做一次尸检的理由。”埃伦迪尔说。

埃琳站了起来，气得在房间里直踱步。埃伦迪尔紧张地坐着，身子越发陷入柔软的椅子里。

“我从这儿的医院了解到，除了尸检医生出具的一份临时验尸报告之外，找不到与奥迪尔死因有关的其他任何资料。那个医生已经死了，和奥迪尔同一年去世的。他在报告中只提到了脑肿瘤，并将奥迪尔的死亡原因归结于此。可我想知道，奥迪尔到底得的是什么病，会不会是种遗传病？”

“遗传病？我不知道她有什么遗传病。”

“所以我们也在查霍尔贝格的死因。”埃伦迪尔说，“开棺验尸的另一个理由就是我们想证实奥迪尔是霍尔贝格的亲生女儿。这要做个 DNA 检测。”

“你们怀疑她不是他的亲生女儿？”

“算不上怀疑，但必须得证实一下。”

“为什么？”

“因为霍尔贝格否认孩子是他的。他承认和科尔布伦发生了性关系但说是她自愿的，而且否认奥迪尔是他亲生女儿。当时警方没有找到特别充分的证据来证明是或者不是，所以此案就被搁置下来了。您妹妹显然是受够了折磨和痛苦，并且希望霍尔贝格尽快从她的生活中消失，便没有坚持控诉下去。”

“还有谁可能是奥迪尔的父亲？”

“我们之所以要进一步证实，是因为霍尔贝格被谋杀了，而这可能帮我们找到答案。”

“霍尔贝格被杀？”

“是的！”

埃琳突然起身，站到埃伦迪尔面前，目不转睛地盯着他：

“那个禽兽到了阴间也要继续折磨我们？”

埃伦迪尔正要回答，埃琳却不给他机会。

“你仍然怀疑我妹妹，认为她撒谎。”她接着说，“你从来都没相信过她。你比那个白痴鲁纳好不到哪儿去！没什么两样！！”

埃伦迪尔坐着一动不动，埃琳俯身，面对着他。

“该死的警察！”她低声骂道，“我真不该让你进我家来！”

18

西于聚尔·奥利看到路上有一辆汽车，汽车前灯的亮光在雨中由远而近，便知道是埃伦迪尔来了。一台液压式挖掘机在墓旁停着，正轰隆隆地响着。这是一台小型挖掘机，履带在泥里有些打滑，在坟冢间移动时发出轧轧声，排气管喷出团团黑烟，空气中弥漫着十分难闻的汽油味。操作人员时刻准备着，一收到指令，立即开挖。

西于聚尔·奥利和埃琳博格站在墓旁，周围还有一群人：一名病理学家、一名检察院派来的律师、一名牧师、一名教会世俗事务掌管人员、两名委员会工作人员，还有几名凯夫拉维克当地警察。他们都站在雨中，心里特别羡慕埃琳博格，因为她是唯一一个有伞可打的人。西于聚尔·奥利的半边身子躲在她的伞下。他们看见埃伦迪尔独自一人下了车，一步步向他们走来。他们手上持有掘尸许可证，上面明确规定，没有埃伦迪尔批准，不允许开挖。

埃伦迪尔仔细看了看墓地，默默地为损毁坟墓感到抱歉，更对亵渎亡灵感到内心不安。墓碑已经被移到坟墓旁的一条小路上。墓碑旁边有一个绿色花瓶，又长又尖的瓶底插在土里，瓶内有束早已干枯的玫瑰花。埃伦迪尔心想，这一定是埃琳放的。他停下脚步，再次读了读那碑上的墓志铭，摇了摇头。坟墓四周围着距离地面八英寸高的白色木桩用来标志墓穴所在地，但现在已经被弄折了，倒在墓碑旁。埃伦迪尔曾见过小孩墓前围着类似这样的木桩，看它现在被弄折后弃在一旁，觉得很痛心。他抬起头，望着黑压压的天空。雨水顺着帽檐流到了他的肩膀上，他侧过头看了看，将其抖掉。他扫了一眼站在挖掘机旁的那群人，目光最后落到了西于聚尔·奥利身上，朝他点点头。西于聚尔·奥利向挖掘机操作人员打了个手势，铲斗便缓缓伸向空中，然后猛地向下扎进疏松的泥土里。

埃伦迪尔看着挖掘机就这样撕开了那尘封了三十年多的“伤口”。铲斗每挖一下，他的身子就畏缩一下。不一会儿，挖出的土越堆越高，挖成的洞穴越来越深，坑内越来越暗。埃伦迪尔后退了几步，目不转睛地看着铲斗把“伤口”一点点掘深。突然，他觉得眼前的场景似曾相识，好像在梦里见过。瞬间，眼前的这一切像是笼罩着梦一般的氤氲：他的同事们正站在那儿，朝墓穴里看；穿橙色制服的委员会工作人员的身子微微前倾，倚靠着胸前的铁锹；牧师披着宽大的黑色长袍，一脸严肃。雨水不停地灌进墓穴，又被铲斗一次次带出，好似坟墓在往外汩汩流血似的。

自己真的做过这样的梦吗？

之后，这种感觉又消失了。类似的情形以往也出现过，可他没法解释这从何而来，为何会感觉置身于一些过去从未发生过的情景之中。埃伦迪尔从不相信什么预感、幻象、梦境，也不相信什么转世或因果报应；尽管他常读《圣经》，但他其实并不相信上帝，不相信生命永恒，更不相信今世的所作所为将影响自己上天堂或下地狱。他觉得，生命本身就是善恶的混合体。

但有时，他会觉得自己像是历经了某种不可思议的超自然现象，好像脱离了自我，以旁观者的身份穿越了似曾熟悉的时间和空间。他没法说清究竟发生了什么，也不知道为什么自己的头脑喜欢跟自己开这样的玩笑。

挖掘机的铲斗碰到棺材盖时，墓穴内咣当一声闷响，埃伦迪尔这才回过神来。倾注而下的雨不断灌入墓穴。他走近墓穴，透过雨幕，隐约看见了棺材的轮廓。

“小心点！”埃伦迪尔朝挖掘机操作人员大喊了一声，并挥手示意。

从其眼角余光望去，埃伦迪尔瞥见有车灯越来越近。这时，所有人都朝那一方向望去，只见雨中有一辆小车缓缓开近，停在了公墓大门旁，车顶的标识表明那是一辆出租车。一位身穿绿色雨衣的老太太走下了车，出租车便开走了。老太太火急火燎地朝坟墓这边奔来，一确定她的话能传到埃伦迪尔耳中，便开始大喊大叫，并挥舞着攥紧的拳头打向他。

“盗墓贼——盗墓贼！”埃伦迪尔听到那是埃琳在大骂，“盗墓贼！你们这群可恶的盗墓贼！”

“别让她靠近！”埃伦迪尔镇静地吩咐几名警察。在埃琳离坟墓几码远的地方，警察走过去拦住了她。埃琳一阵狂怒，竭力挣扎着，却被警察轻而易举地钳住了胳膊，动弹不得。

两名委员会工作人员拿着铁锹下到墓穴里，挖去棺材周围的泥土，把绳子缠绕在棺材两头。棺材看起来仍完好无损。雨水哗哗而下，落在棺材盖上，冲走了上面的泥土。埃伦迪尔猜它应该是白色的。果真如此！这是一口小得可怜的白色棺材，带有铜制手柄，且盖子上镌刻着一个十字架。他们把绳子的另一端系在挖掘机的铲斗上，小心翼翼地把奥迪尔的棺材吊出墓穴，搁在地面上。棺材还算完好的，但看起来很容易破裂。埃伦迪尔注意到埃琳停止了挣扎，不再对他大喊大叫了。她目睹着棺材被吊了出来，在墓坑上空悬停了一会儿，慢慢降落，被轻轻地放置在墓穴边的空地上，开始号哭起来。牧师走过去，对着棺材划了个十字架手势，嘴里叽里呱啦地开始了祷告。过了片刻，一辆小货车沿着小路慢慢倒开过来，停在了棺材旁边。两名委员会工作人员解开绳子，把棺材抬上车，关上了货仓门。埃琳博格跳上车，坐在了副驾驶的座位上。大家目送着货车开出公墓大门，越行越远。很快，货车的红色尾灯也消失在了黑漆漆的雨夜中。

牧师走向埃琳，要警察放开她，他们立马照办了。牧师问埃琳是否需要他帮忙做点什么。在一起低声耳语了几句后，埃琳显得平静了许多，很显然，他们彼此认识。埃伦迪尔和西于聚尔·奥利交换了下眼色，之后不约而同地望向空洞洞的墓穴。墓坑底部已经开始积有雨水了。

埃伦迪尔快步走向埃琳，听见她跟牧师说，“我希望能尽早结束这亵渎亡灵的可恶行为。”见她情绪渐渐平复，他便松了口气。西于聚尔·奥利紧跟在他身后。

“我永远都不会原谅你们！”埃琳对埃伦迪尔说，“永远！”牧师站在她旁边。

“我能理解。”埃伦迪尔说，“但您要明白，我们的调查更重要。”

“查什么？该死的！”埃琳大声说，“你们要把孩子的尸体送往哪里？”

“雷克雅未克。”

“什么时候送回来？”

“两天后。”

“看看你们把她的坟墓弄成什么样了？”埃琳说道，表示难以置信但又无可奈何，似乎到现在还没完全理解警方所做的一切。她从埃伦迪尔身旁经过，来到墓碑边，看了看弄坏的白色木桩、倒地的花瓶，以及空荡荡的墓坑。

埃伦迪尔决定告诉埃琳，他们在霍尔贝格居住的房子里找到的那张字条。

“我们发现霍尔贝格时，他的尸体上放着一张字条。”埃伦迪尔一边说，一边紧跟着埃琳，“一开始我们不明白那是什么意思，直到知道了奥迪尔也和这起案子有关，并同医治她的医生谈了谈后才有了点头绪。在冰岛，行凶者一般都会蓄意破坏案发现场，制造假象和乱象；而谋杀霍尔贝格的行凶者却给我们留下了一张字条，让我们百思不得其解。但后来，那位医生告诉我们，奥迪尔很有可能得的是某种遗传病，才让我们明白那张字条上的信息一定有着某种特殊意思。而且埃利迪在狱中告诉我的一些事情也可以证实这个推测。霍尔贝格的亲戚们都早已不在人世了。他曾有个妹妹，九岁时死了。我的同事西于聚尔·奥利，”埃伦迪尔说着，指了指西于聚尔·奥利，“找到了她的医疗诊断报告——埃利迪说的没错。和奥迪尔一样，他的妹妹也死于脑瘤，而且很可能是同一种疾病。”

“我不懂你的意思，那张字条上写的什么？”埃琳问。

埃伦迪尔犹豫了一下，看了眼西于聚尔·奥利。西于聚尔·奥利先是看了看埃琳，后又将目光转向了埃伦迪尔。

“我就是他。”埃伦迪尔回答道。

“什么？”

“那张字条上面写着‘我就是他’，最后一个‘他’字全用大写字母写的。”

“我就是他。”埃琳重复念道，“什么意思？”

“我说的不一定完全准确，但我认为这句话中一定暗含了某种关系，”埃伦迪尔解释说，“写‘我就是他’的那个人一定觉得自己与霍尔贝格在某些方面有着相似之处。当然，这也可能只是一个疯子的胡言乱语，他压根儿就不认识霍尔贝格，写的只不过是一句废话罢了。可我并不这么认为！我认为这种病可以帮助我们侦破此案，所以我们必须查清楚这究竟是什么病。”

“某种关系，是哪种关系？”

“根据相关记录，霍尔贝格没有孩子，奥迪尔也没有跟他姓，她的姓氏是科尔布伦多蒂尔。埃利迪说过，霍尔贝格除了强奸科尔布伦之外，还强奸过其他女性，而她们并没有站出来指控。如果埃利迪没撒谎，那么霍尔贝格可能还有其他的孩子。科尔布伦并不是唯一一个生下他孩子的受害者。我们将搜查范围缩小到了胡萨维克，并开始逐个探访某一时期内生过孩子的女性，寻找可能的受害者。希望尽快会有结果。”

“胡萨维克？”

“据说那名受害者当时住在胡萨维克。”

“你们说的遗传病是什么意思？”埃琳问道，“那是种什么病？是害死奥迪尔的那种病吗？”

“我们必须先检验霍尔贝格的尸体，以确定他就是奥迪尔的亲生父亲，这样所有的线索就都可以衔接上了。如果我们的推测没错的话，它有可能是一种罕见的遗传疾病。”

“奥迪尔遗传了那种病？”

“她死的太早了，当时的医学还不发达，没能给出令人信服的诊断结果。我们现在要做的就是查出那到底是什么病。”

埃琳和埃伦迪尔并肩走着，西于聚尔·奥利紧跟其后。他们边走边聊，不一会儿便到了教堂门口。教堂门开着，埃琳带着他们进去躲雨。大家站在教堂的门厅里，抬头望向这片秋季的天空，它是那么的阴沉暗淡。

“我相信，奥迪尔的亲生父亲就是霍尔贝格。”埃伦迪尔说，“事实上，我没理由怀疑您的话，以及您妹妹讲给您听的。我们只是需要确认，从警察查案的角度来说，这是至关重要的，一点儿也马虎不得。如果奥迪尔确实从霍尔贝格那儿遗传了某种疾病，那么，其他小孩也有可能遗传了。我的意思是，这种遗传疾病与霍尔贝格被杀可能有关。”

*

他们谁都没有注意到，一辆汽车沿着那条小路坑坑洼洼的旧车辙缓缓驶离了墓区。它没开车灯、藏身于黑暗中，几乎看不见。快到桑德盖尔蒂时，它开了前灯，加快速度，很快追上了那辆载着尸体的货车。在凯夫拉维克的路上，它跟前面的货车保持着两三辆车的间距。就这样，一直跟到了雷克雅未克。

货车司机把车停在了巴隆斯提格停尸房的门前，那个人也把他的汽车停在了稍远处，并看着棺材被抬进了停尸房的楼里，那扇大门也随之关上。过了会儿，货车司机将车开走了。随后，一起来的那位女侦探也坐出租车离开了。

等一切都恢复平静后，那个人才驾车离去。

19

下午六点钟，天色已黑。埃伦迪尔打算在回家之前，找马里昂·布里姆谈谈。于是，他没有提前打招呼，就直接从桑德盖尔蒂过来了。马里昂打开门，一边把埃伦迪尔迎进屋，一边抱歉地说家里很乱，让他别介意。这是一间不大的公寓，一室一厅，一厨一卫。屋内杂志、报纸、书本散落一地，扔得到处都是；地毯又脏又破；还没来得及洗的碗碟胡乱地堆在厨房水槽边。桌子上，一盏台灯发出的光亮太过昏暗以至于根本不足以照亮整间屋子。这便是独居人士的典型居家写照，马马虎虎、随随便便，跟埃伦迪尔家没什么两样。马里昂让埃伦迪尔随便把哪一把椅子上的报纸往地上一扔，然后坐下来谈。

“你一直都没告诉过我你参与过那宗案子。”埃伦迪尔问。

“没什么大不了的。”马里昂一边说着，一边从盒子里取出一支雪茄，也递给埃伦迪尔一支，但埃伦迪尔摆手谢绝了。马里昂的手小而细长，瘦弱的身子上长着一颗大脑袋，面露愁容。埃伦迪尔知道他虽退了休，但仍对那些离奇案件兴趣盎然，时常从以前的同事那儿打探一些消息，甚至偶尔还介入办案。

“你肯定想多了解一些与霍尔贝格有关的事。”马里昂说。

“是的，还有他的同伴，”埃伦迪尔把报纸扫到一边，坐了下来，“还有凯夫拉维克的鲁纳。”

“对，凯夫拉维克的那家伙，”马里昂惊讶地说，“他曾经还想把我杀了。”

“现在他不可能做到了，那个药罐子老头。”埃伦迪尔说。

“你见过他了？”马里昂问道，“你知道吗？他得了癌症，还能撑上几周，最多不过几个月。”

“这我不知道。”埃伦迪尔干脆利落地回答道，脑海里立刻浮现出鲁纳的模样：面容消瘦，鼻尖挂着水滴，在自家园子里清扫落叶。

“他在局里有很硬的后台，所以一直混得很开。我早就提议开除他，可他却只受了次警告。”

“你还记得科尔布伦吗？”

“她是我这一生中见过的最可怜的受害者。”马里昂接过话茬，说道，“虽然我不太了解科尔布伦，但我知道她肯定没有撒谎。她向我控告霍尔贝格强奸了她，还说了鲁纳是怎么对待她的，这些你应该都知道了。案子由鲁纳负责，可他的证词跟科尔布伦的恰好相反。但她的讲述有理有据，更令人信服。先不说有没有内裤为证，鲁纳都不应该打发她回家。霍尔贝格强奸了科尔布伦，这是毋庸置疑的。因为我曾让霍尔贝格和科尔布伦两人当面对质过，强奸事实成立。”

“你让他们当面对质过？”

“这是个错误。我本想这会帮到她，却苦了那个可怜的女人！”

“你是怎么办到的？”

“我让它看上去像个巧合或者意外。可没想到……我本不该告诉你这个。那时，调查陷入了僵局。科尔布伦这样说，霍尔贝格又那样说。于是我传唤他们两个在同一时间进来，确保他们一定会碰面。”

“后来呢？”

“她一见他就发作了，变得歇斯底里，我们只好请来了医生。在那之前，我从没见过那种情形。之后也没有。”

“那霍尔贝格呢？他什么反应？”

“他就站在那里，笑嘻嘻地看着。”

埃伦迪尔沉默了一会儿。

“你认为奥迪尔是他女儿吗？”

马里昂耸耸肩，说道：“科尔布伦一直坚称是他的。”

“科尔布伦跟你说过另外一名女性吗？她也被霍尔贝格强奸过。”

“还强奸过另外一个？”

埃伦迪尔将埃利迪在狱中告诉给他的信息向马里昂复述了一遍，并简单说了下整个调查过程。马里昂·布里姆坐着一边抽雪茄，一边仔细聆听。他盯着埃伦迪尔，那双眼睛虽小却机警、敏锐，从不放过任何可疑的东西。此刻，它们正看着一个憔悴枯槁的中年男人：他的头发又密又黄，蓬乱不堪；眉毛又浓又黑，十分醒目；黑眼圈较重，看上去疲惫不堪；脸上胡子拉碴，好几天没刮了；苍白的嘴唇里藏着一副强劲的牙齿；脸上萎靡的神情见证了他同人类中的极恶之徒打交道的经历。听着听着，马里昂的眼神里流露出痛惜、怜悯的神情。他俩看着对方，并从对方的眼睛里看见了自己的模样。

进入刑事调查局后，埃伦迪尔就一直得到马里昂·布里姆的悉心指导，尤其是刚开始工作的那几年，他所学到的很多东西都是马里昂·布里姆手把手教给他的。和埃伦迪尔一样，马里昂·布里姆也从没当过高级警官，总在一线干着调查取证的工作，这让他积累了大量的实战经验。马里昂·布里姆记性很好，记忆力并没有随着年岁的增长而减退；相反，所有他侦办过和听说过的案件，经过他的大脑分类整理后，都记得清清楚楚，需要时可以直接调用，且不费吹灰之力。哪怕是陈年旧案，马里昂·布里姆也能回忆起案情的细枝末节，其大脑超强的逻辑推理和演绎能力，成为冰岛犯罪学研究的智慧源泉。

与马里昂·布里姆共事，就会知道他是个迂腐、严厉，让人难以忍受的老家伙。埃伦迪尔曾跟埃娃·林德谈起过这一话题。多年来，埃伦迪尔和导师间免不了有些不和，后来裂痕越来越深，竟到了彼此间几乎不说一句话的程度。埃伦迪尔总觉得，他令导师失望了，但其中缘由，自己也解释不清。这种感觉越来越强烈，使他困扰不已，直到导师退休他才舒了口气。

马里昂退休后，两人的关系反而恢复正常了，僵持局面也总算得以缓解，之前那种或多或少的敌对关系也随之消失了。

“我突然造访，就想问问你还记不记得有关霍尔贝格、埃利迪和格雷塔的一些事情。”埃伦迪尔说道。

“过了这么多年了，你还指望能找回格雷塔吗？”马里昂满脸惊讶地接过话茬。埃伦迪尔捕捉到了他脸上的焦虑神态。

“关于这起案子，你知道多少？”

“没多少，只是偶尔关注一下。”马里昂答道。埃伦迪尔听出他的话里带有一丝歉意，心中不由得欣喜，“他可能是在辛格韦德利举办大庆典的那个周末失踪的。我问过格雷塔的母亲、朋友及工友，包括埃利迪和霍尔贝格。当时他在怡之航公司做码头工人。几乎每个人都猜他可能掉进海里了。可要是他真的掉进海里，不可能找不到他的尸体。”

“格雷塔失踪的那段时间，霍尔贝格和埃利迪在哪里？你还记得吗？”

“他俩都说自己在节日庆典处，我们核实过了，是真的。当然，格雷塔失踪的具体时间一直没能确定。他母亲向我们报案时，已经过去了两个月，周围人都说这期间没有见过他。你怎么想？你发现了什么有关他的新线索吗？”

“还没，”埃伦迪尔说道，“而且我们没打算找他。只要他没突然现身，去诺德米里将他的老伙计霍尔贝格杀死，我才不关心他去了哪儿。我就是想弄清楚他们几个是一群怎样的家伙，格雷塔、埃利迪和霍尔贝格”

“他们都是社会渣滓，三个都是。你是了解埃利迪的，而格雷塔比他好不了多少，更像个胆小鬼。有一次，他去偷东西时被抓住了，是我去审问的他。在我看来，他的作案手法太他妈幼稚了，简直就是菜鸟级别。他们三个是在港口和灯塔管理局做工时开始结伙的。埃利迪是个蠢猪式的虐待狂，一有机会就打架，欺负弱者。恐怕现在还是那副德行；霍尔贝格是他们的头目，也是最聪明的一个。他轻而易举地就在科尔布伦那件事中逃脱了法律的严惩。我就他的强奸案对其周围的人进行调查时，大家都不愿多谈；格雷塔就是个懦夫，胆小懦弱，总是跟在埃利迪和霍尔贝格屁股后面。但他的眼神透露出他也不是什么好东西，不会甘心一直唯他们马首是瞻。”

“鲁纳和霍尔贝格以前就相互认识吗？”

“应该不是吧！”

“我们还没对外公开，”埃伦迪尔说，“我们在尸体上面发现了一张字条。”

“字条？”

“凶手在字条上写下‘我就是他’，并把它放在了霍尔贝格尸体上。”

“‘我就是他’？”

“难道这暗示了他们之间有某种关联？”

“除非他是一个有救世情结的家伙，或者是一个宗教狂热分子。”

“我更愿意把他们归于亲属关系。”

“‘我就是他’吗？他说这话是什么意思？他想传递什么信息呢？”

“我要是知道就好啦！”埃伦迪尔说完便起身，戴上帽子，准备回家。

马里昂问埃娃·林德近况如何，埃伦迪尔回答说她正在处理她自己的麻烦事，就没再往下说了。马里昂送他至门口，并领他出去。他们握手道别。埃伦迪尔刚下楼梯，就听到马里昂叫他。“埃伦迪尔！等一下，埃伦迪尔！”

埃伦迪尔转过身，抬头看见马里昂站在门口。这时，他忽然发觉无情的岁月已悄悄夺走了马里昂那不怒自威的气魄；肥胖的肩膀已削弱了他孔武有力的肌体；满是皱纹的脸庞见证了他艰辛的人生历程。埃伦迪尔已经好久没来这儿了，刚才在椅子上和马里昂相对而坐时，总有一种感觉：时光匆匆，岁月催人老！

“关于霍尔贝格，无论你查到了什么，都别让自己受到太大影响。”马里昂·布里姆说，“别让它有可乘之机，去夺走你所珍视的东西。别让它得逞了。我想提醒你的就这些。”

说完，他冲着埃伦迪尔点点头。埃伦迪尔一动也不动地站在雨中，不明白他的这番提醒有何用意。

“能不能再给我讲讲盗窃案？”

“什么盗窃案？”马里昂·布里姆再次把门打开，问道。

“格雷塔犯的盗窃案。他偷了？”

“一家影楼。他痴迷摄影。”马里昂·布里姆说，“而且拍了很多照片。”

*

埃伦迪尔回到家时，已是深夜了。他大声叫唤埃娃·林德的名字，却没人回应。扶手椅上放着炸鸡块，他看都没看便一屁股坐在了上面。他记得头一天也是坐在这把扶手椅上睡着的。后半夜，正当他打盹时，一阵敲门声把他吵醒了。敲门的是两个男的。两人都上身穿着皮夹克，脚蹬束紧小腿的黑皮靴。他们声称是来找埃娃·林德的。但埃伦迪尔之前从没见过这两个家伙。自从埃娃·林德上次给他做了炖肉后，他就再也没见过女儿。这两个家伙说话粗鲁，气焰嚣张，大声质问埃伦迪尔上哪儿去找埃娃·林德。他们还想把埃伦迪尔推到一边，强行进屋去搜。埃伦迪尔问他们，找他女儿干什么。他们反而问，你这个脏兮兮的老头是不是把她藏起来了。埃伦迪尔又问他们，是不是上门来讨要高利贷的。那两个家伙只回了一句：去你的！埃伦迪尔叫他们滚出去。他们说，吃屎去吧！正当埃伦迪尔准备关门时，其中一个用膝盖从外面顶住了门框，高声吼道："你女儿是个婊子！"他腿上穿的也是皮裤子。

埃伦迪尔叹了口气。真是漫长又郁闷的一天啊！

他砰地把门关上，却听见膝盖骨碎裂的声音。由于他用力过猛，门上方的铰链也断了，从门框上掉了下来。

20

西于聚尔·奥利正犯愁，怎么解决这个难题。他手上有一份名单，上面列着十名女性，她们都是一九六〇年前后居住在胡萨维克，后来搬去雷克雅未克的。她们当中有两人已经过世，还有两人没有孩子，其他六人在强奸案发生期间先后当了妈妈。西于聚尔·奥利首先去拜访名单上的第一位女性，她住在巴尔马赫利德区，离婚多年，有三个儿子，均已成年。

他到底该如何开口询问这名中年女性呢？“太太，您好，我是一名警察，过来核实一桩强奸案的情况。请问您住在胡萨维克期间，是否遭人强奸过？”他和埃琳博格一起讨论过如何向对方提问。埃琳博格也持有一份名单，是另外十名女性，她也没想好该怎么问。

西于聚尔·奥利觉得，埃伦迪尔安排的这项工作既麻烦又无用。即使埃利迪说的是事实，时间和地点也吻合，经过长时间调查后找到了那位受害者，可谁又能保证人家还愿意讲述多年前的被害经历？守口如瓶了一辈子，怎么可能现在揭开旧伤疤？不管是西于聚尔·奥利，还是其他哪位侦探，拿着同样的名单去敲门，人家肯定都是一句话：“不知道！”而他们也顶多只能回应一句：“不好意思，打扰了！”况且，退一万步讲，就算真的找到了那位遭强奸的女性，又有什么证据可以证明，孩子是她遭强奸后生下的?

西于聚尔·奥利把自己的疑虑告诉了埃伦迪尔，看他就如何提问有什么好的建议。“要学会观察对方的反应，要懂得运用心理学。”埃伦迪尔说，“想办法进屋坐坐，喝杯咖啡，随便聊聊，扯点闲话什么的。”

西于聚尔·奥利开车来到巴尔马赫利德。下车时，他哼声说道，“还要运用什么心理学？”这时，他想起了自己的女朋友贝格索拉。哪怕是和她谈恋爱，西于聚尔·奥利都不知该怎样运用心理学来逗女朋友开心。几年前，他们两人在一个特殊的场合相遇了。当时，贝格索拉是一个棘手案子的证人。一段时间的浪漫后，两人决定一起生活。事实表明，他们非常般配。两人兴趣相投，都喜欢风格独特的家具摆设和精美的艺术品，都喜欢把家里装扮得漂漂亮亮的。而且，两人都是“雅皮士”：工作一天后回到家，他们总会来个浪漫的拥吻；赠送对方小礼物；甚至还会开瓶红酒，一起对饮；有时就直奔床上，亲热一番。不过，这种激情时刻最近少了许多。

事情的起因是西于聚尔·奥利过生日时，贝格索拉给他挑了双极普通的、芬兰产的威灵顿长筒靴作为生日礼物。西于聚尔·奥利收到礼物时，努力想挤出了一丝微笑，但脸上长时间露出不满意的神情。贝格索拉明白一定是哪里出了问题。最后，他还是笑了出来，但明显是假装的。

“因为你没有这种鞋子……”她一脸无辜地说。

“呃，我从……十岁起就没再穿过这种威灵顿长筒靴了。”他回应道。

“你不喜欢吗？”

“我觉得这靴子很好啊！”西于聚尔·奥利显然答非所问。贝格索拉也听出来了。“挺好的，真的！”他又补充说，“真是太棒了！”其实，他的这种言行更表明了他的不满情绪。

“你不喜欢啊！”她愁眉苦脸地说。

“我很喜欢啊！”他嘴上这样说，但其实心里满是失落。他回想起自己为了庆祝贝格索拉的生日，花了整整一个礼拜跑遍了全城，一家接一家地去咨询钟表匠，比较各种不同的品牌、镀金技术、表带样式、机械装置和防水性能，以及是选瑞士手表还是德国布谷鸟钟，可以说他将自己的侦探本领发挥到了极致。最后，他花了三万冰岛克朗，终于买到了一款满意的手表。贝格索拉收到礼物后欣喜若狂，那种开心和喜悦可不是装出来的。

他在贝格索拉的对面坐下，笑容僵在了脸上。他试图强颜欢笑，但发现自己做不到。

“心理学？”西于聚尔·奥利又哼了一声。

他来到名单上第一名女性的住所前，按下门铃。尽管他绞尽脑汁地想着怎样运用心理学知识来询问，但很遗憾没有成功。他的提问还没准备好，那名女性就出来了，情急之下，他脱口而出：“您有没有被强奸过？”等他反应过来，发现已经迟了。

“你在说什么鬼话？”那名女性凶狠狠地说道，“你谁啊？变态！”

望着眼前这名脸上浓妆艳抹、手戴华美饰品的女性怒不可遏的样子，西于聚尔·奥利立即回应道，“弄错了，对不起！”说罢，他便飞快地冲下楼梯。

*

而埃琳博格办事肯动脑筋，且特别会跟人聊天，自然更容易赢得女性们的信任。她的厨艺也相当不错，是个特别能干的厨师，找个聊天话题对她来说并非难事，比如，闻到厨房的香味，她就会从厨艺这一话题切入，同女主人交流、切磋厨艺。即使是过去一周穷得只吃得起爆米花的人家，也乐意邀她进屋坐会儿，家长里短一番。因此，她比西于聚尔·奥利要幸运得多。

今天，埃琳博格要探访名单上的最后一名女性。她叫斯格尔诺格，现住在胡萨维克布雷德霍特区的一间地下室公寓里。她丧偶多年，两个孩子也已成年搬出去住了。此刻，埃琳博格正坐在她家客厅里，端着她递来的一杯咖啡。埃琳博格觉得将那个敏感问题稍加措辞后再提问出来其实并不难。她还告诉这名女性，请她的朋友们留意一下，如果有谁听到过此传闻，一定请及时与她联系。

“……我来的目的，是想找寻一名女性，她的年龄和您差不多，也是胡萨维克人。那时她可能认识一个叫霍尔贝格的男人，甚至可能还遭到过他的某种侵害。”

“我不记得胡萨维克有谁叫霍尔贝格的，”女士说，“你说的侵害是指什么？”

“霍尔贝格在胡萨维克待的时间不长，”埃琳博格说，“所以你不一定记得他。他也不在那里常住。那是种身体侵害。据我们了解，几十年前，他曾在镇上侵袭了那名女性，所以我们想尽力找到她。”

“那你们的档案里肯定有记录的呀！”

“那起侵袭事件没被记录。”

“什么样的侵袭？”

“强奸。”

这名女性下意识地用手捂住了嘴巴，眼睛瞪得像铜铃一般大。

“哦，上帝！”她吃惊地说道，“我什么都不知道。强奸！我的上帝呀！我从没听说过这样的事。”

“你当然没听说过，因为那名女性一直对这事守口如瓶。”埃琳博格如此回答，以引起她的兴趣。她很清楚，对于那些喜欢打探消息的女性来说，她应该巧妙地避开往深了谈，而更像在谈论某个道听途说的事情一样。“我在想，”她接着说，“你认识的人里，有没有人可能知道这事？”这名女性说了两个名字，都是她的朋友，也都住在胡萨维克。在那里没什么事是她们不知道的。埃琳博格记下她们的名字后，准备起身离开，但觉得似乎不大礼貌，就又坐了一小会儿，才告辞离开。

*

埃伦迪尔的额头上破了道口子，上面贴了张创可贴。前一天深夜，有人来敲门。开门后，埃伦迪尔发现是两个不速之客，他猛地把门一关，门将其中一个家伙的膝盖骨撞碎了，整个人当即倒地，疼得哇哇大叫；另一个在旁边看得惊呆了。后来，他意识到埃伦迪尔冲着他这边的楼梯平台走来，并推了他一下，他无力反抗，便跌下楼梯。幸亏他拼命抓住了楼梯栏杆，才没能一路跌下去。他抬头看见埃伦迪尔站在楼梯顶，额头上擦伤并肿了起来，之后低头看见自己的同伴还躺在地上痛苦地哭喊着，又抬头看了眼埃伦迪尔。他知道自己肯定对付不了埃伦迪尔，便迅速开溜了。他还不到二十岁。

埃伦迪尔打电话叫了辆救护车，在等车的时候，他想弄清楚他们找埃娃·林德做什么。那家伙一开始不愿意讲，在埃伦迪尔主动提出帮他查看一下伤势之后，竟滔滔不绝地讲了起来。他们两人是来讨债的，埃娃·林德欠了一个人钱，还赊过那个人的毒品，那是埃伦迪尔从未听过的一个人。

第二天早上去上班时，埃伦迪尔没有跟任何人解释自己脑袋上的创可贴是怎么一回事，也没有人敢问他。当时他使劲太大，门撞碎讨债者膝盖骨的同时，反弹回来也撞到了他的头，差点儿没把他击昏过去，到现在，前额还有点疼。他一晚上都在担心埃娃·林德，觉都没睡好，只在客厅里的椅子上断断续续地打了几小时的盹，盼着埃娃能在事情变得更糟之前平平安安地回来。他在办公室里待了好长时间，终于查清了格雷塔的相关情况：他有个母亲和妹妹。母亲还在世，现在住在葛朗德养老院。

埃伦迪尔并不是特别在意能否找到格雷塔，他也跟马里昂·布里姆说过自己的这一想法，至多就跟他在找寻那个在加尔扎拜尔失踪的新娘所花的心思一样。不过，他觉得多知道一些格雷塔的情况也没有什么坏处。科尔布伦被霍尔贝格强奸那晚，格雷塔也参加了派对。之后，他可能忘了那事，也可能随口说出过一些细节。不过，对于他的失踪一事，埃伦迪尔并不指望能有什么新发现，愿他安息吧！但事实上，埃伦迪尔一直都在关注着人口失踪案。因为在他看来，每个失踪者背后都有一个令人震惊的故事。他还觉得，一个人竟能无缘无故地消失得无影无踪，这让事件蒙上了一层神秘色彩，使人更想一探究竟。

格雷塔的母亲已经九十岁高龄，且双目失明。埃伦迪尔简要地跟养老院院长说明了来意。谈话期间，院长总想瞧埃伦迪尔额头上的那张创可贴。他告诉埃伦迪尔，西奥多·罗拉是这里年龄最大、来得时间最长的老人之一，也是本社区各方面都了不起的一位长者，深受这里的员工和其他老人的尊敬与爱戴。

院长领着埃伦迪尔去见罗拉，并把他介绍给她认识。老人此刻正佝偻着身子坐在自己房间里的轮椅上。她穿着睡衣，腿上盖着一条羊毛毯；头发灰白，辫成辫子垂在椅背；双手瘦骨嶙峋，但面容和蔼可亲。房间里的私人物品很少，有一副镶在框里的约翰·肯尼迪画像挂在床头。埃伦迪尔在老人面前的椅子上坐了下来，望着老人的眼睛。她虽双眼失明，好在听力还好，而且思维也很敏捷。听到他的来意后，她并未露出惊讶之色，相反，却直奔主题。埃伦迪尔通过她那浓重的北方口音，断定她是斯卡加峡湾人。

“我的格雷塔不是一个好孩子，”她说，“实话跟你说吧，他就是个坏家伙，也不知道他从哪儿学来的。他不学好，一天到晚跟一群游手好闲、不三不四的流氓、地痞、恶棍混在一起。你们找到他了吗？”

“没有。”埃伦迪尔说，“他的一个老朋友，霍尔贝格，最近被人杀了。您也许听说了这件事。”

“我不知道。你的意思是，他被人干掉喽？”

埃伦迪尔被逗乐了，这是他很久以来第一次笑。

“嗯，在他家被人干掉了。霍尔贝格和您儿子早年一起工作过，给港口和灯塔管理局做工。”

“我最后一次见我儿子是在那年夏季，当时正在举办国庆庆典，那会儿我还有点微弱视力。他回来看我，趁我没注意竟然把我钱包里的钱偷走了，还有一些银首饰。他走后我才发现的。之后，格雷塔就不见了，像是被人偷走了。你知道是谁把他偷走了吗？”

“不知道。”埃伦迪尔回答，“您知道他失踪前在做些什么吗？和谁联系过？”

“不知道。”老太太说，“我一直都不晓得他在忙些啥事。我告诉过你。”

“那您知道他喜欢拍照片吗？”

“嗯！他爱照相。他经常拍这拍那的，不晓得他为啥要拍那些玩意儿。有一次他跟我说，照片是时间的镜子，但我不懂他说的是啥意思。”

“对格雷塔来说，那些话是不是有些过于高雅了？”

“我之前也从没听他说过那样的话。”

“他最后的住址是贝格斯塔达斯特拉埃蒂，他在那儿租了间屋子。您知道他的那些私人物品最后都怎么处理了吗？比如相机啦、胶卷啦。”

“也许克拉拉知道，”罗拉回答道，“她是我女儿。她后来去打扫过他的屋子。我估计，她很有可能把那些垃圾统统给扔了。”

埃伦迪尔站了起来，老人也随着他的身子移动抬了抬头。埃伦迪尔感谢她协助调查，并说她提供的信息很有价值。他本来还想赞扬老人一番，夸夸她身体仍挺硬朗、思维也很敏捷。不过，他最终什么都没说。他可不想在老人面前摆出一副屈尊俯就的样子。临走前，他抬起头，又看见了那幅挂在老人床头的画像。

“您为什么要把肯尼迪的画像挂在床头呢？”他看着她空洞的眼神，问道。

“噢!”老人叹了一声，说道，“他活着的时候，我可喜欢他啦！”

21

在巴隆斯提格的停尸房里，冰冷的验尸桌上并排放着两具尸体。埃伦迪尔试着不去回想他是如何让这对父女死后相逢、团聚的。病理学家已经对霍尔贝格的尸体进行了解剖和检验，但还需要进一步研究，主要检测他是否携带某种遗传疾病的基因，并确认他与奥迪尔有无血缘关系。霍尔贝格死后，警方采集了他的指纹。埃伦迪尔注意到，此时他的手指已经变黑。奥迪尔的尸体则用白色布子裹着，放在旁边的桌子上，还没人动过。

埃伦迪尔并不认识眼前的这位病理学家，以前也从未见过。只见此人身材高挑，手很大。手上戴着一副薄塑胶手套，头上戴着一顶蓝色帽子，嘴上戴着一个纱布口罩。身上穿着材质相同的绿大褂和绿裤子，大褂外还罩了一条白围裙，带子系在身后。脚上穿着一双白色运动鞋。

埃伦迪尔经常来停尸房，但每次都感觉不舒服。福尔马林、各种消毒剂的刺鼻味儿，以及裹尸布揭开后，尸体散发出来的熏人臭味都强烈地冲击着他的感官神经。更糟糕的是，这些味儿还会停留在衣服上，长时间都散不去。房间里没有窗户。天花板上悬挂着一盏明亮的荧光灯，照得室内一片惨白；地板上铺着大块大块的白色瓷砖，墙壁下半部分也贴着这种瓷砖，上半部分则涂着白色的塑料漆；靠墙摆放着几张桌子，桌子上放着一台台显微镜和其他一些研究所需的仪器；墙上安着许多个橱柜，其中几个是玻璃门的，可以看见里面摆放着器械和容器（瓶瓶罐罐）。埃伦迪尔并不熟知它们的用途，但手术桌上一字排开着的手术刀、手术钳，还有锯子，他都知道是干什么用的。

埃伦迪尔注意到，一张手术台正上方的荧光灯下吊着一张散发香味的卡片，卡片上，一个穿红色比基尼的女孩正在白色的沙滩上奔跑；另一张手术台上摆着一台录音机，正放着古典音乐，旁边还放有几盘磁带。埃伦迪尔猜这是马勒的曲子。病理学家的午饭盒在一张桌子上搁着，紧挨一台显微镜。

“她已经不再散发任何气味了，但身子依然完好。”病理学家朝埃伦迪尔看了看，突然开口说道。埃伦迪尔正站在门口，犹豫着要不要踏入这间明亮却充满着死亡与腐烂气息的房子。

“嗯？”埃伦迪尔惊讶地应了一声，眼睛紧紧盯着那具裹着白色布子的尸体。病理学家说话轻松幽默，但埃伦迪尔没领会他的意思。

“我是说那个穿比基尼的女孩。”病理学家抬头朝那张带有香味的卡片示意了一下。“我该换张新卡片了。你可能受不了这里的气味。进来吧，别害怕，只是几具肉体而已。”他一边说着，一边用捏着小刀的手在霍尔贝格的尸体上方比划几下，“没有灵魂，没有生命，只是一具肉体。你相信有灵魂吗？”

“啊？”埃伦迪尔又发出一声惊叫。

“你相信他们的灵魂此刻正在注视着我们吗？你相信他们的灵魂正在这上空盘旋吗？或者已在别人的身体里‘寄宿’了下来？也就是转世投胎了。你相信生死轮回吗？”

“不，我不相信。”埃伦迪尔回答道。

“这名男子死于头部重击，凶器砸碎了他的头盖骨，伤及颅内。在我看来，凶手当时应该是站在他的正前方，很有可能他们互相对视着。伤口在左侧，可见凶手可能惯用右手，且身强体壮，应该是个年轻人，顶多是个中年人，几乎不可能是女性，除非她是个干体力活的。而且是一击致命，死者当即毙命，他应该没体验到通往天堂或地狱的那条长长的隧道，也没看见那光芒万丈。”

“或许他在通往地狱的途中走了另一条道。”埃伦迪尔说道。

“哦！死者的小肠内几乎是空的，仅剩一些鸡蛋和咖啡的残渣，但直肠内积满了东西。他患有便秘，很受罪，不过也可能不太严重。在他这个年纪的人里，便秘很常见。我猜，他这种尸体应该没人会来认领，因此我已经申请将它用于医学教学。你怎么看？”

“我看可以，他死了比活着更有用。”

病理学家看了埃伦迪尔一眼后，走向手术台，从一个金属托盘里夹起一片红色的肉，并举了起来。

“光看这个，我区分不出一个人究竟是好人还是坏人。”他说，“它也可能是圣人的心脏。我们需要弄清楚的是——如果我没理解错的话——它泵出的血液里是否含有不好的东西。”

病理学家夹着霍尔贝格的心脏样本，在仪器上仔细检测。看着他把那片尸肉翻过来，又翻过去，埃伦迪尔目瞪口呆，但似乎这种事在那位病理学家眼里再正常不过了。

“这是一颗强有力的心脏，”病理学家继续说道，“它应该还能跳动好多年，让它的主人活到一百多岁。”

病理学家把那片心脏样本放回金属托盘里。

“尽管我还没有按你们的要求对霍尔贝格的尸体做专项检查，但已经发现了一些很有意思的现象。他身上有某种疾病的些许轻微症状。我在他的大脑内找到了一个小肿瘤，是良性的，所以不会对他产生多大影响；还有，他的皮肤上有一些浅褐色斑点，尤其是腋下。”

“浅褐色斑点？”埃伦迪尔问。

“嗯，教科书上叫咖啡斑，因为看起来像是咖啡污渍。你了解这斑点？”

“一点也不。”

“进一步检查之后，我肯定还会找到更多这病的症状。”

“有人说那个小女孩身上也有这种浅褐色斑点。她得了脑瘤，但是恶性的。你知道是什么病吗？”

“目前还不能确定。”

“会不会是一种遗传病？”

“我不知道。”

说完，病理学家走到停放奥迪尔尸体的桌子旁。

“你听说过有关爱因斯坦的一段传奇吗？”病理学家问。

“爱因斯坦？”埃伦迪尔说。

“阿尔伯特·爱因斯坦。”

“什么传奇？”

“一件不可思议的事，但的确是真事。托马斯·哈维，知道吗？没听说过？他也是一位病理学家。”

“没有。”

“爱因斯坦死亡时，他正好在当班。”病理学家继续说道，“他是个好奇心很强的家伙。由他负责的例行尸检已经做完了，但因为那是爱因斯坦的尸体，他没能忍住就打开了他的头颅，想看看他的大脑和一般人有什么不同。接下来，他不光只是看看爱因斯坦的大脑，还把它整个偷走了。”

埃伦迪尔耐心地听着，一句话也没说。他不明白，病理学家跟他讲这些干什么。

“他把爱因斯坦的大脑带回了家。他本来就有收藏他人器官的奇葩癖好，这次又是名人身上的，更激起了他的收藏欲。当这起盗窃事件被查出后，他丢了饭碗，但也因此成了一个谜一般的人物，更确切地说，成了一个传奇人物，民间流传着很多关于他的故事。据说他一直把爱因斯坦的大脑藏在家里，但不知道他是怎样一次次逃脱被抓的。爱因斯坦的亲属一直不遗余力地想找他要回那颗大脑，都没能如愿以偿。最终，在他年老时，他才跟爱因斯坦的亲属达成和解，决定将大脑归还给他们。他把那颗大脑放在自己的汽车后备厢里，开车穿过整个美国，来到加利福尼亚州，将它归还给了住在那里的爱因斯坦的孙子。

“这是真的吗？”

“千真万确。”

“但你跟我讲这个故事干什么？”埃伦迪尔不解地问。

病理学家揭开奥迪尔尸体上的布子，朝里看了看。

“她的大脑也不见了。”他说道，不再是一副若无其事的样子。

“你说什么？”

“她的大脑，”病理学家慢慢地说道，“不在它该在的地方。”

22

埃伦迪尔愣了一下，看着病理学家，好像没听见他说了什么似的，其实，他是没听懂病理学家所说话的意思。过了一会儿，他低头看了看尸体，发现小女孩手上的一根骨头从布子里伸了出来，便赶忙抬起头。他不敢想象布子下躺着的那尸体模样，怕自己受不了。况且，他也不想知道小女孩的尸骨到底变成了什么样。他怕自己以后一想起这个小女孩，脑海中便浮现这一恐怖的画面。

“她的尸体被解剖过。”病理学家说道。

“她的大脑不见了？”埃伦迪尔用低沉的声音问道，样子很难过。

“在我之前，有人对她做过尸检。”

“是的，在凯夫拉维克的医院里。”

“她是什么时候死的？”

“一九六八年。”埃伦迪尔答道。

“如果我没判断错的话，霍尔贝格是他的亲生父亲，但他们并没有生活在一起。她的父母？”

“小女孩一直和她母亲一起生活。”

“谁同意她的器官用于医学研究？”病理学家追问道，“你知道这方面的情况吗？是她母亲同意的吗？”

“她母亲不可能同意。”埃伦迪尔说。

“那就是有人没经她母亲同意就把她的大脑拿走了。她死的时候，是谁负责救治的？那位医生叫什么？”

埃伦迪尔回答说是弗兰克。病理学家听了，沉默了半晌。

“我对这样的事再熟悉不过了。死者家属有时会被问到是否愿意捐出死者的器官用于医学研究。当然，家属们会被告知‘为了医学事业的进步’。我们确实需要一些器官，教学演示也需要它们。我知道一种情况：如果死者没有近亲的话，医生会赶在尸体下葬之前将某些器官取走用于医学研究。但像这种明明已征询过家属，而家属不同意，仍将器官偷走的情形，我没怎么见过。”

“她的大脑怎么不见了呢？”埃伦迪尔继续问。

“先把头颅锯开，再把大脑整个取出来就行了啊！”

“不，我是说……”

“你瞧，干净利落，”病理学家继续说道，“肯定是个有经验的人干的。从后背这里下刀，经脊髓、颈部，然后取出大脑。”

“我知道，有人用她的大脑做过研究，肿瘤方面的。”埃伦迪尔说，“你的意思是，没有还回来吗？”

“有一种解释，”病理学家说着，盖上了尸体，“如果他们取走大脑是去做研究的话，那么，要想赶在尸体下葬前及时将其归还几乎是不可能的。因为在做研究之前需要对大脑进行定型处理，那很费时间的。”

“定型处理？”

“为了研究时方便。大脑就像奶酪一样，软乎乎的，形状也不固定。这种定型处理需要花费很长时间。”

“难道只抽取样本进行研究不行吗？”

“这我就不知道了。”病理学家说，“我只知道，大脑不在它身体的原本位置，所以，要想确诊死亡病因非常困难。或许我们可以以死者的骨头为样本，做 DNA 检测，说不定也能帮我们发现一些有价值的信息呢。”

*

埃伦迪尔冒着倾盆大雨，来到弗兰克的办公室。当他打开门看见埃伦迪尔又出现在台阶上时，一脸吃惊的样子。

“我们把小女孩的尸体挖了出来，”埃伦迪尔开门见山地说道，“发现她的大脑不见了。你知道是怎么回事吗？”

“把她挖了出来？大脑？”弗拉克医生边说边把埃伦迪尔请进他的办公室，“你说什么，她的大脑不见了？”

“我说的是，那个小女孩的大脑被人取走了。可能是去研究病因了，但没还回来。你是她的主治医生，难道不知情吗？”

“我只是她的全科医生，上次你来的时候，我已经跟你说过了。她是在凯夫拉维克医院做的尸检，应该由那个医院和那里的医生负责。”

“当年给她做尸检的那位医生已经去世了，我们只拿到了一份他写的鉴定报告，内容很简略，只提到了脑瘤。如果他做过更多检查，那么报告上应该有详细记录，可是我们没看到。难道抽取一些脑组织样本还不够？需要把整个大脑都取走吗？”

弗兰克医生耸了耸肩，说道：“我也说不准。”他犹豫了一会儿，又问，“还有其他器官丢失吗？”

“其他器官？”埃伦迪尔问。

“除了大脑，其他器官有没有丢失的？”

“什么意思？”

“尸体其他部位有没有被人动过？”

“我不清楚，病理学家没有提及其他部位。你究竟想说什么？”

弗兰克若有所思地望着埃伦迪尔，“我猜，你应该没听说过‘瓮城’吧？”

“什么‘瓮城’？”

“我想，它现在已经关掉了，但应该关了没多久。那间房子就叫‘瓮城’。”

“什么房子？”

“在巴隆斯提格的楼上有间房子，里面存放了很多人体器官。”

“请继续讲。”

“那些人体器官都被存放在装有福尔马林的玻璃罐内。都是从医院里送来的，各种器官都有，以供给医学院的师生教学使用。医学院的学生管那间存放器官的房子叫‘瓮城’。人体的各种内脏都有，如心脏、肝脏、四肢。当然，也有大脑。”

“从医院里来的？”

“病人在医院里死掉后，医生会对其进行尸检。例行的尸检就是取出器官来检查。检查完后，并不是所有的器官都还回去了，有的会被医生留下来用于教学。那些器官就一度被存放在‘瓮城’里。”

“你跟我讲这些，是何用意？”

“那颗大脑可能没丢，或许是被存放在了某座‘瓮城’里。那些被保存下来用于教学的器官样本一般都会被登记和归类。如果你想找到它，还是有可能的，去试试吧！”

“我以前从没听说过什么‘瓮城’。那些器官未经允许就被拿走了吗？还是经死者家属同意了？……这究竟是怎么回事？”

弗兰克医生耸了耸肩。“说实话，我也不太清楚。要看具体情况！器官对于医学教学非常重要。所有大学的医学院都有自己的器官标本库。我甚至听说，一些医生和医学研究人员还自己私藏器官。不过，我也不确定这些传闻到底是真是假。”

“器官收藏家？”

“有这样的人。”

“这个……‘瓮城’里的器官都怎么处理了。不是说关掉了吗？”

“这我不知道。”

“所以你认为小女孩的大脑可能在某座‘瓮城’里存放着，并用福尔马林泡着？”

“显而易见。对了，你们为什么要挖出那个小女孩？”

“也许这是一个错误，”埃伦迪尔叹了口气，“也许整个案件都是一个大大的错误！”

23

埃琳博格找到了格雷塔的妹妹克拉拉。但关于霍尔贝格另一名受害者——埃伦迪尔称她为“胡萨维克女人”——的寻访工作却毫无进展。她查访过的女同胞都是同样的反应：先是大吃一惊，接着便是强烈的好奇心和打听八卦消息的十足劲头。埃琳博格使出浑身伎俩，周旋应对，总算没有向她们透漏案子的详情。尽管她和其他调查人员再三叮嘱：这一案件涉及的话题十分敏感，不得向他人透漏，但还是没能阻止八卦、传闻四处蔓延。

克拉拉的家位于布雷德霍特郊区的塞尔雅赫韦尔菲。她看上去五十岁左右，头发乌黑，身材苗条，穿着蓝色的毛衣和牛仔裤。她的手指夹着一支烟，边抽边站在门口迎接埃琳博格。

“你和我妈妈谈过了吗？”埃琳博格自我介绍后，克拉拉把她请进了干净整洁的屋里，友好地问道。

“埃伦迪尔跟她谈过了。”埃琳博格回应道，“他是我同事。”

“我妈妈告诉我，他那天身体好像不太舒服。”克拉拉说着，把埃琳博格领进客厅，请她坐下，“她总是说些莫名其妙的话，让人听不懂。”

埃琳博格没有吱声。

“我今天休息，”她接着说，似乎是为了解释她为什么大中午的在家闲待着，还抽着烟。她说她在一家旅行社工作，丈夫也在上班，两个儿子都已筑好了自己的爱巢，女儿在读医学专业。她非常自豪地说道。一支烟还没抽完，她就取出另一支点上。出于礼貌，埃琳博格故意轻轻地咳了一声，但克拉拉似乎没明白她的暗示。

“关于霍尔贝格的事，我在报纸上看到了。”克拉拉说着，好像意识到她不应该再东拉西扯下去，而是赶紧回归正题，“我妈妈说他去问格雷塔的事，可她忘了跟他说，我和格雷塔是同母异父的兄妹，我们俩的爸爸都过世很久了。”

“我们确实不知道这些。”埃琳博格说道。

“你想不想看一下我从格雷塔住的屋子里清理出来的东西？”

“如果你不介意，我想看一下。”埃琳博格说道。

“他住的小屋非常脏，你们找到他了没？”

克拉拉看着埃琳博格，并贪婪地吸进一大口烟雾到肺里。

“还没。”埃琳博格说，“不过，我们也不是专门为找他而来的，”她实在受不了那呛人的烟味，就又礼貌性地咳了一下，“他都失踪二十多年了，所以……”

“我也不知道他为什么会失踪。”克拉拉打断她说道，接着吐出一口浓烟，“我跟他平常不怎么联系，他比我大很多，还非常自私，是个讨厌鬼。你永远别想从他那里听到一句真话。他还总对妈妈恶言恶语的。一有机会，他就偷我俩的东西。离开家后，不知道跑哪儿去了。”

“所以你不认识霍尔贝格？”埃琳博格问她。

“不认识。”

“那认不认识埃利迪呢？”埃琳博格追问道。

“埃利迪是谁？”

“不知道就算了吧！”

“我不知道格雷塔平常都和些什么人鬼混。他失踪后，一个叫马里昂的人联系了我，还带我去了格雷塔住的地方。那里真像猪窝一样，脏乱臭，地板上到处都是垃圾，还有吃剩的羊头和发霉的萝卜泥。他过去常吃这些东西。”

“马里昂？”埃琳博格问，她在刑事调查局工作的时间还不长，所以不知道这个人是谁。

“是的，他就叫这个名字。”

“那你记得你哥哥的私人物品里有个相机吗？”

“有的。那是他屋里唯一一件完好的东西。我把它拿了出来，但是从没用过。警察认为那相机是他偷来的，但我不确定。我把它放在地下室的储藏室了。你想看看吗？你来找我，难道是为了相机而来的吗？”

“能让我看一下吗？”埃琳博格问。

克拉拉站起身，请埃琳博格稍等片刻，她去厨房拿了串钥匙回来。然后两人一起穿过走廊，来到地下室。克拉拉打开一扇通往储藏室的门，开灯，走向其中一间，开锁，里面乱七八糟地堆放着一些旧物件，有躺椅、睡袋、滑雪用具和野营装备。埃琳博格还看见了一个蓝色的足部按摩器，以及一台自制苏打水的设备。

“我把它放在一个盒子里了,”克拉拉挤进去,扒拉开那些旧物,弯腰拿起一个棕色的小硬纸箱，“我把格雷塔的东西都放在这里了。但其实，除了那台相机，他也没什么好东西了。”克拉拉说着，打开箱子,准备把里面的东西全倒出来,这时,埃琳博格赶忙拦住了她。

“箱子里的东西先别倒出来！”埃琳博格说着,伸手去拿箱子,“你也许不知道这里面的东西对我们来说有多重要。”她又补充了一句。

克拉拉把箱子递给她，脸上流露出不悦。埃琳博格打开箱子，里面有三本破旧的平装版惊悚小说、一把铅笔刀、几枚硬币和一个相机——口袋大小的柯达傻瓜相机。埃琳博格还依稀记得，很多年前，大家过圣诞节或行坚信礼（宗教仪式）时，总爱拿它当礼物送人，它很受大家喜欢。虽然对那些“发烧级”的摄影爱好者来说，拥有这款相机根本不值得夸耀，但它还是挺实用的，这一点毋庸置疑。来之前，埃伦迪尔曾专门叮嘱过埃琳博格，看看格雷塔有没有留下什么胶卷。然而，纸箱里并没有胶卷，也没有任何照片。之后，她掏出手帕，把相机转了个面，结果，也没发现胶卷。

“这里还有各种各样的托盘和液体。”克拉拉说着，朝储藏室里面指了指，“我想他应该是自己冲洗照片。还有一些相纸。这些玩意儿现在也都没用了，对吧？”

“那些东西我都得一并带走。”埃琳博格说。克拉拉又埋头在旧物堆里翻找着。

“你知道他有没有留下一些胶卷？你在他住的地方见过胶卷没？”埃琳博格问。

“不知道，没见过。”克拉拉说着，弯腰去拿那些托盘。

“你知道他可能会把胶卷放在哪儿吗？”

“不知道。”

“你知道他都拍过些什么照片吗？”

“我想，他应该什么都喜欢拍吧！”克拉拉回答道。

“我的意思是，他拍的照片都是什么主题的。你见过他拍的照片吗？”

“没见过，他从来不给我看这些东西。我说过，我们不经常联系的。我也不知道他拍的照片都放哪儿了。他就是个游手好闲的家伙，一个讨厌鬼。”她说着说着，突然意识到自己又重复说了些什么，于是耸了耸肩，赶忙收住口。

“我想把这个箱子带走。”埃琳博格说，“如果你不介意的话。我很快就会把它还回来的。”

“到底发生了什么啊？”克拉拉突然冒出了一句。直到现在，她才开始对警察的询问以及跟她哥哥有关的事提起兴致，“你知道格雷塔到底在哪儿吗？”

“不知道。”埃琳博格答道，试图打消克拉拉的一切疑虑，“我们没有发现任何新线索，什么都没发现。”

*

科尔布伦被霍尔贝格强奸的那天晚上，跟她一起的那两名女性的名字在警局的调查档案里查出来了。埃伦迪尔又发起了寻找她们的行动。两人都是凯夫拉维克人，但都早已搬走了。

其中一名女性在那件事发生后不久，就嫁给了北约基地里的一名美国大兵，现住在美国；另一名女性五年后搬去了斯蒂基斯霍尔米，从户籍登记资料上来看，她目前还住在那里。埃伦迪尔思考着，是花一整天亲自去一趟西部的斯蒂基斯霍尔米，还是打电话与那名女性谈谈就可以。当然，他希望只打个电话就可以。

埃伦迪尔的英语不好，于是便让西于聚尔·奥利去查找搬往美国的那名女性的住址和联系方式。他打电话过去后，是她丈夫接的。那位丈夫说他妻子十五年前就去世了，死于癌症，葬在了美国。

埃伦迪尔还是决定打电话到斯蒂基斯霍尔米去，毫不费力就联系上了另一名女性。电话先是打到她家里，被告知她上班去了。她在当地一家医院当护士。

她听了埃伦迪尔的询问后说，很抱歉，她帮不上什么忙。她说，当年强奸案发生后，警察来找她做调查时，她就说过她帮不上什么忙，现在依然如此。

“霍尔贝格被人杀死了。”埃伦迪尔告诉她，“我们认为，这起谋杀案与那起强奸案可能有关联。”

“我在新闻上看到这个案子了。”电话那头传来她的声音。她的名字叫艾格尼丝，埃伦迪尔试图根据她的声音想象着她的模样。起初，他想到的是：一位做事利索、意志坚定的老妇人，年龄在六十岁左右，体重超标，因为她呼吸短促。但后来，他又注意到艾格尼丝经常吸烟，从而引起咳嗽，于是她在他心目中的形象完全不一样了：肤色蜡黄，满脸皱纹，骨瘦如柴，每隔一会儿就咳嗽一阵。

“您是否还记得那天晚上发生在凯夫拉维克的事？”埃伦迪尔继续问道。

“那件事发生之前我就回家了。”艾格尼丝回答道。

“和你们在一起的有三个男人，对吧？”

“跟我一起回去的那个叫格雷塔，那时我告诉警察了。现在说起来还是不好受。”

“你和格雷塔一起回的家？我还是第一次听说。”埃伦迪尔一边回应她，一边快速翻动着他面前的档案。

“很多年前，他们问我同样的问题时，我也是这么跟他们说的。”她又咳了一下，但尽量不让埃伦迪尔听见她那嘶哑的声音，“抱歉，我戒不了这该死的烟。他是个废物，那个格雷塔。之后我再也没见过他。”

“你跟科尔布伦是怎么认识的？

“我学护理之前，我们一起工作过。那时我们都在凯夫拉维克的一家商店里工作。那家商店早就关门大吉了。那次是我们第一次，也是仅有的一次，一起出去玩。能理解吧？”

“科尔布伦对案情的描述，你觉得可信吗？”

“有一天，警察突然找上门来，问我那天晚上发生的事，我才得知她被强奸了。科尔布伦品行端庄、诚实守信、待人温和，就是性格有点软弱可欺，弱不禁风、病病歪歪的，一看就是可以随意欺负的。她那个人挺无趣的，话可能说得难听了点儿。但你如果明白我的意思，就应该知道，她身边几乎没有异性会对她有兴趣。”

艾格尼丝说着突然停了下来，埃伦迪尔没有催她，反而耐心地等着她讲下去。

“科尔布伦特别矜持，也有点孤僻，我总想为她做点什么。她不喜欢外出交际，那晚我好说歹说，劝了她好久，她才答应和我以及我的另一个朋友海尔格一起出去玩。海尔格后来搬到美国去了，而且已过世多年，这你可能已经知道了。从舞厅回来后，我们又一起去了海尔格家继续狂欢。可去了没多久，她就想回家了。我在她之前就离开了，所以那之后发生的事，我真的不晓得。接下来的周一，科尔布伦没去上班，我记得我给她打了电话，但她没接。几天之后，警察就上门来调查科尔布伦的事。我不知该如何评判，因为我没注意到霍尔贝格有过什么异常举动。如果我没记错的话，他是个很有魅力的人。因此，当警察问起这起强奸案时，我感到非常震惊。”

“他貌似很会给人留下好印象，”埃伦迪尔表示赞同，“更准确地讲，他是个讨女人喜欢的家伙。”

“我记得他来过商店。”

“他？霍尔贝格？”

“是的，霍尔贝格。我想这就是为什么那晚他会和我们坐在一起。他说他来自雷克雅未克，是个会计。他骗了我们，是吧？”

“他们几个都给港口和灯塔管理局做工。你们的店是卖什么的？”

“是一家时装小店，主要经营流行女装，也有女式内衣。”

“他去过你们店？”

“是的，事发的前一天，那天正好是星期五。因为警察要我尽力地回想事情的前前后后，所以我记得很清楚。他说他想给妻子买点什么，当时是我接待的他。第二天我们在舞厅相遇时，他表现出似乎跟我们很熟的样子。”

“事情发生之后，你和科尔布伦联系过吗？有没有问过她这些事？”

“她之后再也没来店里上班。我刚才跟你说过，直到警察来找我时，我才知道那晚发生了什么。其实，我跟科尔布伦也不是特别熟。她没来上班，我就给她打了几次电话，但都没有联系上她；还去她住的地方找过她，但也没见到她。后来，我就不想过问太多了。反正她一直都是那种人，从早到晚神秘兮兮的，从不主动跟人交往。再后来，她姐姐来到店里帮她辞了工作。几年后，我听说她死了。那时，我已经搬来斯蒂基斯霍尔米。是自寻短路吗？我听说是那样。”

“她死了。”埃伦迪尔回答说。之后，他感谢艾格尼丝提供了这些信息，便挂断了电话。

*

突然，埃伦迪尔思绪翻飞，想起了自己正在看的一本小说中的主角，那人名叫斯温。他和一群年轻人在莫斯费德谢蒂的荒野旅行时，不巧遇到暴风雪。眼睁睁地看着同伴们被冻饿至死，他却冷漠视之。因为只有他装备最好，所以最后也只有他一人走出了荒野，并且安然无恙。脱险后，他所做的第一件事竟是在距荒野最近的一个农场里，穿上滑冰鞋，跑去湖上溜冰。

而此刻，他的同伴们还在荒野上忍受着极寒天气，快被饿死冻死。

从此以后，他就被人叫作“冷酷无情的斯温”。

24

搜寻那名“胡萨维克女人”的工作仍没有任何进展。天色已晚，西于聚尔·奥利和埃琳博格还没有回家，他俩来到埃伦迪尔的办公室坐下，三人一起商讨接下来该怎么做。西于聚尔·奥利说，他对目前的调查结果一点儿也不感到意外，因为用这种方法查下去，根本不可能找到那名女性。埃伦迪尔愠恼地问他有没有更好的方法时，他只好摇摇头。

“我觉得，我们似乎不是在调查谋杀霍尔贝格的凶手。”埃琳博格盯着埃伦迪尔说，“我们所做的事似乎和我们要查的案子南辕北辙。对此，我感到十分不解。你吩咐挖出那个小女孩的尸体，说实话，我压根儿不知道那有什么用。而且，你一直要我们寻找那个已经失踪超过二十五年的家伙，我也看不出它和这桩谋杀案有半毛钱的关系。我觉得，我们甚至连最基本的问题都没弄清楚：凶手到底是霍尔贝格的熟人，还是一个以前从没见过的陌生人？要是陌生人，那他肯定就想破门而入，偷点东西。就我个人而言，这后一种情形最有可能。因此，我们应该把精力放在找出这个人上来，比如某个吸毒的，或那个身穿绿色陆军夹克的。这方面我们还没有采取任何行动。”

“说不定那家伙是个‘做鸭’的，被霍尔贝格叫上门来提供服务。”西于聚尔·奥利说，“从他电脑上的那些色情片就可以推断出他很有可能花钱买春。”

埃伦迪尔坐着，盯着自己的大腿，默不作声地听着两位同事提出批评和建议。他心里清楚，埃琳博格所说的大部分属实。难道是因为担心埃娃·林德，自己对问题的分析力和判断力受到了扰乱，出现了失误？他不知道女儿现在身处何地，近况如何，有没有被坏人抓住，他想保护她却无能为力。他从病理学家那里了解到了一些信息，可现在却没心思讲给他俩听。

“我们看到的那张字条，”他说，“它就放在尸体上。这绝不是什么巧合。”

门突然开了，取证小组的负责人把头往里一探。

“我要下班了。”他说，“我就是想跟你们说一声，他们还在检查那台相机，一旦发现有价值的线索，就会立马给你打电话。”

还没来得及说声再见，他就带上门离开了。

“也许我们只见树木，不见森林。”埃伦迪尔说，“也许整个案件没那么复杂，搞不好只是个疯子干的。不过，我个人认为，凶手的犯罪动机背后隐藏着某种更深层次的错综复杂，而那超出了我们的判断。所有这些，也许只有等我们深入了解霍尔贝格这个人并摸清他过去的所作所为之后，才能得出合理解释。”

埃伦迪尔停了下来。

“还有那张字条，”他继续说道，“上面写着‘我就是他’，你们觉得它想提供什么信息？”

“那可能是他的某个‘朋友’写的。”西于聚尔·奥利说着，用手比划出一个引号的手势，“也可能是他的某个工友。我们在这方面的调查还不够。说实话吧，我真不知道查找一个上了年纪的女人对我们破案能有什么帮助。而且，问人家以前有没有被人强奸过，这种问题根本没法开口。每次都被那些大妈们用擀面杖轰出来。”

“还有，埃利迪那家伙之前不就经常说谎吗？”埃琳博格接着说道，“难道他不就想着把我们当傻瓜耍吗？你想过没有？”

“得了吧，拜托！”埃伦迪尔打断道，不想再听这些唠唠叨叨的抱怨，“不管线索是怎么得来的，我们都得一一去调查，不这么做肯定不对。我也知道，冰岛的许多谋杀案都并不复杂，可这起案子不一样，不能简单地将其归于巧合，这不合适！我觉得它肯定不是哪个不动脑子、只知道动粗的家伙干的。”

这时，埃伦迪尔桌上的电话响了。他接起电话，一边听着，一边不停地点头。说完谢谢后便挂了。他的猜测得到了证实。

“取证人员打来的，”他说着，将目光转向埃琳博格和西于聚尔·奥利，“格雷塔的相机就是拍下奥迪尔坟墓的那台。我们用他的相机拍了一张照片，洗出来后，发现两张照片的拍摄效果相同。所以，十有八九是格雷塔拍下的坟墓照片。当然，也可能是别人用他的相机拍的。非此即彼。”

“这又能说明什么呢？”西于聚尔·奥利问道，同时看了看墙上的表。由于他过生日那天对贝格索拉有点失态，所以打算今晚请她吃饭，算是弥补一下。

“这就告诉我们，格雷塔知道奥迪尔是霍尔贝格的女儿，而知道此事的没几个人。它还告诉我们，出于某种原因，格雷塔找到了奥迪尔的墓地并拍下了那张照片。可他为什么那么做呢？是霍尔贝格要他那样做的，还是他想用照片威胁霍尔贝格呢？他后来的失踪和那照片有关吗？如果有，是什么关系？他究竟想拍那照片做什么？而它为什么又会被藏在霍尔贝格的书桌抽屉里？谁会去拍小孩坟墓的照片呢？”

埃伦迪尔自问自答般地接连问出一连串的问题。他俩注意到，埃伦迪尔的说话声音由大到小，仿佛在轻声低语着什么，不像是在跟他俩讲话，后来，这声音愈发缥缈、若有若无。他的一只手放在胸前，不自觉地揉搓着，可自己却完全没有意识到。埃琳博格和西于聚尔·奥利面面相觑，但都不敢问他怎么了，是不是哪里不舒服？

“谁会去拍小孩坟墓的照片呢？”埃伦迪尔又重复了一遍。

那晚稍后，埃伦迪尔找到了派那两个家伙去向埃娃·林德讨债的神秘债主。他是从缉毒队查到的，那里有关于那家伙厚厚的一摞记录。此人名叫埃迪，四十岁左右，身材肥胖，秃顶，嘴里的黄牙所剩不多，经常光顾市中心一家叫“拿破仑”的酒吧。埃伦迪尔找到这家酒吧，并在他对面坐了下来。

“你知不知道就因为你是警察，埃娃·林德要遭到哪种特殊对待吗？”埃伦迪尔刚坐下，埃迪就开口了。尽管他们从没碰过面，但他立即认出了埃伦迪尔。埃伦迪尔甚至觉得，此人好像一直在等着他的到来。

“你找到她了吗？”埃伦迪尔边问边环顾了下四周。看见昏暗的灯光下，失意的人们正围坐在桌前喝着酒，还强打精神装坚强。

突然，他觉得这家酒吧的名字寓意深刻。

“你知道，我是她朋友。”埃迪说，“我卖给她她想要的东西，她付钱给我，但有时拖延的时间太长。还有，膝盖骨受伤的那个小家伙向你问好。”

“他告发的你。”

“找个忠心耿耿的人不容易啊！”埃迪说着，指了指四周。

“欠你多少？”

“埃娃？二十万。她还不只欠了我一人的。”

“我们做个交易吧？”

“随你便！”

埃伦迪尔拿出两万克朗放在了桌上。这是他在来这儿的路上从提款机里取出来的。埃迪接过钱，仔细点了一遍，然后装进了口袋。

“过一星期左右，我再还你其余的钱。”

“好啊！”

埃迪望着埃伦迪尔，眼神犀利。

“我以为你会对我出言不逊。”他说。

“为什么？”埃伦迪尔反问道。

“我知道她在哪儿，”埃迪又补充了一句，“但你永远也救不了她。”

*

埃伦迪尔找到了那栋房子。他以前也因为类似的事情来过这种房子。房子前门敞开着，一个约莫二十岁的小伙挡住了他的去路。他站在门口，朝埃伦迪尔挥摆着手臂。埃伦迪尔使劲一拳将他打倒在墙边，接着把他掷了出去。一间房的天花板上悬着一只无罩的灯泡。埃娃·林德躺在地垫上，好像睡着了，身边还躺着几个人，有的跟她年纪差不多，有的看上去要大一些。他弯下腰，试图叫醒埃娃。她呼吸均匀，但心跳略微有些快。他用力摇了摇埃娃，又轻轻地拍了拍她的脸颊，埃娃才终于睁开了眼睛。

“爷爷！”她说完，又闭上眼睛睡了过去。埃伦迪尔扛起她，背在身上，朝门口走去。他走得小心翼翼，尽量避免踩到地上那些睡得东倒西歪的家伙。他不知道哪个醒着，哪个睡着。这时，埃娃又睁开了眼睛。

“她在这儿。”她小声地说。埃伦迪尔没听清她说什么，只顾着一步不停地朝自己的车子走去。他心里清楚，要带埃娃离开这儿，越快越好。来到车子跟前，他把埃娃放下，让她倚着自己站着，用另一只手打开了车门。

“你找到她了吗？”埃娃问。

“找到谁？你到底在说什么？”他把埃娃扶上副驾驶座位，帮她系好安全带，然后回到驾驶座上，打算开车离开。

“她和你一起吗？”埃娃·林德问道，眼睛都没睁开一下。

“你到底在说谁？”埃伦迪尔忍不住大声问道。

“那个新娘啊！”埃娃·林德回答说，“加尔扎拜尔的那个丫头，她刚才就躺在我边上。”

25

埃伦迪尔硬生生地被电话铃声吵醒了，脑袋里全是铃铃铃的声音。他睁开眼，四处寻找着发出那响声的东西。这才发现自己昨晚是坐在客厅的扶手椅上睡着的，帽子和外套竟都扔在了沙发上。屋子里光线暗淡，他慢慢地站起身，想着能不能凑合着再穿一天这身衣服。他已记不清上次换衣服是多久以前的事了。他往卧室里瞧了一眼，两个女孩就躺在自己的床上，这是他昨晚把她们安顿在这儿的。他轻轻带上房门，去接电话。

“相机上的指纹和那张照片上的指纹刚好吻合。”埃伦迪尔一接起电话，就听到西于聚尔·奥利说道。后来，他又重复说了两遍，埃伦迪尔才反应过来他在说什么。

“你是说，那都是格雷塔的指纹？”

“是的，都是格雷塔的。”

“那霍尔贝格的指纹呢，是不是也在照片上？”埃伦迪尔问道，“他们到底想干什么？”

“鬼才知道！”西于聚尔·奥利说。

“你说什么？”

“没什么。现在可以确定是格雷塔拍了那张照片。我们可以这样假定：那之后，他把那张照片拿给霍尔贝格看，或者霍尔贝格自己发现了那张照片。我们今天还要继续寻找那位‘胡萨维克女人’，是吧？”西于聚尔·奥利问道，“你还没什么新线索吧？”

“嗯。”埃伦迪尔回答道，“还没。”

“我现在在去格拉法沃于尔的路上。雷克雅未克那边的排查工作几乎完了。等这边的工作完成后，是不是再派些人去胡萨维克？”

“嗯，好。”埃伦迪尔说完，便挂断了电话。埃娃·林德站在厨房里，像是也被电话铃声吵醒了。她昨晚和衣睡的，现在仍穿着之前的衣服。加尔扎拜尔那女孩也一样。昨晚，埃伦迪尔后来又开车返回了那间破屋，把那女孩也救了出来，并把她俩一起带回了自己的公寓。

埃娃·林德一言不发地走进卫生间，接着，埃伦迪尔听到她在剧烈呕吐。他转身走进厨房，煮了点浓咖啡。他知道，此时他唯一能做的，就是坐在餐桌旁，等着女儿出来。他都喝了两杯咖啡了，埃娃·林德才出来。看得出，她刚洗了下脸。埃伦迪尔觉得女儿的身体状况很糟糕，整个人瘦得像是快要散架了似的。

“我知道她有时也吸毒。”埃娃·林德挨着埃伦迪尔坐下，声音嘶哑地说道，“我遇到她纯属偶然。”

“到底是怎么一回事？”埃伦迪尔问。

她看着父亲。

“我在试着戒，”她说，“可真的很难。”

“前几天，有两个家伙上门来找你要账，还满嘴脏话。我还了埃迪那个恶棍一些钱，你欠的。是他告诉我你在哪儿的。”

“埃迪人还不错。”

“你准备继续戒吗？”

“你说，把这孩子打掉怎么样？”埃娃·林德低着头，盯着地板。

“我不知道。”

“我很怕我已经伤害到他（她）了。”

“我看，你就是存心不想戒，才找的借口。”

埃娃·林德抬起头，怒目圆睁地看着父亲。

“你他妈的真没人性！”她突然吼道。

“我？！”

“是的，你！”

“那我该怎么想？你告诉我啊！”埃伦迪尔抬高嗓门说道，“你能不能收起你这无休止的自怜？你有时真是一个彻彻底底的失败者！你跟那些家伙整天混在一起，还自我感觉良好，你为何就没想过更美好的生活？你有什么权利这么糟践自己的生活？又有什么权利那么残忍地对待你肚子里的小生命？难道有些事真有那么糟糕吗？难道就你觉得世上只有你最惨了吗？我最近正在调查的一个小女孩，五岁不到就得怪病死了。她突然就得了那种病，然后就不明不白地死了。直到现在也没人清楚她得的究竟是什么病。她的棺材还没三尺长。你听见我说的话了没有？你有什么权利这么混日子？你说啊！”

埃伦迪尔咆哮着，站起身，一拳又一拳地砸在餐桌上，震得桌上的杯子都跳了起来。他随手抓起一只杯子，冲着埃娃·林德背后的墙上摔去。他怒气上头，半晌都控制不住自己的脾气。接着，他又掀翻了餐桌，并将厨房里摆在台面上的东西通通扫落在地，瓶瓶罐罐撞到墙壁后掉在地上，一地碎渣子。埃娃·林德一动也不动地坐在椅子上，望着父亲在那儿勃然大怒，眼里噙满泪水。

过了好半天，埃伦迪尔的怒气才渐渐平息。他转过身，看见埃娃双手捂着脸，肩膀在不停地抖动着；她头发凌乱，胳膊细瘦，手腕看上去还没有自己的手指粗，一副皮包骨的样子让人心疼；她还光着脚，手上、脚上的指甲里全都脏脏的，满是污垢。他走过去，想让她把手从脸上拿开，但她不肯。他想跟她道声歉，还想抱抱她。可最后什么都没做。

相反，他紧挨在她的身旁席地而坐。电话铃响了，他也没管。卧室里的女孩仍在熟睡。电话铃声停止后，一切又重归寂静，唯有埃娃的抽泣声。埃伦迪尔自知并非好父亲，如此生气，不仅仅是气埃娃，更是气他自己。刚刚那通脾气其实也是冲他自己发的。懂心理学的人都知道，他把自己的怒气发泄到了女儿身上，但他这一通发火痛骂似乎起了作用。在这之前，他还从没见埃娃哭过。她两岁那年，他们父女就分开了。

最后，埃娃将手拿开。她吸了吸鼻子，还胡乱地抹了把脸。

“她爸爸……”她说。

“她爸爸？怎么啦？”埃伦迪尔问道。

“就是那个禽兽。”她回答，“那张卡片上写的‘他是个禽兽。我到底做错了什么？’说的就是她爸爸。她的胸部才开始发育，她爸爸就开始对她动手动脚，后来愈发猖狂。就连在她的婚礼上，也不忘在她身上摸来摸去。他甚至把她拽到一处没人的地方，厚颜无耻地对她说，她穿婚纱的样子太性感，他快要把持不住了。还说，他实在无法忍受没有她。然后开始调戏她。她吓坏了，几乎快要崩溃，就逃跑了。”

“真够畜生的！”埃伦迪尔低声骂道。

“我知道她有时吸点。以前她还要我给她弄点来。婚礼那天，她显然是失去了理智，才跑去找埃迪。之后，她就一直待在那个垃圾屋里。”

埃娃·林德停顿了一会儿。“我估计她妈妈应该知道这件事，”她接着说，“但自始至终，她什么都没做。她家的房子倒是够豪华的，车也不少！”

“那女孩没想过报警吗？”

“哇！”

“怎么了？”

“把这件家丑抖出来？运气好的话，碰到一个愿意相信她的警察，然后判那个老畜生三个月的缓刑？我看，还是算了吧！”

“接下来，她打算怎么办？”

“她准备回去找她那个笨蛋老公。我想她还是喜欢他的。”

“那她只怪自己，是这样吗？”

“她也不知道该怎么想。”

“她写的‘我到底做错了什么？’似乎想把一切责任都揽到自己身上。”

“发生了这种事，她变得有些神经质了，这也不足为奇。”

“看来，总是那些变态最乐得快活。在人前面带微笑，装得人模狗样。其实，良心都被狗吃了。”

“别再用那种方式跟我讲话了。”埃娃·林德说，“再也不要！”

“除了埃迪，你还欠别人钱吗？”埃伦迪尔问道。

“还有几个，不过，欠埃迪的最多。”

电话又响了，睡在卧室里的女孩被吵醒了。她坐起身，四处看了看，然后下了床。埃伦迪尔犹豫着要不要去接电话；要不要去上班；要不要花上一整天的时间陪陪女儿，可能的话，带她去看看医生，检查一下她体内胎儿的情况，如果那可以称为胎儿的话。他想看看一切是否安好。他想站在女儿身边，保护她，给她依靠。

可电话铃声依旧响个不停。那个女孩走出卧室，来到走廊，疑惑地四下张望。她喊了一声，想知道屋里是否有人。埃娃·林德应了一声，说他们在厨房。埃伦迪尔站了起来，走到厨房门口，跟女孩问了声好，但她没理他。和埃伦迪尔一样，大家都是穿着昨天的衣服和衣而睡的。女孩看着被埃伦迪尔砸得一片狼藉的厨房，瞟了他一眼。

埃伦迪尔最后还是去接了电话。

“霍尔贝格住的地下室里，有没有什么味儿？”埃伦迪尔愣了一会儿，才听出那是马里昂·布里姆的声音。

“味儿？”埃伦迪尔重复说道。

“他屋里有什么味儿？”马里昂·布里姆重复问道。

“是种恶心人的味儿。”埃伦迪尔说，“一股潮湿、恶臭味儿，是马匹的味儿？我不确定。”

“不，不可能是马匹的味儿。”马里昂·布里姆说，“我一直在查看一些有关诺德米里的资料，还跟我一个做水管工的朋友谈过，他又给我介绍了另外一个水管工。所以，我跟好多水管工都谈过。”

“为什么找水管工？”

“真有趣啊！我是说整个事件。对了，到现在你都还没跟我提过照片上的指纹一事。”埃伦迪尔听出了他语气里有责怪自己的意思。

“嗯，还没。”埃伦迪尔说，“我这不是还没抽出时间来嘛！”

“我听说了格雷塔和霍尔贝格的事。格雷塔知道那个小女孩就是霍尔贝格的女儿。说不定他还知道些别的事。”

埃伦迪尔沉默着。

“你这话是什么意思？”过了一会儿，他问道。

“你清楚诺德米里那边最重要的线索是什么吗？”马里昂·布里姆问。

“不清楚！”埃伦迪尔回答道，他觉得自己有时跟不上马里昂的思路。

“其实很显然。但我之前一直没注意到。”

“什么？”

马里昂停顿了一下，似乎想着重强调接下来所说的。

“诺德米里。北部的沼泽地。”

“什么？”

“那里的房子，实际上是建在沼泽地上的。”

26

这一次，西于聚尔·奥利来到格拉法沃于尔一座三层楼的公寓门前，走上楼，敲了敲一位女士家的门。还没等他作自我介绍，并说明来访缘由，她似乎已经知道了他此次来的目的，直接邀请他进屋，还说一直期待着他的到来。这些都令西于聚尔·奥利感到非常吃惊。

现在是清晨。屋外，蒙蒙细雨下个不停；秋天的阴郁笼罩着整座城市，仿佛是想告诉人们：愈加昏暗和寒冷的冬天就要来了。收音机里说，这是冰岛近几十年来持续时间最长的阴雨季节。

西于聚尔·奥利脱下外套，女主人赶忙伸手去接，他递过去，她接过，并将它挂到一个衣柜里。这时，一位男士从厨房里走了出来，跟他握了握手。他看起来和这位女主人年纪相仿，都是七十岁左右。两人都穿着运动套装和白袜子，像是准备要去慢跑。西于聚尔·奥利这个时间点赶来，正好赶上了他们享用早晨咖啡。

这个公寓虽小，但布局得非常经济适用：浴室、厨房面积较小些，卧室面积大些，还有一间客厅，一应俱有。屋里热得像蒸笼一样，西于聚尔·奥利立即感到嗓子干渴，接过一杯咖啡之后，他又要了一杯水。闲聊了几句天气后，西于聚尔·奥利不想再拖了。

“你们像是早就料到我会来？”西于聚尔·奥利说完，呷了一小口咖啡。这咖啡太稀，而且也有点变味了。

“嗯,所有人都在议论你们正在找的那个可怜女人。”女主人说。

西于聚尔·奥利面无表情地看着她。

“来自胡萨维克的所有人，”女主人继续说道，似乎觉得这件事已经家喻户晓，并不需要作过多解释，“自从你们开始找她之后，大家就只议论这件事。这里的胡萨维克人还不少呢，所以我们就组建了一个非常大的俱乐部。我敢说每个人都知道你们在找她。”

“你是说，现在全市都在议论这件事？”西于聚尔·奥利问道。

“我有三个朋友，从北区搬来这儿的，从昨晚起就给我打电话；今天早上，我又接到了胡萨维克那边一个朋友的电话，他们也对此事津津乐道。”

“你们聊出什么结论了吗？”

“这倒还没！”她说着，看了她丈夫一眼，“那个男的到底对她做了什么啊？”

女主人丝毫不掩饰自己的好奇心，不停地问这问那，想刨根问底。这让西于聚尔·奥利有点反感。同时，出于职业习惯，他尽量谨慎措辞，不走漏半点口风。

“那是一种暴力行为。”他说，“我们正在寻找这名受害者，可能你们已经知道了。”

“哦，是的。但你们为什么要找她呢？他究竟对她做了什么？

而且，为什么现在才来找？我觉得，或者我们大家都觉得，”她说着，看了看自己的丈夫，他一直安静地坐在那里听他们谈话，“那件事已经过去这么多年了，怎么现在才想起来要查，真是奇怪！我听说她被强奸了，是真的吗？”

“很抱歉，我不便透露案件的任何细节。”西于聚尔·奥利说，“而且，这跟你们也没多大关系。我认为你们不应该大惊小怪。我的意思是，当你和别人闲聊此事的时候。你们有没有什么有价值的线索可以告诉我的呢？”

夫妇俩彼此看了看。

“大惊小怪？”她一脸吃惊地问，“我们没有大惊小怪啊！你觉得我们大惊小怪了吗，埃菲？”她看着她的丈夫，问道。但他似乎不知该怎么回答才对。“快呀！回答我！”她厉声说道。这位丈夫才终于开口说道：

“不，我不会那么说的，因为那是不对的。”

这时，西于聚尔·奥利的手机响了。他不像埃伦迪尔那样把手机随便往口袋里一扔了事，而是把它装在了一个小巧的手机套里，卡在他熨得平整的西裤皮腰带上。他对夫妇二人说了声抱歉，站起身，接通了电话，是埃伦迪尔打来的。

“你现在能不能马上到霍尔贝格的公寓来？”他急切地问。

“怎么啦？”西于聚尔·奥利不解地问。

“再往下挖一挖。”埃伦迪尔一说完便挂了电话。

西于聚尔·奥利开车赶到诺德米里的霍尔贝格公寓时，埃伦迪尔和埃琳博格都已经在那儿了。埃伦迪尔正站在地下室的门口抽着烟，而埃琳博格则在屋里伸长脖子闻闻这儿，闻闻那儿。她先是吸一口气，闻一闻，再把它呼出来，接着又到别处去闻。西于聚尔·奥利看着埃伦迪尔，一脸困惑。埃伦迪尔只是耸了耸肩，然后把烟蒂扔进花园里，和他一起朝屋子走去。

“你觉得这屋里有什么异味吗？”埃伦迪尔问西于聚尔·奥利。于是，他便和埃琳博格一样，开始四处闻来闻去。每走进一间房，他便张开鼻孔使劲闻。埃伦迪尔没有闻，因为他常年吸烟，嗅觉已经变迟钝了，闻不出来。

“我第一次来这里的时候，”埃琳博格开口说，“就觉得一定有养马的人住在这栋楼里或这个公寓里。因为这种气味让我想起了马匹、马靴、马鞍等诸如此类的东西。还有，马粪的臭味。真的，这里和马厩里一个味儿。我和我丈夫买的第一套公寓里也是这种味儿，但那里也没有养马爱好者居住。那是种垃圾臭味和上升的潮气的混合味儿，太难闻了。室内暖气片年久失修，漏的水把地毯和木地板都泡坏了，可一直没人管这事，也没人过来给修修。我们还请来水管工把浴室管道重新修理了一番，可他们敷衍了事，仅用稻草把挖的洞堵住，再在上面涂一层薄薄的混凝土，就算了事了。所以，总有一股臭味从修理过的下面的下水管道里冒出来。”

“你说这些是什么意思？”埃伦迪尔问道。

“我觉得，这屋里的气味和以前我家里的气味一样，甚至更难闻。有湿湿的潮气、臭臭的垃圾味，还有下水道里的老鼠味。”

“我和马里昂·布里姆聊起过这事。”埃伦迪尔说，但他不确定他俩是不是也认识他。“他查过有关诺德米里的相关资料，这里曾是一片沼泽地。我俩最后达成了一致，都认为这片沼泽地是一条重要线索。”

埃琳博格和西于聚尔·奥利彼此交换了下眼神。

“马里昂告诉我，诺德米里以前是雷克雅未克市中心一个相对孤立的小村子。”埃伦迪尔说，“这些房子应该都是在二战期间或二战刚结束时盖的。冰岛成立共和国后，这里的许多街道名便用一些传奇英雄的名字，如贡纳尔斯布劳恩特、谢格雅加塔等来命名。这里汇聚了各色各样的人，成为冰岛社会的一个缩影，有大富大贵人家、有小康之家，也有不名一文的穷人。而这些穷人就只好租住在这样的地下室公寓里。诺德米里住着很多像霍尔贝格这样的老人，虽然他们大多比霍尔贝格有文化，却也住在这种地下室公寓里。这些都是马里昂告诉我的。”

埃伦迪尔停了下来。

“诺德米里的另一大特色就是这种地下室公寓。起初，这里并没有这种公寓。后来，房主们对地下室进行了改造：安装厨具、砌起墙、围出各个房间，这样就能住人了。这种改建出来的房子，马里昂叫它什么来着？哦，独门独户公寓！你们知道那是什么样的吗？”

两人摇摇头。

“当然啦，你俩太年轻了！”埃伦迪尔说完，突然意识到，自己这样说，他俩肯定会不高兴。“这种公寓刚开始都是些女孩子在住。她们在有钱人家里做女仆，每天就住在这黑漆漆的洞穴式的房子里。这有一些其他房间，如做肉馅羊肚和其他食物的厨房、洗衣房、储物室以及卫生间等。”

“别忘了，这可是在沼泽地上哦！”西于聚尔·奥利取笑着说道。

“你到底想告诉我们什么重要信息呢？”埃琳博格问。

“地下室下面就是这栋楼的地基……”埃伦迪尔说。

“这可真稀奇呀！”西于聚尔・奥利对着埃琳博格说道。

“……就像其他所有楼下面的地基一样，”埃伦迪尔继续说道，尽量不去理会西于聚尔・奥利的揶揄，“如果你去问问水管工，就像马里昂・布里姆做的那样……”

“这个马里昂·布里姆到底在搞什么？”西于聚尔·奥利质问道。

“……你就会发现，水管工经常会被叫到诺德米里来处理一种问题。一般说来，建在沼泽地上的房子住上几年或十几年后就会出现这种问题。当然只是一部分楼出现这种问题，并不是所有楼。看楼的外墙就能看出这种问题：很多楼的外墙都涂有一层小卵石灰浆。你可以看见，靠近地面的地方，小卵石灰浆没了，内墙裸露出来，大概宽达一二英尺。这表明墙外的地面在下沉，而且，墙内的地面也在下沉。”

埃伦迪尔注意到他俩不再傻笑了。

“在房地产行业中，这是个很难处理的问题。地面下沉时，压迫到了地下埋着的污水管，污水管就会破裂。因此，你每天冲马桶，实际上是把马桶里的污水全都冲到了地基里，却浑然不知。再加上臭味很难透过混凝土散发出来，所以一般过了好些年，你才会发觉污水管破裂这一问题。然而，潮斑的出现会提醒你这一问题。在很多老房子里，热水排水管与污水管是连通的，所以热水也会漏进地基里，管道破裂后，潮气涌上来，屋里就会变得很潮，木地板也随之变形。”

此时，他俩完全被埃伦迪尔的讲述所吸引。

“这些都是那个马里昂告诉你的吗？”西于聚尔・奥利问。

“要想处理这一漏水问题，必须先把地板撬开，”埃伦迪尔继续说道，“然后下到地基里面，把污水管道修补好。水管工告诉马里昂，有时，他们凿破地板后会惊奇地发现地板下面是空的。这是因为有些楼的底板很薄，且地基与沼泽地之间也有空隙，加上地面再沉降个半码，甚至一码，所以才会出现那种现象。但这都因为它们是建在沼泽地上的。”

西于聚尔·奥利和埃琳博格又看了看彼此。

“所以，这间屋子底下也是空的喽？”埃琳博格一边问，一边用脚跺了下地板。

埃伦迪尔笑了笑。

“马里昂甚至找到了那年大庆典时来这里维修的水管工。大家都记得那年，那个水管工也清楚地记得他被叫来这里修理地板受潮问题。”

“你到底想告诉我们什么？”西于聚尔·奥利问道。

“那个水管工凿开这里的地板后，发现底板并不是很厚，而且底下很多地方都是空的。他记得很清楚，是因为那次他的活还没干完，霍尔贝格就叫他走人。为此，他感到十分吃惊。”

“怎么会那样？”

“他凿开地板，刚把污水管修好，霍尔贝格就把他拽了出来，说剩下的他自己弄。于是，他就走了。”

他们都站在那儿一言不发。后来，西于聚尔·奥利忍不住了。

“马里昂·布里姆？”他开口说道，“马里昂·布里姆？”他把这个名字念了一遍又一遍，像是想领悟什么似的。埃伦迪尔是对的。他确实太年轻了以至于不知道警局里曾有过马里昂这位神探。

他还在重复说着这个名字，像是在破解一道令人费解的难题。突然，他停了下来，一副若有所思的样子，问道：

“等一下！马里昂是谁？怎么会取这样的名字？是男名还是女名啊？”

西于聚尔·奥利一脸疑惑地看着埃伦迪尔。

“有时，我也想知道。”埃伦迪尔说着，拿出了自己的手机。

27

工作人员开始开挖这一公寓里每一房间的地板，包括厨房的、卫生间的以及书房的。单是让这项工作得到局里领导批准就耗费了整整一天的时间。在会上，埃伦迪尔据理力争，局长虽不情愿，但最终还是同意了，因为埃伦迪尔提出开挖霍尔贝格家地板的理由充分。再加上，这起谋杀案确实是在这栋楼里发生的。这项工作才得以开工。

埃伦迪尔提出，开挖是整个案件调查的重要一环，有助于找出杀害霍尔贝格的凶手；他觉得，格雷塔有可能还活着，而且可能就是凶手。因此，警方一定会在此次开挖中有重大收获。但如果马里昂·布里姆的推测正确的话，格雷塔将被排除杀人嫌疑，且尘封了二十五年多的那起人口失踪案也有望被破。

他们调来了一辆现有型号最大的货运篷车来装载霍尔贝格的个人物品，除屋里的那些固定装置外，其余都得运走。货运篷车抵达时，天色已晚，稍后，一辆载有风钻的牵引车也来到了案发现场。

一组取证专家已在集合等待，增派的警探也随后赶来。屋前还不见前来看热闹的居民。

跟前几天一样，雨从早到晚下个不停。只不过现在下小了。蒙蒙细雨裹挟着瑟瑟秋风，飘落在埃伦迪尔的脸上。他正站在一旁，指间夹着香烟。西于聚尔·奥利和埃琳博格站在他身边。此时，一大群人开始聚集在屋子前面，但似乎又不愿靠得太前，他们当中有新闻记者、电视台摄像师、报纸摄影师等。带有各类媒体标识的大小车辆停满了整个小区。埃伦迪尔下令禁止一切媒体的采访，还想着要不要将这一群人赶走。

霍尔贝格公寓里的东西，能搬动的都装上了车，很快，屋子里就空荡荡的了。货运篷车还在前院停着等待指令。该如何处理这些东西呢？最终，埃伦迪尔吩咐将所有东西运送到警局的仓库存放。最后搬出来的油毡和地毯被装上车后，车子便轰隆隆地驶离了。

取证小组负责人和埃伦迪尔握了握手。他叫拉格纳，大约五十岁，体型偏胖，头发乌黑但像个拖把似的蓬乱乱的。他是在英国接受的教育，所以只看英国恐怖小说，并且特别迷恋英国侦探电视连续剧。

“你这次又给我们找来了什么苦差事？”拉格纳看了一眼那群媒体人员，问道。语气幽默，略带调侃。但实际上，他觉得埃伦迪尔这一开挖地板寻找尸体的想法简直太赞啦！

“屋里情况怎么样？”埃伦迪尔问道。

“地板上都涂有一层厚厚的船舶油漆，”拉格纳说，“所以很难得知哪块地方被挖开修理过。再加上，混凝土的年份差别无法辨认，修理过的痕迹也看不出来。我们的工作人员用锤子敲地板时，听声音像是哪儿都是空的。到底是地基下沉或是其他原因，我也拿不准。大楼本身的水泥板很厚实，质量也很好。不是那种掺杂碱性土的劣质混凝土。但是地板上却有很多潮斑。能不能请你们联系的那位水管工过来帮帮我们？”

“他已经退休了，现在住在阿克雷里的一家养老院里。并说他这辈子不会再来南部了”

“我们还在污水管里安了个摄像头，想看下里头的情况怎么样，看看能不能发现修补过的痕迹。”

“你们真的需要那么大的钻吗？”埃伦迪尔朝向牵引车，问道。

“这我还真不知道。我们试着用过小点的电钻，但它穿不透潮湿的粪便。等发现空洞的地方，我们就改用更小点的风钻，钻穿地板，把小摄像头放进去，就像水管工检查污水管破损一样。”

“希望那样做有用。我们可不想把整栋楼给弄倒了。”

“噢，那个‘垃圾场’里总有一股臭味儿。”拉格纳说。说完，两人便一同朝地下室走去。三名取证专家穿着白色防护服，戴着一次性塑料手套，拿着锤子，在屋里走来走去，不时敲打一下地板，顺便在他们听起来空洞的地方用蓝色记号笔做个标注。

“从建筑勘测办公室得知，该楼地下室于一九五九年被改造成了住房。”埃伦迪尔说，“霍尔贝格于一九六二年买下这间屋子后，可能立马就住进来了，之后便一直住在这里。”

一名取证人员走了过来，跟埃伦迪尔打了个招呼。他拿着整栋大楼的图纸，每层的都有。

“卫生间在每层楼的正中央。污水管从楼上延伸下来，向下一直通到地下室的卫生间里，也可以说是地基里。改造之前，就有卫生间了，你可以想得出这个公寓就是围绕着它设计的。卫生间里的污水管与马桶连通着，之后朝东，途经客厅、卧室下面，最后通到外面的街上。”

“当然，我们的调查不应仅仅局限于污水管。”拉格纳对其组员说。

“嗯，我们在街上的那截污水管里也安了一个摄像头。从摄像机里可以看出，污水管应该是在拐进卧室的地方破了。我们认为我们应该先检查那儿。这与我所推测的当年修补过的地方大致一致。”

拉格纳点点头以示赞同，又将目光转向埃伦迪尔。埃伦迪尔耸耸肩，好像取证工作与他无关。

“这个污水管破裂的时间应该不算很长，”这位负责人说，“臭味一定是从那里飘出来的。你是说，有个人可能被埋在地基下面已经超过二十五年了？”

“他至少是二十五年前失踪的。”埃伦迪尔答道。

锤子的敲打声在空荡荡的屋子里回荡着，他们的说话声也被淹没了。一名取证专家从一个黑色工具箱里取出一副耳罩戴上，这个工具箱的大小跟一个小号行李箱的大小差不多；接着他又拿起一个小型电钻，接通电源，按下扳机测试了几下，然后使劲地往地板上钻，想把地板钻穿。噪声特别大，其他人员也都纷纷取出耳罩戴上。用电钻钻穿地板的效果不是很理想，坚固的混凝土几乎没有任何剥落。他摇了摇头，停了下来。

“我们需要启用牵引车。”他说着，脸上沾满一层灰，“请把风钻拿进来，还有面罩。哪个该死的白痴想出这样绝妙的主意？”他嚷道。一口痰啐到了地上。

“当年，霍尔贝格在晚上埋人时不可能使用风钻啊！”这位负责人说。

“晚上，他不需要任何工具，” 埃伦迪尔说道，“因为水管工已经帮他把洞钻好了。”

“你认为是霍尔贝格把那个人藏进了这臭烘烘的地板下？”

“等会儿就知道了。可能他只是想重新整理地基里的东西罢了。也许是我推测错了。”

埃伦迪尔走出地下室，来到户外透透气。西于聚尔·奥利和埃琳博格此刻正坐在车里吃热狗，热狗是西于聚尔·奥利从附近的售货亭里买来的，仪表板上还留了一个给埃伦迪尔。埃伦迪尔接过后，狼吞虎咽地吃了起来。

“如果我们在这里找到了格雷塔的尸体，那又能说明什么？”埃琳博格边问边擦了擦嘴。

“我也希望我知道啊！”埃伦迪尔若有所思地说道，“我要是知道就好了！”

这时，总警司急急忙忙走了过来，砰砰砰地敲了敲车窗，猛地拉开车门，示意埃伦迪尔跟他过去一下。西于聚尔·奥利和埃琳博格也跟着从车里出来了。总警司名叫赫罗尔富尔，今天生病请假了，怎么现在却精神抖擞、非常健康。他本来就很胖，但他的这身穿衣打扮显得他更胖了。他平日总是一副懒散模样，对调查取证、侦办案件几乎没出过什么力，而且每年还会因病告假数周。

“你们都开挖了，怎么没事先向我汇报？”他气冲冲地责问道。

“你不是生病了嘛！”埃伦迪尔说。

“胡说！”赫罗尔富尔大声嚷道，“别以为你可以在局里随心所欲地胡搞乱来。我是你的上级！将你的那些愚蠢想法付诸行动之前，必须先向我汇报。”

“等一下，我真以为你病了。”埃伦迪尔又说了一遍，假装很惊讶。

“你是怎么想到那样糊弄局长的？”赫罗尔富尔愤愤说道，“你又是怎么想到地板下面会有一具死尸的？除了地基里的粪便和满屋子的臭味，什么都找不到。你们是不是疯了？”

西于聚尔·奥利踌躇着向他们这边走来。

“埃伦迪尔，有位女的找你，我觉得你应该接下电话。”西于聚尔·奥利说着，把埃伦迪尔忘在车里的手机递了过来，“她说是私事，而且好像很着急。”

赫罗尔富尔转向西于聚尔·奥利，让他立即滚开，不要打扰他们。

但西于聚尔·奥利并没走开。

“埃伦迪尔，你应该马上接一下这电话！”他继续说道。

“你什么意思？当我不存在？”赫罗尔富尔跺着脚骂道，“都他妈事先串通好了？埃伦迪尔，如果仅仅因为居民楼里有异味，就把人家的地基给挖开，那我们以后还怎么做事？这实在是太荒谬、太可笑了！”

“马里昂·布里姆想出来的这一绝妙主意。”埃伦迪尔镇静地说着，这正是他一贯的风格，“我觉得这调查很值得，局长也是这么想的。请原谅我事先没有告知你，赫罗尔富尔。不过，我很高兴看到你健康归来。还有，我想告诉你，你今天看起来精神极了。先失陪啦！”

埃伦迪尔说完，从赫罗尔富尔身旁走开了。赫罗尔富尔盯着他和西于聚尔·奥利，似乎想说些什么，但好长时间也没憋出一句来。

“我突然想起一件事，”埃伦迪尔补充说，“我老早就应该做的。”

“什么事？”西于聚尔·奥利问。

“联系港口和灯塔管理局，问问他们，六十年代初期，霍尔贝格是否在胡萨维克或那附近的什么地方待过。”

“好的。你的电话，快跟这女的讲话吧。”

“哪个女的？”埃伦迪尔问道，顺手接过电话，“我可不认识什么女的。”

“她打电话到你办公室，他们说你很忙，但她不听，拒绝挂机，他们只好把电话转到你手机上来了。”

此时，牵引车上的风钻开始了作业。地下室里传来震耳欲聋的声音，还冒出滚滚灰尘。警方事先就将所有窗户都蒙上了，所以屋外的人无法知晓屋内的情况。除了那位风钻操作员，其他人都撤了出去，远远地站着，等着。他们时不时地看看自己的手表，交头接耳，像是在相互告知已经这么晚了。他们十分清楚，深夜在居民区施工，这么大噪音肯定会影响到居民休息。他们必须马上停止施工，等明天早上再继续挖，或者试试其他办法。

埃伦迪尔拿着手机，快速钻进车里，关上车门，将噪音挡在外面。他一下子就听出了是谁打来的。

“他在这里。”埃琳一听出那是埃伦迪尔的声音，便赶忙说道。埃伦迪尔感到她非常焦虑不安。

“别紧张，埃琳！”埃伦迪尔说，“你说的是谁？”

“他就站在我家房子外面的雨里，还一直盯着我看。”她的声音越来越小，像是在耳语似的。

“谁呀，埃琳？你在家吗？在凯夫拉维克吗？”

“我不知道他是什么时候来的，也不知道他在那里站了多久，我刚看到他。你的同事们刚才不想把我的电话转给你。”

“我听不大明白。你在说谁呀，埃琳？”

“当然是那个人了，那个畜生。我敢肯定那就是他。”

“谁？”

“伤害我妹妹的那个畜生！”

“伤害科尔布伦吗？你到底在说什么？”

“我知道这不可能，但他确实一直在那儿站着。”

“您是不是搞错了？”

“别说什么我搞错了！不许那样说！我知道我在说些什么！”

“是霍尔贝格，还是鲁纳？”

“嗯，是霍尔贝格！”埃琳并没大声说出来，而是将嗓音压得很低很低，“他现在就站在我家房子外面！”

埃伦迪尔没有回应。

“你在听吗？”埃琳小声问，“你打算怎么办呀？”

“埃琳，”埃伦迪尔严肃地说道，“不可能是霍尔贝格。他已经死了。一定是其他什么人。”

“别像哄小孩似的哄我！他现在就站在外面的雨里，还盯着我看。那个畜生！”

28

电话中断了。埃伦迪尔立即启动车。西于聚尔·奥利和埃琳博格看着他把车从人群中倒出来，很快从街上消失了。他俩相互看了看，又耸耸肩，仿佛是在告诉对方，自己早就懒得去搞懂埃伦迪尔的某些行为举动了。

还没开出大街，埃伦迪尔就拨通了凯夫拉维克警局的电话，请他们赶紧派人去埃琳家附近捉拿一名男子，该男子上身穿着一件蓝色带风帽厚夹克、下身穿着一条牛仔裤、脚穿一双白色运动鞋。这是埃琳在电话中向他描述的。埃伦迪尔还提醒那位队长，不要鸣警笛、亮警灯，要尽可能地慢慢逼近，免得打草惊蛇。

“愚蠢的老太婆！”埃伦迪尔挂断电话后，嘀咕了一句。

他以最快的速度驶离雷克雅未克，途径哈夫纳夫约杜尔，开上了前往凯夫拉维克的路。一路上堵得厉害，能见度较低，埃伦迪尔在车流中走“之”字形，甚至在一个交通环岛处超过了其他车辆。他一路无视红绿灯，不到半小时就赶到了那里。这一切多亏了上面给刑事调查局配备的蓝色警灯。上面明确规定，在紧急情况下，如果刑事调查员所开车辆普通，也没任何其他标志，可以把蓝色警灯安在车顶，作为警车标识。他为自己的神速感到开心。并想起以前电视上播放的一档侦探节目里出现过的种种装备，当时还觉得，如果在雷克雅未克办案过程中使用那些玩意儿，肯定是件荒唐可笑的事。

埃伦迪尔抵达埃琳家时，看到已有两辆警车停在她家屋外。埃琳和三名警察在屋里等着他。她说，就在警车到来前一秒，那个人突然消失不见了。她给他们指了他站的地方以及他跑走的方向，但警察没有找到任何踪迹。埃琳不肯告诉他们那个人是谁，也不说为什么他是危险人物；似乎那个人的唯一“罪状”便是“冒着雨站在她家屋外”。为此，三名警察感到十分困惑，不知道该怎么处理埃琳的控诉才好，于是便问埃伦迪尔。埃伦迪尔回答说，此人跟雷克雅未克的一桩谋杀案有关。他请他们多加留意，一旦发现符合特征的嫌疑人，立即联系雷克雅未克警方。

埃琳看起来相当焦虑。埃伦迪尔觉得最好是让这几名警察尽快离开。这事很容易就办妥了。他们走时嘀咕道他们还有更重要的事情要去处理，没工夫在这儿调查一位老太太幻想出来的神秘人。但他们确信埃琳听不见他们所说的。

“我发誓，外面站的那个人就是他，”警察刚走，埃琳便马上对埃伦迪尔说，“我不知道该怎么解释，但那确实是他！”

埃伦迪尔看着她的脸，听着她说的话，发现她不像是在开玩笑。他也知道她最近压力很大。

“这讲不通，埃琳。霍尔贝格已经死了。我在停尸房见过他的尸体，”他停下来，想了想，又补充了一句，“还见过他的心脏。”

埃琳看着他，一脸惊讶。

“你认为我是个疯子，这些都是我臆想出来的，为了吸引你们的注意，因为……”

“霍尔贝格已经死了。”埃伦迪尔打断了她，“您说我该怎么想呢？”

“那就是有人和他长得一模一样。”埃琳说。

“请再给我详细描述一下那个人吧！”

埃琳站起身，走到客厅的窗户边，指了指雨中。

“当时我正在客厅里看书。天渐渐黑了下来，我起身准备开灯。不经意地往窗外一瞥，才看见他站在那儿，就在那条通向大街的小路上。一动不动，还朝屋里看着我。我不确定他看到我没，但我尽量躲起来，不让他看见。他头上什么也没戴，也没打伞，但他似乎一点也不在乎被淋湿。虽然他只站在那儿，但不知怎的，仿佛离我有好几英里远。”

埃琳想了一会儿，又说：“他看上去四十岁左右，身高一般，黑色头发。”

“埃琳，”埃伦迪尔说，“外面漆黑一片，还下着倾盆大雨，应该很难看清窗户外面才对。而且，路灯也没亮，你还戴着眼镜。你是说……”

“当时天才刚要黑，而且我也没有立刻给你打电话。我从这扇窗户仔细观察了一会儿，接着又跑去厨房那边的窗户看了会儿。花了很长时间才确定他就是霍尔贝格，或者是一个跟他长得很像的人。路灯虽然没有亮，但大街上车辆来来往往，车灯照在他身上，我就可以看清他的脸了。”

“您就这么肯定？”

“他跟年轻时的霍尔贝格一模一样。”埃琳说，“不是报纸上刊登的那个老家伙模样。”

“您见过年轻时的霍尔贝格？”

“是的，我见过。有一次，刑事调查局的人突然叫我妹妹过去一趟。说是想让她为她的证词作出更详细的解释。全都是骗人的！当时是一个叫马里昂·布里姆的警察在办这个案子。怎么会取这样的名字，马里昂·布里姆？他们叫我妹妹去雷克雅未克，我妹妹要我陪她去，我就去了。我记得那次约定的时间是在上午。到了那里后，是马里昂接见的我们，然后他把我俩带进了一个房间。坐了一会儿后，门突然开了，霍尔贝格走了进来。那个马里昂就跟在他身后，在门口站着。”

埃琳停了下来。

“后来呢？发生了什么？”埃伦迪尔问道。

“霍尔贝格咧着嘴笑，还伸出舌头做些猥琐的动作。我妹妹当时就崩溃了，拼命抓着我，像掉进水里快要淹死的样子，气都喘不过来。然后霍尔贝格开始狂笑，我妹妹突然抽搐个不停，口吐白沫，眼珠上翻，倒在地上。马里昂赶紧把霍尔贝格带走了。我虽然只见过那畜生一次，而且是仅有的一次，但我永远也不会忘了他那张丑恶的嘴脸。”

“你今晚在你家窗外看见了一张同样的脸？”

埃琳点了点头。

“我大吃一惊，几乎不敢相信自己的眼睛。那当然不是霍尔贝格本人，但那个人跟他长得太像了，简直是一个模子里刻出来的。”

埃伦迪尔思忖着该不该把他最近的思路告诉给埃琳。他在心里权衡着该跟她讲多少，而跟她讲的那些中又有多少是能在现实中找到依据的。他在心里反复琢磨着，两人就那么坐着，谁也没说话。已经很晚了，他突然想起了埃娃·林德。胸口又隐隐作痛起来，他轻轻揉着，好像那样就不疼了。

“你没事吧？”埃琳问道。

“我们最近在忙一些事情，看能不能为我们提供什么线索。”埃伦迪尔解释道，“不过，这里刚发生的这件事证实了我之前的推断。如果霍尔贝格还强奸过另外一名女性，那她很有可能也和科尔布伦一样生了个孩子。霍尔贝格尸体上的那张字条让我联想到了这种可能：他可能有个儿子。要是那桩强奸案发生在一九六三年以前，那么，这个儿子现在应该四十岁左右。今晚站在你家窗外的那个人，可能就是他。”

埃琳看着埃伦迪尔，惊得目瞪口呆。

“霍尔贝格的儿子？可能吗？”

“您说他和霍尔贝格长得一模一样啊！”

“是的，可是……”

“我刚刚一直在想这个推断。觉得整个案子中有一环缺失了，我想刚好就是这个人吧！”

“可为什么呢？他来这里做什么？”

“你不觉得这已经很明显了吗？”

“什么很明显？”

“您是他妹妹的姨妈。”埃伦迪尔说完，注意到埃琳脸上的表情发生了变化，看来她已经明白埃伦迪尔说的了。

“奥迪尔是他妹妹。”她若有所思地说道，“可他又是怎么知道我的呢？怎么知道我住哪儿？怎么会把我和霍尔贝格联系起来？报纸上没有刊登过有关霍尔贝格以前的任何事情啊！没报道过他的强奸案，也没提及他有个女儿。没有人知道奥迪尔的事，他究竟是怎么知道我的呢？”

“或许等我们找到他时，一切就都明白了。”

“你觉得，会不会是他杀了霍尔贝格？”

“您现在是在问我，会不会是他杀了自己的父亲？”埃伦迪尔说。

埃琳想了一下，惊叹道：“上帝啊！”

“这件事我还说不准。”埃伦迪尔补充道，“如果您再看到他站在外面，立即打电话给我！”

埃琳站起身，走到窗户边，望着那条小路，似乎盼着能再次看到那个人。

“刚才我给你打电话说霍尔贝格在这里时，情绪有些异常激动了，因为有那么一会儿觉得那个人就是霍尔贝格。我真的是惊呆了！不过，我倒是一点都不害怕，更多的是愤怒。他站的姿势、他垂头丧气的样子，都让我觉得很讨厌，越看越来气。他脸上的表情有些悲伤，像是很痛苦。我心想，他那种人就不该生活得很开心才对，他不配。你知道，他跟他父亲联系过吗？”

“我还不确定是不是真的有这么个人呢。”埃伦迪尔说，“您看见的那个人只是证实了我的推论。我们还没有那个人的任何线索。霍尔贝格家也没有他的照片，如果您指的是这个的话。但霍尔贝格被害之前，的确有人给他打过几次电话。那些电话让霍尔贝格感到非常紧张。除此之外，我们还没有掌握更多这方面的信息。”

埃伦迪尔拿出手机，对埃琳说了声抱歉，让她稍等片刻。

“你究竟想让我们干什么？”西于聚尔·奥利在电话里怒吼道，“他们凿穿了粪便管，里面都是令人作呕的臭虫，那个见鬼的地板下面更是密密麻麻的，太恶心了！！你到底跑哪儿去了？”

“我在凯夫拉维克。发现格雷塔了吗？”

“没有！去他妈的格雷塔！连个鬼影都没有！”西于聚尔·奥利骂完，挂了电话。

“警官，还有一件事。”埃琳说道，“你刚说那个人跟奥迪尔有血缘关系，我才想起这事儿。当时我还感到不解，但现在我知道我是对的。他脸上有一种神情，我以为我再也不会见到。那是一种以前经常见到的神情，我从未忘记过。”

“什么神情？”埃伦迪尔问她。

“我知道我为什么不怕他了。刚开始我没意识到，但现在我知道了。他让我想起了奥迪尔。他脸上的某种神情让我立马就想起了可怜的奥迪尔。”

29

西于聚尔·奥利将手机放回腰间的皮套里，朝公寓走去。风钻凿穿底板时，他和几名警察当时正好在屋里，突然，一股恶臭迎面扑来，气味特别浓烈，熏得他直反胃。和屋里其他人一样，他的第一反应也是迅速冲向屋外。一边跑，一边觉得在他前往户外、呼吸新鲜空气的途中恐怕就吐了。等他们再次进去时，都戴上了防护眼镜和防毒面具，但仍能闻到那股令人作呕的臭味。

风钻操作员把破裂的污水管上面的洞口开得更大了些。一旦凿穿了地板，接下来的工作就容易多了。西于聚尔·奥利实在不敢去想这管子已经破了多少年了，才会在上面积满那么一大片垃圾，好像整个地板下面都被污垢占领了。一缕依稀可辨的水蒸气从洞里冒出。他拧亮手电筒，朝洞里的污垢照去，发现地面下沉了很多。如果从底板开始测量，至少沉降了半码。

那片污垢就像一截粗树干，上面爬满了黑色的小虫子。突然，某种生物从手电筒的光柱下一闪而过，西于聚尔·奥利赶忙后跳了几步。

“大家小心！” 他大喊一声，大步迈出地下室，“该死的地板下有老鼠！先把洞口堵上，给害虫防治中心打电话，快！马上停止手头的一切工作！”

大家都没异议。只见一名工作人员立即扯过一块塑料布，往地板的洞口上一盖。很快，地下室就空无一人了。西于聚尔·奥利一出地下室，就迫不及待地扯下自己的面具，猛吸几口新鲜空气。其他人也一样。

*

从凯夫拉维克回家的路上，埃伦迪尔就已经听说了诺德米里那边的进展。一名害虫防治人员已赶来现场，但工作人员们不愿马上进去，说等明天早上清除完地基里的所有活物后，再继续开展工作。西于聚尔·奥利回到家，刚洗完澡，埃伦迪尔就打来电话，要他汇报最新情况。埃琳博格也回家了。害虫防治人员灭虫灭鼠时，只留了一人在霍尔贝格公寓外值班，还有两辆警车在远处停着。就这样过了一晚。

埃伦迪尔回到家时，已经晚上九点多了。女儿埃娃·林德在门口等着他。那个新娘已经离开了。她走之前告诉埃娃，她准备和她丈夫好好谈谈，问问他的想法和感受。她不知道要不要告诉他她从婚礼上逃跑的真正原因。埃娃·林德鼓励她讲出来，因为她没必要替她那个禽兽父亲遮丑，不该帮他掩盖见不得人的事。

父女俩在客厅里坐了下来。他把有关谋杀案的调查情况全都告诉给了埃娃·林德，包括他们目前的调查方向以及他自己的一些想法。他这样做并不仅仅是为了他自己，而是想对过去几天内发生的每一件事都有更清晰的了解：死在家中的霍尔贝格、公寓里的恶臭味、尸体上的字条、抽屉里的老照片、电脑里的淫秽片、墓碑上的碑文、科尔布伦和她姐姐埃琳、奥迪尔和她不明病因的死亡、困扰着自己的噩梦、牢里的埃利迪和失踪多年的格雷塔、马里昂·布里姆、霍尔贝格的另一名受害者，以及出现在埃琳家门外的那个人，他极有可能就是霍尔贝格的儿子。埃伦迪尔想尽力叙述得条理清晰一些，并思考着种种推测和疑点，直到无法推断下去了，才停了下来。

但对小女孩大脑失踪一事，埃伦迪尔没告诉女儿，因为截至目前，他自己也还没弄明白那是如何发生的。

埃娃·林德静静地听着。她注意到父亲一边说，一边不停地揉着胸口。她感到这起谋杀案正弄得父亲心烦意乱、愁眉不展。她从他脸上看到了一种无奈感，这是她以前从未见过的。当他谈到那个小女孩时，已是满脸疲惫和忧愁。他像只蜗牛似的缩回了自己的"壳"里，他的声音也越来越小了。

"这个奥迪尔，是不是早上你对我发火时提到的那个小女孩？"埃娃·林德问。

"她是……我不知道……可能是上帝赐予她母亲的礼物。"埃伦迪尔说，"她对女儿的爱超越了生死。如果早上我对你说了什么过分的话，请你原谅。我不是故意的，但看到你整天颓废堕落，看到你对什么都一副无所谓的态度、又不懂得自尊自重，看到你一天天自我毁灭，眼前突然浮现出了小女孩那口白色小棺材被吊出墓坑时的场景，然后大脑一片空白，自己都不知道自己在干什么，我想……"

埃伦迪尔突然不说了。

"把我这混账女儿揍一顿。"埃娃·林德帮他把话说完。

埃伦迪尔耸了耸肩，继续说道：

“我也不知道自己想做什么。或许，最好是什么都不做。或许，最好是顺其自然，过自己想过的生活。忘了这摊子事，开始做些有意义的事。为什么我要卷入这污秽之中？找埃利迪那种人说话，同埃迪那类人渣做交易，看到霍尔贝格那种禽兽遭报应，读强奸案卷宗，挖开那屋子的地基忍受大便和虫子的恶臭，挖出那小女孩的棺材……”

说着说着，埃伦迪尔开始更加使劲地捶打自己的胸部。

“你以为你不会受其影响。你以为你够坚强，能承受得起这世间的种种丑陋与不幸。你以为，经过这么多年的历练，你早已披上了一件‘铠甲’来让自己做到置身事外、事不关己！然而，我并没有让自己站得远远的，等闲视之；我也没有什么‘铠甲’，没人可以无坚不摧，包括我。那些令人厌恶的事深深地扎根在你的脑海里，像幽灵一样萦绕在你心头，让你不得安宁，直到你觉得这些污秽也是生活的一部分，因为到那时你已经忘了真正的生活是什么样子。这个案子就是这样。它像只被放出笼的恶魔一样，肆无忌惮地撕咬你的心，让你伤痕累累、痛苦不堪！”

埃伦迪尔长叹一声，说道：“所有这一切像是一个巨大的泥潭，我完全被卷进去了。”

他停了下来，埃娃·林德静静地陪着他。

时间就这样悄悄溜走了。埃娃·林德站起身，来到父亲身旁坐下，伸出胳膊搂住他，侧身贴着他。她能听见他的心脏有节奏地怦怦跳动着，像钟表的滴答声一样让人倍感安心。不一会儿，她便面带微笑，进入了甜美的梦乡。

30

次日上午，天空阴沉沉的，雨还在下个不停。到了九时许，仍不见一丝光亮。取证小组和刑事调查局的工作人员已经在霍尔贝格家了。收音机里说，雷克雅未克这次的降雨持续时间都快打破一九二六年十月份的那次降雨记录了。

污水管已经清理干净了，地基里也看不见任何活物了。地板上的洞又往宽凿了些，现在可以容两个人一起下去查看。住在楼上的房主们此刻也站在门外。他们已经提前跟一位水管工打了招呼，得到警察许可后，立马请他过来维修破了的管子。

很快，大家发现，污水管道周围的空间并不是很大。经过测量，其面积大约为三平方码。而且是一个封闭的空间，因为有的地方的地面就没有下沉。管子破的地方和当年一样，旧的修补痕迹还能看出来，而且管道下方铺的砾石和它周边的不一样。技术人员们正在讨论要不要把这个洞挖得更宽些，把地基里的碎石全部挖出来、腾空，这样就能看清底下到底有什么了。经过一番商量，大家觉得倘若把下面的碎石全部移走，公寓可能会坍塌，于是决定采用一种更安全、技术更先进的办法：先在地板上多钻几个洞孔，然后将微型摄像机放进去，这样，就可以看清地基里面了。

工作人员开始在地板上钻洞打孔，之后又支起两台监视器，分别连接着两台微型摄像机。西于聚尔·奥利在一旁看着。摄像机比管口小，前端带有小灯，放入洞内后，可通过遥控来操作。洞孔钻好、摄像机也放好后，工作人员打开了这两台监视器。结果，出来的图像是黑白的。西于聚尔·奥利觉得什么都看不见。要知道，连他家里的电视机都是他花了五十万克朗专门买的德国货，所以，对他来说，这两台监视器的像素实在是太差了。

他们刚开始探测，埃伦迪尔就来了。之后不久，埃琳博格也来了。西于聚尔·奥利注意到埃伦迪尔今天刮了胡子，穿的衣服也干净整洁，好像刚刚熨过。

“有什么新情况吗？”埃伦迪尔看着西于聚尔·奥利一副懊恼的样子，问道。点了支烟。

“他们正在用摄像机来查看里面的情况。”西于聚尔·奥利说。“我们可以从屏幕上看。”

“污水管里没东西了吗？”埃伦迪尔边问边吸下一大口烟。

“尽是一些虫子和老鼠，没别的了。”

“这里真是要多脏有多脏，要多臭有多臭。”埃琳博格一边说，一边从手提包里掏出一条喷了香水的手帕。埃伦迪尔递给她一支烟，但她谢绝了。

“霍尔贝格很可能用水管工挖的那个洞把格雷塔的尸体藏在地板下了。”埃伦迪尔分析道，“因为要是他想随心所欲地把格雷塔藏在这下面，他肯定得清楚底下哪些地方是空的，并且可以将其周围的砾石移走。”

他们挤在屏幕前，但什么也看不清。只见一束亮光在忽上忽下、忽左忽右移动着，有时还跑到了屏幕边。有时他们觉得自己能看到底板轮廓，有时又觉得那可能是些碎石。地面沉降程度不一，有些地方紧贴着底板，而有些地方的空隙宽达三英尺。

伴随着钻洞的轰鸣声，他们几个在监视器前看了一会儿，埃伦迪尔突然没了耐心，走了出去。埃琳博格快步跟上他，西于聚尔·奥利紧随其后。三人都钻进了埃伦迪尔的车。埃伦迪尔向他俩提过自己前天晚上突然赶去凯夫拉维克的缘由，但当时没时间往细讲，现在有了。

“很显然，这跟诺德米里这边留在霍尔贝格尸体上的那张字条有关。如果埃琳在凯夫拉维克看到的那个人长得很像霍尔贝格，正好证实了我的推论：霍尔贝格还有一个孩子。”

“即使发生了强奸案，霍尔贝格也不一定会有儿子啊！”西于聚尔·奥利说，“我们还没有证据来证明这一点。目前所掌握的线索仅为埃利迪曾提到过另一名女性。可他是个白痴！”

“而且，我们调查过的人里认识霍尔贝格的也没见有谁提起过他有个儿子啊！”埃琳博格补充说。

“我们调查过的人都是后来才认识霍尔贝格的，没有一开始就认识他的。”西于聚尔·奥利说，“这一点很关键。他是个性格孤僻的家伙，只和少数几个工友打交道；他经常从网上下载淫秽电影看；和埃利迪、格雷塔这些蠢货混在一起。没有人真正了解他的过往。”

“我一直在想，”埃伦迪尔说，“如果霍尔贝格真有个儿子，可他是从何处得知埃琳——奥迪尔的姨妈——的呢？这是不是意味着，他也知道奥迪尔——他的亲妹妹？要是他知道埃琳，那么他肯定知道科尔布伦以及那起强奸案。他是怎么知道的呢？我怎么想也想不通。我们的调查详情从未被媒体报道过，他又是从哪里得知这些的呢？”

“会不会是在他杀掉霍尔贝格之前，从他口中得知的？”西于聚尔·奥利说，“有那种可能吗？”

“说不定是他威逼霍尔贝格说出来的。”埃琳博格接过话茬。

“首先，我们还不能确定此人是否真的存在。”埃伦迪尔说，“埃琳看见那个人的时候，情绪异常激动，其描述的真实性还有待证实。假设这个人真的存在，一来我们没有证据证明是他杀了霍尔贝格；二来我们也没有证据表明他知道自己有这么个父亲，而且他母亲是遭强暴后生下他的。埃利迪曾提到，霍尔贝格强暴科尔布伦之前，还强奸了另外一个女人，而且那个女人的遭遇更惨。要是她怀孕并生下了孩子，我相信，她这辈子都不愿再提起孩子父亲的名字。她那时也没去报案。警局里找不到关于霍尔贝格其他强奸案的任何记录。如果的确存在这名受害者的话，我们还得设法找到她……”

“但我们现在却在捣毁一个房子的地基去搜寻一个可能与这起案子无关的男人。”西于聚尔·奥利抱怨道。

“说不定格雷塔根本就不在这地基下面。”埃琳博格说道。

“怎么说？”埃伦迪尔回应道。

“你的意思是他有可能还活着，是吗？”西于聚尔·奥利问埃琳博格。

“我猜，他知道霍尔贝格所有的事。”埃琳博格说，“他知道霍尔贝格女儿的事，不然，他不会去拍她的墓地照片。他也一定知道小女孩的身世。所以，要是霍尔贝格还有个儿子的话，他应该也知道。”

埃伦迪尔和西于聚尔·奥利都看着埃琳博格，被她的话吸引住了。

“说不定格雷塔仍和我们在一起，”她继续说，“还和霍尔贝格的儿子保持着联系。这就能解释为什么霍尔贝格的儿子知道埃琳和奥迪尔。”

“但格雷塔早在二十五年以前就失踪了，至今还杳无音信啊！”西于聚尔·奥利说。

“他失踪了，并不一定意味着他死了呀！”埃琳博格回应道。

“所以……”埃伦迪尔刚开口，就埃琳博格打断了。

“我不同意将格雷塔排除在外。难道就不存在这样一种可能？格雷塔还活着。因为他的尸体还没被发现呢。他可能离开冰岛了，或者搬到某个乡村去了。没人注意到他，也没人会想起他。”

“我也有过这种想法，但仔细一想，从没听说过类似的例子。”埃伦迪尔说道。

“什么例子？”西于聚尔·奥利追问。

“一个人失踪超过二十五年再回来的例子。在冰岛，失踪的人没有回来过的。我从没听说过哪个人失踪超过二十五年又突然回来了。从没听说过。”

31

埃伦迪尔留同事们在诺德米里，自己前往巴隆斯提格去见病理学家。病理学家刚对霍尔贝格的尸体做完尸检，看见埃伦迪尔走了过来，便用布子将尸体盖上。埃伦迪尔环顾四周，并未发现奥迪尔的尸体。

“你找到那个小女孩的大脑了吗？”病理学家开口便问。

“还没有。”埃伦迪尔说。

“我跟一位教授聊了此事，她是我大学时交的女朋友，不过现在已经不是了，真希望我这么做没错。她倒对我们的发现一点也不感到惊讶。哈尔多尔·拉克斯内斯写过一个短篇故事，你读过吗？”

“是关于尼布甲尼撒二世（古巴比伦王）的吧？前几天还想起过。”埃伦迪尔说。

“叫《莉莉》吧？我记得。我很早以前读的。讲的是一些医学院的学生偷走尸体之后把石头装进棺材的故事。就像故事里讲的那样，过去是没有人监管这种事的。除非明令禁止，否则，死在医院里的患者都要进行尸体解剖，当然，是出于医学教学目的。有时，死者体内的器官会被医生拿走作样本，大到整个器官，小到少量的组织样本。之后，死者被包裹起来，体面地下葬。不过，今时并非往日。要解剖尸体必须事先征得死者家属的同意，而且符合相关条件后才可将其用于科研或教学。依我看，如今这情形，想偷器官绝非易事。”

“你真这么认为？”

病理学家耸了耸肩。

“我们讨论的不是器官移植，对吧？”埃伦迪尔问道。

“完全是两码事。如果事关生死，人们一般还是乐意帮忙的。”

“器官库在哪儿？”

“光这栋楼里就有成千上万瓶标本，”病理学家说，“只这儿，巴隆斯提格。而冰岛最大的生物样本库是丹戈尔器官库。”

“你能不能带我去看一下这里的标本库？”埃伦迪尔问，“这些样品的来源都登记在册吧？”

“嗯，都被清楚地登记在册了。我都查过了，但没找到小女孩的大脑。”

“那它会在哪里呢？”

“你应该去和教授谈谈，听听她怎么说。医学院里应该有一些器官的记录。”

“刚发现大脑被偷走那会儿，你为什么不马上告诉我这个？”埃伦迪尔问，“你是什么时候发现大脑不见了的？难道你早就知道？”

“你还是先去跟她聊聊，再回来找我吧！恐怕不该说的，我都已经告诉你不少了。”

“医学院里有器官的相关记录？”

“据我所知，是的。”病理学家说完，把那个教授的名字告诉给了他，还告诉他，他要继续工作了。

“也就是说，你知道‘瓮城’，对吧？”埃伦迪尔接过话茬说道。

“之前，这儿是有间房子被称为‘瓮城’。”病理学家说，“不过，现在已经关掉了，可千万别问我那些瓶瓶罐罐怎样处理了，我可什么都不知道。”

“你是不愿意说，对吧？”

“你能不能别问了？”

“你说什么？”

“别问了！”

*

这位名叫汉娜的教授是冰岛大学医学院的院长。此刻，她正打量着桌子对面的埃伦迪尔，像是在观察一个正在生长的癌细胞，并想尽快将之除掉。她看上去比埃伦迪尔要年轻些，但更强势。她说话语速快，反应也很快，一本正经，不像是会说废话并且也能忍受得了废话的人。埃伦迪尔刚想长篇大论地表明来意，她就开门见山地请他直奔主题。埃伦迪尔暗笑。他立马对眼前的这个女人有了些好感。不过他也明白，谈话结束前免不了一番唇枪舌剑。她身穿深色外套，身材圆润，矮个，素颜，一头金发，手脚麻利，表情看上去相当严肃，且令人捉摸不透。埃伦迪尔想看到她笑一下是什么样的，但可惜，他的愿望没有实现。

他找她那会儿，她正在上课。他敲门，问她在不在，像是迷路了。

她走到教室门口，请他稍等一下，等她下课再说。他便站在走廊里等着，像个逃学后被抓回来、此刻正站在那儿罚站的学生。十五分钟后，教室门开了，她从里面走出来，经过他身边，叫他跟上。她迈出两步时他才迈出一步，所以他要想跟上她的步伐还有些费劲。

“我不明白，刑事调查局找我做什么？”她边说边如一阵风似的快步前行，不时回头确认一下他有没有跟上。

“你会明白的。”埃伦迪尔喘着气答道。

“我当然希望如此。”汉娜说，随即请埃伦迪尔进她办公室。

埃伦迪尔告知来意后，她坐在那儿，沉默了好一会儿，思考了半晌。埃伦迪尔说起奥迪尔和她的母亲、她的尸体解剖、她的病因诊断以及她的大脑被人取走这些事时，故意说得很慢。

“那个小女孩最后去的是哪家医院？”她问道。

“凯夫拉维克。你们用于教学的那些器官都从何而来？”

汉娜盯着埃伦迪尔。

“我不明白你在说什么。”

“你们将人体器官用于教学，”埃伦迪尔说，“‘生物样品’，我想你们是这么叫的吧。我不是这方面的专家，但我的问题很简单，那些样品从何而来？”

“恕我无可奉告！”说罢，她便开始翻动桌子上的文件，似乎很忙，顾不上搭理埃伦迪尔。

“这对我们很重要。”埃伦迪尔继续说道，“对我们查案很重要。我们想查明她的大脑还在不在。觉得从你们的记录里可以查出来。当时它被拿去做研究，但没还回去。最简单明了的解释就是：检测肿瘤需要较长时间，可在这之前，尸体就得下葬。医院和医学院是最有可能存放器官的地方。你可以继续板着张脸坐在那儿，但我也可以做些事扰得你、你们医学院和大学都不得安宁。想想看，有时媒体还真是令人头疼。巧的是，我正好有几个朋友就是报社的。”

汉娜凝视着埃伦迪尔，埃伦迪尔也望着她。

“乌鸦不飞可是会挨饿的。”她冷不丁地冒出一句谚语的前半句。

“但它飞起来还是能找到食的。”埃伦迪尔立马接上了后半句。

“我什么都不会告诉你，你可能也想到了，因为有些事相当敏感。”

“我并没把它当犯罪案件来调查，”埃伦迪尔说，“我甚至连这其中有没有牵涉到人体器官盗窃都不清楚。你们对死者的尸体做了什么，只要在适度的范围内，都不关我的事。”

汉娜的表情更加可怕了。

“如果是出于医学目的，我想，人们自然会理解。我需要找到某个死者的某个器官再重新鉴定一下。如果能查出它自被取出后到现在的去向，我将感激不尽。而且我这么做是出于个人原因，所以我一定会保密的。”

“什么事需要保密？”

“我不想细说。如果可能的话，我想找回那个器官。我心里一直有个疑问：做研究，取些器官组织样本不够吗？非得将整个器官拿走吗？”

“当然，我不知道你说得具体是哪个案子，但现在有关尸体解剖的规定比以前严格得多。”汉娜沉思了一会儿后，继续说道，“如果这个案子发生于六十年代，不排除有这种可能。你刚才说，那个医院没有征求小女孩母亲的同意就将其尸体解剖了。这情况恐怕不是第一次发生。可如今，我们会在病人死亡的第一时间询问家属的意见，问是否可以进行解剖。可以说，除了极少数特殊情况之外，我们一定会充分尊重死者家属的意愿。你说的这一案子恐怕就是极少数特殊情况中的一个。而且所有的手续中，要数儿童死亡最为复杂。那些失去孩子的父母所承受的悲痛已是难以言表了，在这种情况下，再提出尸检的要求肯定会让他们接受不了。”

汉娜停顿了一会儿。

“有些记录是保存在我们的电脑里的。”她接着说，“其他的都是纸质档案，存在这栋大楼里。记录做得都很详细。医院里最大的器官库在巴隆斯提格。你知道的，在医学院里，学生只学了点医学理论方面的皮毛知识，而实践都在医院里。只有在实践中才能学得真医术。”

“但那里的病理学家不愿带我看那个器官库！”埃伦迪尔说道，“他要我先来找你。关于这件事，学校方面有什么回应吗？”

“过来吧！”汉娜说，她并没有急着回答埃伦迪尔的提问，“让我们先看看电脑里有什么吧。”

汉娜站了起来，埃伦迪尔紧随其后。她先用钥匙打开了一扇门，在旁边墙上的安全装置上输入一串密码，门开了，里面很宽敞。她径直走到一张桌子旁，并打开了桌子上的电脑，而埃伦迪尔则四下观望了一番，发现这房间没有窗，一排排档案柜靠墙摆放着。问了奥迪尔的死亡日期和名字后，汉娜将它们输到了电脑中。

“电脑里没有。”她若有所思地说，眼睛盯着屏幕，“电脑里的记录只能追溯到一九八四年。那年我们医学院刚刚成立，我们把那年之后的所有文件都数字化了，但那年之前的还没录进去。”

“也就是说，那些记录有可能在档案柜里锁着？”

“我真的没时间继续找下去了，”汉娜说着，看了看表，“我该回教室了，还有课呢。”

她从埃伦迪尔旁边走过，环视了下，走到两排档案柜中间，读起了上面的标签。她拉开一个抽屉，快速浏览里头的档案，后又将其合上，然后再打开一个……埃伦迪尔不知道那些档案里都写了些什么。

“这里有医疗记录吗？”他问。

汉娜哼了一声，“不要跟我说你是数据保密委员会派来的。”她说完，砰地将一个抽屉关上。

“只是随便问问。”埃伦迪尔答道。

汉娜抽出一份报告，翻开看了看。

“这里面有些器官标本的记录。”她说道，“一九六八年的记录。倒是有几个患者名字，但没你要找的。”她把这一报告放回抽屉，猛地将其关上。又打开一个。“这里还有一些，”她说，“等一下，这里有那个小女孩的名字奥迪尔。还有她母亲的名字。在这儿！”

汉娜迅速扫了一眼那个报告上的记录。

“是有个器官被取走了。”她喃喃自语地说道，“从凯夫拉维克医院取走的。亲属的许可……没有。也没有该器官被销毁的记录。”

汉娜合上了文件。“没别的了。”

“我能看看吗？”埃伦迪尔问，丝毫不掩饰那种急切心情。

“你看不懂的。”汉娜说着，把文件放回抽屉，并上了锁，“你想知道的，我都已经告诉你了。”

“里面都写了些什么？你到底在隐瞒什么？”

“没什么。”汉娜说，“现在我得回去上课了。”

“那我先回去开搜查令，今天晚些时候再过来，希望那份报告还原封不动地放在那儿。”埃伦迪尔说完，朝门口走去。

埃伦迪尔刚开门准备踏出去时，汉娜叫住了他，说道：“你保证不泄露这些信息吗？”

“我已经告诉过你了，我会保密的。”

“那就拿过去看吧！”汉娜说着，重新打开柜子，把文件递给他。

埃伦迪尔关上门，接过文件仔细阅读了起来。汉娜点了支烟，在一旁等着埃伦迪尔读完。她无视这里的禁烟标志，很快，房间里便烟雾缭绕。

“谁是埃达尔？”

“我们这儿一位非常有名的医学专家。”

“你究竟想隐瞒什么呢？我能跟他谈谈吗？”

汉娜没有回答。

“到底怎么回事？”埃伦迪尔追问。

汉娜叹息了一声，最后还是开口说道：“我知道他个人收集了一些器官。”

“他收藏器官？”埃伦迪尔说。

“他收藏了一些器官，小有规模。”

“器官收藏者？”

“我知道的就这些。”汉娜说。

“很可能是他收藏了那个小女孩的大脑。”埃伦迪尔说，“这里写着他拿了一个器官去做研究。这一信息对你造成了困扰吗？”

“他是我们这儿医术最高超的几位专家中的一位。”她咬牙切齿地说道。

“即使这样，难道他就能把一个四岁孩子的大脑私自放在自家的壁炉台上？”埃伦迪尔大声说道。

“我就没指望你能理解科学研究。”她说。

“这种事，你叫人怎么理解？”

“我真不应该让你来这儿。”汉娜咆哮道。

“这话，我以前就听别人说过。”埃伦迪尔回应道。

32

埃琳博格找到了那名“胡萨维克女人”。

她手上持有的那份名单上还有两个待走访，于是，她就让西于聚尔·奥利和其他工作人员留在诺德米里，自己一个人继续走访去了。走访的第一名女性的反应屡见不鲜：看起来很吃惊，但像是事先准备的。她可能已经从别处听说了这一传闻，甚至不止一次。并说事实上她料到警察会上门来问话。而名单上最后那名女性则避而不见，她说自己不知道埃琳博格在说什么，也帮不上她什么忙。

然而，不知为何，最后这名女性的言语闪烁、犹豫，仿佛费了九牛二虎之力才讲出她想说的话，但埃琳博格觉得她说的每一句话都像是经过了预演；她的行为举止像是料到警方会来找她问话，但跟其他人不同的是，她对这件事没有丝毫的兴趣，不急于打探消息，只想着赶紧把埃琳博格打发走。

埃琳博格几乎可以确定这名女性就是他们一直在寻找的那个人。她又看了一眼她的相关信息。她叫凯特琳，在雷克雅未克市立图书馆任部门经理一职，丈夫是一家大型广告公司的经理。她今年六十岁，有三个孩子，于一九五八到一九六二年间出生。一九六二年，她从胡萨维克搬到了雷克雅未克，后来就一直住在这儿。

埃琳博格再次按下门铃。

“我认为我们有必要谈谈。”凯特琳打开门时，埃琳博格说。

凯特琳看了她一眼。

“我帮不上你什么忙。”她马上说道，“我知道这个案子是怎么一回事，也听了些传言，不过，我不知道什么强奸案。请你们别再来烦我。”

说完，她便试图关上大门，把埃琳博格关在外面。

“就算我被你拒之门外，可负责调查霍尔贝格谋杀案的侦探埃伦迪尔他肯定不会。下次站在你家门口的就应该是他了，而他不问个水落石出是决不肯离去的。而且他不会给你机会让你把他关在外面。如果你不配合，很有可能会被叫去警局。”

“请别再来烦我了！”她说完，猛地关上了门。

埃琳博格心想，我也不想来烦你啊！她掏出电话拨给了埃伦迪尔。这会儿，他刚从大学校园里出来。她把情况大致讲了一下后，他说他十分钟之后就赶过来。

凯特琳住在沃加尔区的一座独栋房屋里，两层楼，还有一个双车库。埃伦迪尔到她门外时，没看见埃琳博格，却在停车位认出了她的车。他按下门铃，随后吃了一惊，开门的居然是埃琳博格。

“我想我找到那名受害者了。”她压低声音告诉埃伦迪尔，让他进屋子里来，“她刚刚出门来为自己态度不好道歉。她之前听到街坊议论那起强奸案了，也料到我们会来。还说比起去警局协助调查，她更愿意在这里给我们陈述事情的经过。”

埃琳博格和埃伦迪尔一前一后走进客厅。凯特琳正站在那儿等着他们。她跟埃伦迪尔握了握手，努力挤出一丝微笑，却不是很自然。她个子瘦高，双肩不宽，浓密的头发长及后背并梳到了一身子一侧，面容标致且温和，但神情略带一丝不安；她穿衣较保守，上身穿着一件白色短衬衫，下身穿着一条灰色裙子。

埃伦迪尔环顾客厅，发现客厅里大部分都是书，且被整齐地摆放在玻璃门书柜里；挨着其中一个书柜的是一个漂亮的写字台；角落里有一张吸烟专用桌；客厅中央摆放着一套皮质沙发，虽有些年代了，但保养得很好；墙上挂着几幅装裱精致的水彩画，还有一些家庭照。埃伦迪尔走近仔细一看，都是些老照片，照片里的这对夫妇还年轻，三个儿子也还都是小男孩。年代最近的照片恐怕是在孩子们行坚信礼时拍下的，他们似乎还没有中学或大学毕业，更别提结婚了。

看到埃伦迪尔正四下打量着房子，凯特琳说：“我们打算换个小点的房子。”她的语气听起来像是带着歉意，“这房子对我们夫妇来说有点太大了。”

埃伦迪尔点点头。

“您丈夫呢，他在家吗？”

“阿尔贝特出国了，今天晚上才能回来。我希望我们能在他回家前结束此次谈话。”

“我们是不是该坐下来谈呢？”埃琳博格提议道。凯特琳赶忙表示歉意，立刻请他们就座。她先坐到沙发上，埃伦迪尔和埃琳博格则面对着她，分别在皮质扶手椅上坐下。

“你们到底想从我这儿打听什么呢？”凯特琳问，轮番打量着他俩，“我真不知道自己是怎么卷进来的，那个混蛋死了，跟我有什么关系呢？”

“霍尔贝格是个强奸犯。”埃伦迪尔说，“他在凯夫拉维克强奸了一名女性，还使她生下了一个小女孩。随着调查的深入，我们得知，他在那之前还害过一名来自胡萨维克的女性，而且她和我们之前提到的那名受害人年龄相仿。我们不知道他后来还有没有糟蹋过其他人。但我们想查清楚这名来自胡萨维克的受害人。霍尔贝格在家中被谋杀，我们有理由推测，凶手的杀人动机和霍尔贝格过去的所作所为有关。”

埃伦迪尔和埃琳博格都注意到，凯特琳听了他的一番话后，没做出任何反应，一点儿都不感到惊讶，即使埃伦迪尔提到了霍尔贝格强奸案以及之后生下的小女孩，她也没有提出任何疑问，不管是对凯夫拉维克的那名受害者，还是她可怜的女儿。

“听到这些，难道你不觉得惊讶吗？”埃伦迪尔问道。

“当然不！”凯特琳说，“我为什么要感到惊讶呢？”

“您能给我们说说霍尔贝格这个人吗？”埃伦迪尔停了一会儿又问。

“看到报纸上刊登的照片时，我一眼就认出他来了。”凯特琳说道。语气里的抵触意味似乎消失了，声音低得像在耳语，“哪怕他变了很多。”

“我们从他的档案里找到了那张照片。”埃琳博格解释道，“照片是他近期刚换的载重车辆驾驶执照上的。他是个卡车司机，拉着货全国各地到处跑。”

“那会儿他对我说，他在雷克雅未克做律师。”

“其实那会儿他在港口和灯塔管理局做工。”埃伦迪尔说。

“那事发生时，我刚满二十岁。而且我和阿尔贝特已经有了两个孩子。我俩很年轻时就生活在一起了。阿尔贝特当时出海去了。他偶尔出海，还经营着一家小商店，同时为一家保险公司作代理人。”

“他知道那件事吗？”埃伦迪尔问道。

凯特琳犹豫了一会儿。

“不知道，我从来没有告诉过他，而且我希望你们也不要告诉他。”

三人都沉默了。

“这件事你有没有跟谁提过？”埃伦迪尔问。

“谁都没提过。”她答道，又一次陷入了沉默。

埃伦迪尔和埃琳博格耐心地等着她开口。

“上帝啊！我真是深感自责！”她叹了口气，“我知道是我不对，但我并没做错什么。就算已经过去了四十年，我也无时无刻不在责怪自己，虽然我也知道我不该这样。四十年了啊！”

他俩等着她说下去。

“我不知道你们想了解什么细节，细到哪种程度。这些细节对你们很重要吗？我刚说了，那时阿尔贝特出海去了。我和几个朋友出去玩乐，跳舞时碰到了那两个家伙。”

“两个家伙？”埃伦迪尔打断她，插了一句。

“霍尔贝格和另外一个男的一起。但我到现在都不知道他叫什么。不过，那个男的给我看了他随身携带的一个小相机，我就跟他聊了会儿摄影。之后，他们同我们一起去我朋友家继续喝酒。我们四个女孩一起出去玩的，其中两个已经结婚了。玩了一会儿，我说我想回家，然后他主动提出要送我回去。”

“是霍尔贝格吗？”埃琳博格问。

“是的，是霍尔贝格。我拒绝了，跟朋友们道别后，独自回家。那时我们住在一间独栋小屋里，位于胡萨维克一条新修的街道上，走回家并不算远。但当我开门时，忽然发现他就站在我身后。他说了些什么鬼话，我没听清。接着他把我推进屋里，还顺手关上了门。我当时吓愣了，都不清楚是该害怕还是该惊讶，因为酒精完全麻醉了我的神经。那晚之前，我从未见过他，对他更是一无所知。”

“那你为什么责怪自己呢？”埃琳博格问。

“那晚跳舞时，我有点浪荡。”凯特琳沉吟片刻后说道，“是我主动邀他跳舞的，但我自己都不知道我为什么会那样做。在那之前我喝了点儿酒，但我酒量不行。之后我就和朋友们又打又闹，还把头发解开披头散发的。有些不自重了，醉醺醺的像个酒鬼似的。”

“不过，你不该责怪自己……”埃琳博格接过话茬。

“现在说什么都于事无补了。”凯特琳看着埃琳博格，低沉着声音说道，“所以，别跟我说我该不该自责。这没有任何意义。”

“跳舞时，他围着我们几个转。”她停顿了一下，接着说，“当然，他给我们留下的印象并不坏。为人风趣幽默，而且很会讨女孩子欢心。他还和我们一起玩游戏，后来每个人都争着和他玩。他问过阿尔贝特，也知道我独自一人在家，这些我后来才想起来。他问得不着一丝痕迹，以至于我压根儿就没想过后来会发生那样的事。”

“情节大致相同，霍尔贝格也是用相似的手段诱骗了凯夫拉维克的那名受害者。”埃伦迪尔说，“她承认，她当时默许让他送她回家，到她家门口时他借口用一下她家电话，然后趁机在厨房里强暴了她。”

“不知怎的，进屋后他完全变了个人，说的话让人作呕。他扯掉我的外套，把我推进屋里，还用下流的话调戏我。他变得急不可耐。我试着叫他停下，但没用。之后我开始喊救命，他却扑上来压到我身上，还把我的嘴捂住，不让我喊出声。然后，他就把我拖进了卧室……”

她鼓起了所有的勇气，把当时霍尔贝格强奸她的事一股脑儿地全告诉给了他们，而且条理清晰。那晚的情形，她始终没法忘记，甚至连最细微的情节也记得清清楚楚。她的讲述中并没有故作多情的感伤，仿佛只有冰冷冷的事实。这些事情，她之前从没对人说起过，但现在面对埃伦迪尔，她却描述得如此精确、详细，以至于让埃伦迪尔觉得她不是在讲与自己有关的事，而是在说在其他时间、其他地点，在其他人的人生中发生的一件不幸之事。

凯特琳继续往下讲，讲到一处细节时，埃伦迪尔脸上的表情突然变了，埃琳博格也开始咒骂起来。

凯特琳讲完了。

“你为什么不向警方指控那个禽兽呢？”埃琳博格问。

“他简直禽兽不如。他威胁我说，要是我胆敢报警，害得他被抓坐牢，等他出来，就会要了我的命。更可恶的是，他还说，要是我真那么干了，他就会四处传播谣言：是我勾引他，是我把他带回家，是我想和他上床。他原话不是这样说的，可我知道他就是这个意思。他长得很壮实，却几乎没在我身上留下任何痕迹。他还在我的脸上打了几下，但都不怎么使劲，没留下印子。后来，我才知道他是有意那样做的。”

“这是什么时候的事？”

“一九六一年，后半年，秋天。”

“后来还发生过类似的事情吗？你有没有再见到霍尔贝格，或者……”

“没有，之后我再也没见过他。直到我在报纸上看到了他的照片。”

“你后来搬离了胡萨维克？”

“在那之前，我们就打算那么做了。阿尔贝特一直想搬走。出了这事后，我便不再反对。胡萨维克那里的人都很好，是个宜居之地。但从我们搬走后就再也没有回去过。”

“出事之前，你已经有了两个儿子。”埃伦迪尔盯着挂在那儿的坚信礼照片，说道，“那你的第三个儿子是什么时候出生的呢？”

“两年后。”凯特琳说。

埃伦迪尔看了她一眼。他坚信，出于某种原因，他面前的这名女性没有跟他说实话，这在整个谈话过程中还是第一次。

33

“为什么你不继续往下问了？”他俩从凯特琳家出来时，埃琳博格问道。

埃伦迪尔突然开口向凯特琳表示感谢，感谢她配合自己的调查，还说，他理解对她来说把这件事讲出口很难，并向她保证不会把这件事传出去。凯特琳对他的这一突然举动感到惊讶不已，埃琳博格也瞪大眼睛看着他。因为他们的谈话才刚开始。

“她开始撒谎了。”埃伦迪尔解释道，“对她来说，能说这么多已实属不易。这实在是太折磨人了。我们过一阵子再来找她吧！我们需要监听她家的电话；要安排警察在她家房子外面蹲点，监视她的行踪以及来访的客人；要查出她的儿子们做什么工作，如果可能的话，拍张他们的近期照，但千万不能被发现！还有，去胡萨维克找一下认识她的人，最好是还能清楚地记得那晚发生的事的人，尽管这只是很多要办事中的一小件事。我已经让西于聚尔・奥利去联系港口和灯塔管理局，看能不能查出霍尔贝格什么时候在胡萨维克做过工，可能他现在已经把这事办妥了。此外，我们还要去查下凯特琳和阿尔贝特的结婚证，确认他们是哪一年结的婚。”

说完，埃伦迪尔上了自己的车。

“对了，埃琳博格，下次我们再来找她谈话时，你还得参加。”

“她说的那些事，谁会狠心去做呢？”埃琳博格问，心里还想着凯特琳的事。

“出了一个霍尔贝格，什么事都可能发生。”埃伦迪尔答道。

埃伦迪尔开车回到了诺德米里。西于聚尔·奥利还在那里，他已经联系了电话局，请他们帮忙查了下霍尔贝格被害那周他的通话记录，得知：有两个是从霍尔贝格工作的冰岛运输公司货场打来的，还有三个是用公共电话打来的，其中两个来自拉埃克加戈塔的某一电话亭，另一个来自赫莱穆尔汽车站的付费电话。

“还有什么其他发现吗？”

“嗯，霍尔贝格电脑里的色情片，取证人员已经看了一大部分，简直太恶心了，令人震惊！基本上是能从网上找到的最下流的片子，包括动物的、儿童的。那家伙真是个彻头彻尾的变态，他们实在看不下去了。”

“也许没必要让他们再受那份罪了。”埃伦迪尔回道。

“光看那些就已经足够让我们知道霍尔贝格是个多么肮脏下流的变态了。”西于聚尔·奥利说道。

“你是不是觉得他就该被人砸得脑袋开花，死有余辜？”埃伦迪尔问西于聚尔·奥利。

“你觉得呢？”

“你问过港口和灯塔管理局了吗？”

“还没？”

“那赶紧去问吧！”

“他是在向我们招手吗？”西于聚尔·奥利问。他俩正在霍尔贝格公寓楼外面，这时一名身穿白色工作服的取证人员从地下室出来，站在那儿向他俩招手，示意他俩过去。他看起来相当激动。他俩下车，直奔地下室。一名技术人员招手让他俩到一个显示器前，他正在用遥控器操控一台安在客厅角落洞孔里的摄像机。

他俩盯着显示器，但看不清那上面究竟是什么东西。屏上布满斑点，暗淡模糊。他俩只能看出一些碎石和地板底面，其他的都看不清。过了好一会儿，他俩还是什么都看不出来，这名技术人员忍不住了。

“这里有样东西。”这名技术人员说着，用手指了指屏幕中央靠上一点的地方，“就在地板下面。”

“什么东西？”埃伦迪尔问道，他还是没看清。

“你们还没看见啊？”这名技术人员问。

“到底是什么东西？”西于聚尔·奥利问。

“一枚戒指。”

“一枚戒指？”埃伦迪尔惊讶地重复道。

“很明显，地板下面有枚戒指。你们还没看清吗？”

他俩眯着眼，盯着屏幕，终于辨认出了一枚戒指模样的东西，但像是被什么东西挡住了，看的不是很清楚。其他东西更是看不清。

“像是有东西挡住了。”西于聚尔·奥利说道。

“可能是建筑用的绝缘塑料。”这名技术人员答道。这时，越来越多的人聚在屏幕前，想看一下里面究竟有什么东西。“看这个地方，”他继续说，“戒指旁边的这条线，很可能是一根手指。有东西倚靠在墙角里。我们应该试着看得更清一些。”

“把地板撬开，”埃伦迪尔命令道，“看看里面是什么。”

取证人员立即展开行动。他们在客厅的地板上画出一块区域，开始用风钻凿穿地板。一时间，地下室里满是水泥粉尘，埃伦迪尔和西于聚尔·奥利赶忙戴上了口罩。他俩站在一名技术人员身后，看着地板上的洞越来越大。地板有七八英寸那么厚，技术人员花了好长时间才凿穿它。

地板一穿透，洞口很快变大了。接着，技术人员迅速将打碎的水泥块清理走。很快，通过摄像头就看清了那一塑料物体。埃伦迪尔看了眼西于聚尔·奥利，西于聚尔·奥利朝他点了点头。

塑料物体越来越清晰可见。埃伦迪尔认为这是建筑用的那种厚绝缘塑料，看不透里面包着什么。此时，他已完全忘了地下室里风钻发出的呜呜噪音和它带来的漫天灰尘，还有令人反胃的臭味；西于聚尔·奥利则摘下面罩，弯下腰，向正在钻地板的技术人员大声问道：

“埃及的法老墓也是像这样被挖开的吧？”这一打趣让屋里紧张的气氛突然缓和了许多。

“就怕这下面没有法老。”埃伦迪尔回应道。

“我们会不会真的在霍尔贝格家的地板下面找到格雷塔？”西于聚尔·奥利迫切地问道，“已经过去二十五年多了，真他妈的太棒了！”

“格雷塔的母亲说对了。”埃伦迪尔答道。

“格雷塔的母亲？”

"她说，'他像是被人偷走了。'"

"装在塑料袋里，藏到地板下面。"

"马里昂·布里姆……"埃伦迪尔喃喃自语道，并摇头叹服。

技术人员使劲地在地板上钻着，地板在这种压力下裂开了。整个塑料包裹终于显露出来，其长度相当于普通人的身高。他们开始商量该怎么打开它，最后决定先将其从地板下面的洞里完整地弄出来，让它保持原样，等送到巴隆斯提格的停尸间再打开，以免在打开过程中损毁任何可能的证物。

他们抬来之前就带到地下室的担架，放在洞口边的地板上。其中两人下去想把它抬上来，但太沉了，于是又有两人下去帮忙，很快，它开始松动，几人将它抬出洞并放到担架上。

埃伦迪尔走近，弯腰看了看，试图看清这一塑料物体里包裹着什么。尽管早已皱缩、腐烂，但他想他还是可以识别出一张脸的轮廓来，还有几颗牙齿和烂得只剩下一部分的鼻梁。他直起身子说道：

"估计尸体腐烂得还不算太厉害！"

"那是什么？"西于聚尔·奥利俯身看着洞里，吃惊地问。

"什么？"埃伦迪尔追问。

"是相机的胶卷吗？"西于聚尔·奥利说。

埃伦迪尔来到洞口，跪在地板上，看见了被砾石半埋着的几卷胶卷。展开来的话可能有好几码长。他希望其中一些能帮得上忙。

34

埃伦迪尔和埃琳博格离开后，凯特琳就没出过门，也没人来串门，她也没打过电话。晚上，一辆客货两用车停在了她家房子外面，一位男士拎着中型大小的手提箱进了屋。他应该就是凯特琳的丈夫阿尔贝特了。他去德国谈生意，本来下午就能赶回来的。

两名警察坐在没有任何警车标志的车里监视着这座房子。她家的电话也有人在监听，两个大儿子的踪迹也查明了，就是找不到小儿子在哪儿。小儿子已经离婚了，一人住在格迪区的一间公寓里，但家里没人，已经派人在那儿监视了。雷克雅未克警方正在搜集这个小儿子的相关资料，此外，全国各地的其他警局也都收到了有关他的描述性信息。不过，现在还没有充足的理由来通过媒体发布寻人通告。

埃伦迪尔把车停在了巴隆斯提格的停尸间外面。那具被认为是格雷塔的尸体已经被送到这儿。检查过霍尔贝格和奥迪尔尸体的那位病理学家已经拨开了裹在外面的那层塑料。这是一具男尸，浑身赤裸，皮肤干枯皱缩，肤色惨白，东一块西一块地腐烂了；双臂垂在两侧，脑袋被反扭向后，可以明显看出整个头部严重受损；头发长且无光泽，乱蓬蓬地披散在脸上；嘴巴张着，像是在痛苦地尖叫。

“他的内脏被掏空了。”病理学家说。

“你说什么？”

“我是说埋他的那人将他的内脏掏空了。这样易于保存尸体，真是聪明的做法啊！内脏是最容易发臭腐烂的，如果掏出来，一来尸体只会在塑料袋里慢慢枯干，能存放很久；二来还不会产生任何腐烂臭味。真正做到神不知鬼不觉！”

“你能查出他的死因吗？”

“塑料袋蒙在脸上，可能是窒息而死，但我还需要对他做进一步检查。也许还会有更多发现，不过要花点时间。你知道他是谁吗？可怜的家伙！”

“我大致能猜到。”埃伦迪尔回答道。

“你和教授谈了吗？”

“她是一个可爱的女人。”

“就只是这个？”

*

西于聚尔·奥利在埃伦迪尔的办公室里等着他。但他一来就去了取证小组。他们已经想方设法放大并冲洗了在霍尔贝格家地板下找到的胶卷。埃伦迪尔把他和埃琳博格跟凯特琳的谈话内容告诉了西于聚尔·奥利。

取证小组负责人拉格纳正在办公室里等他俩，他的桌子上放着几卷胶卷和几张放大了的照片。他把照片递给了他们，两人挤在一起仔细看了起来。

“我们只洗出这三张照片来。”拉格纳说，“我看不出来拍的是什么。共有七卷柯达胶卷，每卷二十四张。其中有三卷完全是黑的，我们无法断定它们有没有用过，只有一卷我们成功地将它放大并洗了出来，就是这几张照片。你们能辨认出那上面是什么吗？”

埃伦迪尔和西于聚尔·奥利眯起眼，仔细盯着照片看。都是些黑白照，其中两张色调较暗，像是没调好光圈，也没对准焦距，因此照片显得很模糊。第三张照片相对完好，比较清晰地显示出那是一男的站在镜子前给自己照相。那相机非常小，机身扁平，上方装着一个带有四个灯泡的闪光灯；灯光照亮了镜子前的那个人，他上身穿着衬衫和及腰的夏季夹克，下身穿着牛仔裤。

“你还记得这种闪光灯吗？”埃伦迪尔说道，语气里带着浓浓的怀旧情结，“真是一次摄影技术的大变革啊！”

“我当然记得！”拉格纳回应道，他和埃伦迪尔年纪相仿。而西于聚尔·奥利打量着他俩，直摇头。

“这就是你所说的那种‘自拍照’？”埃伦迪尔问。

“他的脸被相机挡住了，所以看不清楚。”西于聚尔·奥利说，“不过这大概就是格雷塔吧？”

“你能看清这照片的背景吗？几乎看不清。”拉格纳问道。

从镜子的倒影中，他们可以看见照相者身后屋子的一部分。埃伦迪尔隐约可以看出椅背、一张茶几，地板上铺着的地毯，还有落地窗帘，其他的很难认出。镜子中那个人的脸被照亮了，但周边一片漆黑。

他俩把这张照片仔细研究了很久。费了好大劲后，埃伦迪尔终于从漆黑一片中认出了些什么：拍照者左边，他觉得那应该是个人，甚至能看见那人的轮廓、眉毛和鼻子。这只是他的直觉，但光影里的光亮确实有些不匀称。

“我们能把照片这块儿再放大些吗？”埃伦迪尔问拉格纳。拉格纳也在费力地盯着那一块儿，但什么也看不清。西于聚尔·奥利也拿起照片放在眼前仔细观察，但也看不出埃伦迪尔所说的那‘东西’。

“这个简单，很快就可以弄好！”拉格纳说完，示意他俩跟着他去取证小组办公室。

“胶卷上有指纹吗？”西于聚尔·奥利问道。

“有。”拉格纳回答道，“有两组，和墓地照片上的指纹一样，应该是格雷塔和霍尔贝格的。”

照片被扫描到一个很大的电脑屏幕上并呈现出来。埃伦迪尔指定的那一块儿也被放大了。光影里不匀称的地方在屏幕上变成了数不清的斑点。屏幕上什么都看不清了，连埃伦迪尔之前认为看到了的东西也看不见了。技术人员敲了几下键盘，输入一些指令之后，图像开始变小、紧合。他继续输入指令，那些斑点组合在一起并逐渐显现出一张脸的轮廓，这张脸虽然仍不是很清晰，但埃伦迪尔认出了那是霍尔贝格。

“是那个混蛋吗？”西于聚尔·奥利问道。

“这里还有其他的东西。”技术人员说着，继续提升图像的分辨率。接着，一些波浪状的东西显现，埃伦迪尔觉得那是一位女性的头发。很快，又一个模糊的脸部轮廓显现。埃伦迪尔一直盯着这幅图像。最后终于看出：霍尔贝格正坐着跟一位女性说话。突然，埃伦迪尔产生了某种幻觉，他想大声告诉那名女性赶紧离开那间屋子，但太晚了，晚了足足几十年。

房间里的电话铃响了，但没人理会。埃伦迪尔以为是桌子上的那个电话在响。

“是你的电话。”西于聚尔·奥利提醒他。

过了一会儿，埃伦迪尔才意识到是自己手机的声音，他从外套口袋里摸索着掏出手机。

是埃琳博格打来的。

“你在干什么啊？”埃伦迪尔一接通电话，埃琳博格就没好气地问道。

“请直接说重点，好吗？”埃伦迪尔说。

“重点？你在忙什么呢？”

“我知道你不会爽快地说出你想说的。”

“是关于凯特琳的孩子们。”埃琳博格说，“实际上是些男人们，因为他们现在已经长成男人了。”

“他们怎么样？”

“他们都是好小伙，其中一个除外，他在一个非常有趣的地方工作。我本来想直说的，但如果你很忙，并且不想继续听我唠叨，那我就打电话给西于聚尔·奥利，告诉他好了。”

“埃琳博格！”

“怎么了？”

“上帝啊！你这个女人。”埃伦迪尔大喊起来，看了看西于聚尔·奥利，“你到底要不要说？”

“她有一个儿子在基因研究中心工作。”

"什么？"

"他在基因研究中心工作。"

"哪个儿子？"

"最小的那个。他目前正在建一个新的基因数据库，研究疾病族谱、冰岛遗传病家族史等。他是一名研究遗传病的专家。"

35

埃伦迪尔深夜才回到家。他打算第二天一早就去拜访凯特琳，跟她讲一下自己的想法和见解，希望能尽快找到她的小儿子。调查的时间越长，就越有可能引起媒体报道一些耸人听闻的消息，他不想弄成这样。

埃娃·林德不在家，埃伦迪尔发过脾气之后，她把厨房收拾得干干净净。埃伦迪尔在深夜便当店里买了两份饭，把其中一份放进微波炉加热。埃伦迪尔想起，几天前埃娃·林德来找自己的时候，他也是在微波炉旁边，她说她怀孕了。而且距她面对他坐在那儿，直接向他要钱却不愿答复他的疑问，仿佛已过去了一年那么久似的，而实际上也只是几天前的事。他还是一直做噩梦，他从没这么多梦过，醒来后虽只剩下些零零碎碎的片段，却总让他感到不安，久久无法摆脱。他摆脱不了的，还有胸口那不断的疼痛，灼烧般的难受。

埃伦迪尔想到了埃娃·林德和她那没出生的孩子，想到了科尔布伦、奥迪尔、埃琳，想到了凯特琳和她的儿子们，想到了霍尔贝格、格雷塔以及关在监狱里的埃利迪，他还想到了加尔扎拜尔的那个女孩和她的父亲，想到了他自己和很少见到的儿子辛德理·斯内尔，还有他的女儿埃娃·林德费尽千辛万苦找到了自己，他却还跟女儿吵了一架，痛骂她的所作所为。她说得没有错。他有什么资格把火发到别人身上呢？

埃伦迪尔想着这些母亲和女儿、父亲和儿子、母亲和儿子、父亲和女儿，还有那些刚出生就没人要的孩子，或者幼年就夭折的孩子。在冰岛，每个人似乎都和其他人以某种方式密切相关。

如果霍尔贝格是凯特琳小儿子的亲生父亲，那他实际上是被自己的儿子杀害的？那个年轻人知道霍尔贝格是他的亲生父亲吗？他是怎么知道的？是凯特琳告诉他的吗？什么时候跟他说的？为什么要说？他该不会一直都知道？他知道他母亲被强奸一事吗？凯特琳有没有告诉他，霍尔贝格强奸了她，她才怀孕生下他的？他听后会有什么感受？当你突然发现，自己不再是过去的自己，也不再是现在的自己时，你会是什么感受？当你突然发现，自己的父亲并不是自己的亲生父亲，自己是一个陌生人的儿子时，你会是什么感受？更何况那个人还是个暴力狂、强奸犯。

那会是怎样的感受？埃伦迪尔想。是默默忍受？还是去找到自己的亲生父亲并亲手杀了他？然后再写下“我就是他”？

但如果凯特琳没有跟儿子说起过霍尔贝格的事，那他又是怎么知道真相的？埃伦迪尔一直在思考着这个问题。他越想这起案件、推敲各种可能性，就越发禁不住回想起加尔扎拜尔婚礼上的那棵祝福树。最后推断出：这个小儿子要想知道事情的真相，只有一种方式可行，埃伦迪尔决定明天就去验证一下自己的想法。

格雷塔到底看见了什么？为什么他必须得死？是他敲诈勒索霍尔贝格吗？是他知道霍尔贝格的强奸事件并计划把他送进牢里吗？是他拍下霍尔贝格的照片吗？照片里坐在霍尔贝格旁边的那位女性是谁？照片是什么时候拍的？格雷塔是在国家大庆典那年夏天失踪的，所以这张照片肯定是在那之前拍的。埃伦迪尔还想到，霍尔贝格是否还强奸过其他女性？而她们也从未报过案。

他听见开门的声音，站了起来。是埃娃·林德回来了。

“我陪那个女孩一起去了加尔扎拜尔。”她说。此时，埃伦迪尔从厨房里走了出来，替她关上身后的门。“她说这些年来，她受够了那个老家伙的凌辱和折磨，准备起诉他。她母亲听到这些后几乎要崩溃了，然后我们就离开了。”

“她去看她丈夫了吗？”

“是的，她回到了他们温馨舒适的小家。”埃娃·林德说着在门口踢掉了鞋子。

“她丈夫都快疯了，但了解真相后就慢慢冷静了下来。”

“他怎么看待这事的？”

“他是个好小伙！我离开的时候，他准备去加尔扎拜尔找那个老家伙算账。”

“真的？”

“你觉得需不需要控告那个老家伙？”埃娃·林德问道。

“这样的案件有点棘手。一般情况下，男的都会否认所有事实并想办法脱身。这就要看她母亲的态度，看她怎么说。也许她应该向强暴危机中心求助。你自己还好吗？”

“我还好。”埃娃·林德说。

“你要不要去做个B超之类的检查？”埃伦迪尔关心地问，“我可以陪你去。”。

“到时候再去。”埃娃·林德说。

“快了吗？”

“是的。”

“太好了！”埃伦迪尔说。

“你最近在忙什么呢？”埃娃·林德一边问，一边把另一份饭放进了微波炉。

“这些天，我只想与孩子有关的事。”埃伦迪尔说，“还有祝福树，从某种意义上来说，它就是一棵家族关系树，当我们想知道什么的时候，它会告诉我们想知道的一切。此外，我还在思考收藏癖。你还记得《拉货车的马》那首歌怎么唱吗？”

埃娃·林德看着自己的父亲。他知道她知道很多歌。

“你是说那首《生活就像一匹拉货车的马》？”她问。

“‘它的脑袋里塞满了干草’，”埃伦迪尔唱。

“‘它的心已硬’。”

“‘它的大脑已糊涂’。”埃伦迪尔唱完这句后，戴上帽子，说出去一下马上回来。

36

这位医生住在哈夫纳夫约杜尔老城区一栋漂亮的房子里。他个子不高；秃顶，头上光得像个台球；身材肥胖，连厚厚的睡衣都难以掩盖；脸颊微微泛着女性才有的潮红，一看就知道是个懂得享受生活的人。他的年纪很难判断出来，应该在六十岁左右。因为汉娜之前和他打过招呼，所以那天晚上，当他来到门口见到埃伦迪尔时一点也不觉意外，反而握手相迎，将他请进客厅，给人感觉彬彬有礼。埃伦迪尔感到他手上的皮肤特别干燥。

埃伦迪尔在酒红色皮质大沙发上坐下，婉拒了对方喝点什么的提议。医生在他对面坐下，等他开口。埃伦迪尔环顾整个大厅，觉得它空间宽敞、装饰奢华，映入眼帘的都是艺术品。他想知道这位医生是否独自居住在此，于是便问道："你一个人住吗？"

"是的，我一直都是一个人生活。"这位医生答道，"常有人说，男人到了我这个岁数，不成家、不要孩子是件遗憾的事。出去开会时，我的同行们喜欢炫耀他们孙子孙女的照片。但至今，我都没有组建家庭的兴趣，也不愿要小孩。”

这位医生很健谈、也很友好，跟埃伦迪尔聊起天来就像是面对老朋友一般，但埃伦迪尔不为所动。

“但你对瓶罐里的器官很感兴趣。”埃伦迪尔说。

这位医生可不想埃伦迪尔一开口，自己就方寸大乱。

“汉娜告诉我说，你很生气。”他继续说道，“可我不明白你为何有这种想法，我又没有做违法的事。是的，我是在家里收藏了一些器官，大部分保存在福尔马林液体里。它们本来是应该被销毁的，可放在我这里，还能保存得久一些。我还收藏了一些其他类别的生物样本、组织样本。

“你可能会觉得奇怪，我为什么收藏这些东西？”他想接着说下去。但埃伦迪尔立即摇了摇头。

“你一共偷了多少器官？这才是我真正想问的。”埃伦迪尔打断了这位医生，说道，“不过，这个问题可以先放下，待会儿再谈。”

“我从未偷过任何器官。”这位医生说着，不紧不慢地摸了摸自己的光头，“真不明白，你怎么会对我这么有敌意？我想喝点东西，你介意吗？”说着，他站起来，走到酒柜旁，给自己倒了杯雪利酒。他本想给埃伦迪尔也倒上一杯，但埃伦迪尔拒绝了。用厚厚的嘴唇呷了一小口后，他圆润的面庞上露出了满满的惬意，可以看出他是多么好这一口。

“很少有人会问这种问题！”他继续说，“而且，问了也没什么意义。在地球上，任何失去生命的东西都是没有意义的，人的尸体也一样。没必要感伤、嘘唏不已！人死后，灵魂游出，留下躯壳，成了一堆废物，而这些废物什么用也没有。你必须从医学的角度去来看待死亡：人的尸体毫无价值。你明白我说的吧？”

“它对你来说很有价值啊！因为你收集尸体里的部分器官呢。”

“在其他国家，医学院一般都从大学的附属医院买来器官用以教学。”这位医生接着说，“不过，这一做法在冰岛却很罕见。在我们国家，医生首先会咨询死者家属的意愿，问其是否同意解剖尸体；解剖时，哪怕我们取走患者身上一个与病因无关的器官，也必须征得家属同意。家属可以同意，也可以不同意。还好一些老年人去世后同意捐赠其器官用以教学。没人偷器官。”

“不过，事情恐怕不总是如此吧？”埃伦迪尔反驳他。

“过去是怎样，我不清楚。当然，在尸检过程中，家属不可能一直盯着。我只是不知道我做的哪一点让你觉得过分、不可容忍。你是否记得新闻里报道过法国某汽车制造商用人的尸体来做冲撞测试，甚至还有儿童的尸体。读到这样的消息，你才应该感到吃惊吧？买卖人体器官全世界都有，甚至还有人为了盗取器官去杀害活人。我这点小收藏岂能算犯罪？”

“那你收藏器官的目的又是什么呢？”埃伦迪尔接着问，“你打算拿那些器官干什么？”

“当然是做研究了。”这位医生说着，又抿了口酒，“把它们放在显微镜下观察观察嘛。收藏家们能干什么？集邮爱好者喜欢研究邮戳标识；藏书爱好者喜欢关注出版年份；天文爱好者喜欢观察奇妙无穷的宇宙，而我，则喜欢研究显微镜下的那个世界。”

“这样说来，你的爱好就是做研究了。那你有没有供研究这些生物样本的全套设备呢？”

“当然有。”

“就在家里吗？”

“是的，要是这些样本存放得当、保存良好，便可以一直研究下去。如果需要验证什么新的医疗信息或是研究某种特殊病例，它们就可以派上大用场了。”

医生停了一小会儿。

“你过来是想打听奥迪尔的事情吧？”他问。

“你知道她？”埃伦迪尔不由得心里一惊。

“你知道，要是不进行尸体解剖，不拿走她的大脑进行研究，那就没人知道她是怎么死的了。你知道，三十多年了，若她的大脑真的被埋在地下，早就没法研究了。因此，你反感的行为实际上阴错阳差地帮了你一把。或许你也意识到了这点。”

这位医生又思考了一会儿。

“你听过路易十七的故事吗？他是路易十六和玛丽·安托瓦内特皇后的孩子，法国大革命期间被抓了起来，在十岁时被处决了。一年前或更早些时候，新闻上说法国科学家查明了路易十七的确死在狱中，而不是传言中所说的逃跑了。你知道他们是怎么查明的吗？”

“我不记得这条新闻。”埃伦迪尔说。

“当时他的心脏被秘密取出，一直浸泡在福尔马林里。后来，可以做 DNA 检测和其他检测后，证实了许多自称与法国王室有宗亲关系的人并没有说实话。还有，你知道他死于哪一年吗？”

“不知道。”

“二百多年前。一七九五年。福尔马林真是一种很独特的液体。”

埃伦迪尔陷入了沉思。

“奥迪尔的事情，你了解多少？”

“还真不少。”

“她的样本是怎么到你手上来的呢？”

“第三方经手。可我并不关心它的来路。”

“‘瓮城’来的？”

“是的。”

“他们把所有样品都给了你吗？”

“一部分。请你别用这种语气跟我讲话，弄得我像个罪犯似的。”

“你查出她的死因了吗？”

医生意味深长地看了埃伦迪尔一眼后，又品尝了一口雪利酒。

“事实上，我查出来了。”他说，“我更倾向于进行研究，而非行医。现在好了，虽然规模较小，但我可以把自己痴迷的收藏和研究相结合。”

“凯夫拉维克的法医在验尸报告上写的是小女孩死于脑瘤，就没做进一步解释了。”

“那份报告我见过，的确不完整，只给了个病名。我说过，我研究得比较深入，可以解答你的某些疑问。”

听到这儿，埃伦迪尔的身体不由得往前倾了一下，说道：“说来听听。”

“这是一种遗传疾病，整个冰岛只在几户人家中出现过。这个病例相当复杂，我花了很长时间，对它进行深入研究后，也迟迟不敢给出结论。最终，我认为这种肿瘤极有可能与一种遗传疾病有关，我们称之为神经纤维瘤。我相信你以前没听过它。在一些病例中，患者未显露任何明显症状；而在另一些病例中，患者在症状显露前就离世了；也可能某人身上携带者这种病的基因，但没有显出病症。不过，这种病的早期症状比较常见，一般都是皮肤上出现斑点或小肿瘤。”

说罢，这位医生又喝了口雪利酒。

“凯夫拉维克医生的报告里可没提到这些。但我觉得他们可能也不知道该查什么？”

“他们把她皮肤上出现的症状告诉了家属。”

“是吗？真的？诊断书也并不总是准的。”

“父亲得了这种病，有没有可能传给自己的女儿？”

“有这种可能。不过基因遗传可不受这个限制，男性、女性都有可能携带、传染此病。你看过《象人》那部电影吗？据说，‘象人’得的就是此病。”

“没有。”埃伦迪尔回答道。

“在‘象人’那种极端例子中，人传染此病后，骨骼生长变异，身体变成畸形。事实上，也有人说‘象人’的畸形与神经纤维瘤无关。不过这是另一种版本的解释了。”

“当年，你研究这个做什么？”埃伦迪尔打断了他。

“脑部疾病正是我的研究方向。”他说，“这个小女孩的病例也是我最感兴趣的病例之一。我看了所有相关的医疗报告，但都不很准确。我听说，给孩子看病的那个医生是个非常普通的全科医生，而且当时他还在酗酒。不过，他提到了‘头部急性结核感染’，有时，这是此病初显时的征兆。这恰好是我的研究起点。正如我刚刚所说，凯夫拉维克的医生给出的报告并不准确。他们仅仅是发现了肿瘤，却没有提供进一步的解释。”

医生起身，走到客厅的一个大书架前，拿出一本期刊递给了埃伦迪尔。

“关于我的研究，我写了一篇不长的医学文章，发表在了美国权威医学期刊上。你可能不懂。”

“你以奥迪尔为研究对象写的文章？”埃伦迪尔问。

“奥迪尔的病例让我们对这种疾病有了更深入的认识。她对我乃至整个医学界都很重要。希望我没让你失望！”

“小女孩的父亲是个遗传携带者，”埃伦迪尔说道，想尽量领会医生说的话，“他把这种病遗传给了自己的女儿。倘若他有个儿子，是不是也会遗传这个病？”

“这种病可能不会在他身上显现出来，”医生答道，“但有可能跟他父亲一样，他也是这种基因的携带者。”

“所以？”

“如果他有了小孩，他的小孩也可能得这种病。”

埃伦迪尔反复思考着医生说的话。

“不过，你应该跟基因研究中心的科学家们谈谈，他们能解答你这方面的疑问。”

“什么？”

“基因研究中心，也就是我们新的‘瓮城’，他们那里有你想要的答案。有什么问题吗？你为什么如此震惊？那里有你认识的人吗？”

“没。”埃伦迪尔说，“但我马上就会认识的。”

“你想不想看看奥迪尔？”医生问。

埃伦迪尔没有反应过来。

“你是说……”

“我在这楼下有间小实验室，欢迎你来参观。”

埃伦迪尔犹豫了一会儿。

“好吧！”他最后答应了。

他俩站起身，埃伦迪尔跟着这位医生顺着狭窄的楼梯往下走。医生把灯打开，一间简洁的实验室映入眼帘：有显微镜、电脑、试管和其他埃伦迪尔不知其用途的设备。他不禁想起之前读过一篇文章，是关于收藏家的。文章里说，收藏家从现实世界中搜罗来自己喜爱和崇拜的东西，然后将它们变为他们所构建的世界中的主角，为自己创造一片小小的天地。其实，霍尔贝格也是个收藏家，他收集了一些跟色情有关的东西，他的小天地里都是色情片。这个医生也一样，只不过他的收藏品是人体器官。

“她在这儿。”医生说。

他走到一个高大且老旧的木柜前，它是这间实验室里唯一一件家具，和周围的无菌环境很不搭。他打开柜子，取出一个带盖的厚玻璃瓶，并把它小心翼翼地放在了桌子上。在明亮的荧光灯下，埃伦迪尔看见一个小孩子的大脑漂浮在福尔马林液体里。

*

埃伦迪尔带着一个装有奥迪尔遗骸——她的大脑——的皮箱离开了医生家。车子在空荡荡的街道上行驶时，他想起了‘瓮城’，并希望自己死后所有器官都不要被存放在实验室里。他把车停在自家公寓外，熄灭引擎，点燃一支烟，凝视着车窗外漆黑的夜晚。雨仍下个不停。

埃伦迪尔看了眼副驾驶座位上的黑色皮箱。他打算把奥迪尔送回她的安息之所。

37

晚上十一点左右，在凯特琳房屋外值守的警察们注意到她的丈夫砰地关上家门，怒气冲冲地开车走了。他似乎行色匆匆，拎着的还是几个小时前回家时带着的那只手提箱。之后，凯特琳家再也没有了动静，她本人也悄无声息。一辆巡逻警车被叫了过来，跟着阿尔贝特的车。他们发现他去了埃夏山酒店，在那里登记入住了。

第二天，雨仍在下着，已经多日没见太阳了。八点整，埃伦迪尔出现在了凯特琳家门口。埃琳博格也一起来了。他们按了三次门铃，里面才听到，接着门开了，凯特琳走了出来。埃琳博格看到凯特琳穿着和昨天同样的衣服，耷拉着脸，眼睛通红，看上去一整晚都在哭。

“不好意思。”凯特琳迷迷糊糊地说，“我刚才一定是在椅子上睡着了。这会儿几点了？”

“我们能进来吗？”埃伦迪尔问。

“我之前一个字都没对阿尔贝特讲过。” 她说着，自己往屋里走，都没有做出请他们进来的手势。埃伦迪尔和埃琳博格交换了下眼色，迅速跟上她。

“昨晚，他离家出走了。”凯特琳继续说道，“现在到底几点了啊？我想我一定是在椅子上睡着了。阿尔贝特发了很大的火，我从没见过他这么生气过。”

“你应该联系一下你的家人？” 埃琳博格问，“有没有人能过来陪陪你？你的儿子们呢？”

“不用，阿尔贝特肯定会回来的，一切都会好起来的！我不想打扰孩子们。一切都会好的！阿尔贝特肯定会回来的。”

“他为什么那么生气呢？”埃伦迪尔问道。和上次一样，凯特琳坐在客厅的沙发上，埃伦迪尔和埃琳博格坐在她对面。

“阿尔贝特恼羞成怒。真的！他一直都很和善。他是个好男人，对我也很好。我们的婚姻很幸福，生活得很开心。”

“也许你希望我们待会儿再来。”埃琳博格说。埃伦迪尔瞪了她一眼。

“不，”凯特琳说，“没关系，一切都会好起来的。阿尔贝特会回来的。上帝啊！怎么会这样？他说我那时应该马上把事情告诉给他的。他根本不理解我为什么这么多年来守口如瓶。他对我大吼大叫。”

凯特琳看着他们。

“他以前从没吼过我。”

“我能帮您做些什么吗？要不要替你请医生过来？”埃琳博格说着便起身，埃伦迪尔疑惑地看着她。

“不，没事的。”凯特琳说，“没那个必要，我就是有点犯困，没什么大碍。请坐吧，亲爱的。一切都会好起来的。”

“你跟你丈夫说了些什么？”埃伦迪尔问，“你跟他说了你遭强奸的事？”

“这些年我何尝不想，只是一直没有这个勇气。我也没跟别人提起过。我试着忘掉它，就像从没发生过一样。这很难很难，但我努力做到了。然而，你们来了之后，我就把什么都告诉你们了。不知怎么的，心里反而觉得轻松多了，你们帮我卸下了一个很沉重的心理负担。我知道我终于有勇气告诉他这个秘密了，这才是唯一正确的，虽然晚了这么多年。”

凯特琳停了下来。

“他对你发火，是因为你对他隐瞒了遭强奸这件事？”埃伦迪尔问。

“是的。”

“他不明白你的用意吗？”埃琳博格问。

“他说我那时应该马上告诉他。我能理解。他还说，这么多年来，他什么事情都没有瞒过我，我也应该对他坦诚相待。”

“可我不大明白，”埃伦迪尔说，“阿尔贝特应该做得更好才对。我本想着他会站在你的立场安慰你，而不是摔门而去。”

“我知道，”凯特琳说，“也许是我告诉他的方式不恰当吧。”

“恰当的方式？”埃琳博格说道，“出了这种事，要讲给别人，哪种方式才算恰当？”

凯特琳摇了摇头。

“我不知道。我发誓，我真的不知道该用什么方式。”

“你把真相全部都告诉他了吗？”埃伦迪尔追问。

“我跟他说的，和跟你们说的一样。”

“再没别的了？”

“嗯。”凯特琳答道。

“只说了被强暴一事？”

“是的。”凯特琳答道，“对，就只有这事。难道还不够吗？向自己的丈夫坦诚自己被人侮辱过，还隐瞒了他这么多年，这还不够？还要说什么？”

他们都陷入了沉默。

“你跟你丈夫说过小儿子的事情吗？”埃伦迪尔终于把话挑明。

凯特琳突然怒目圆睁，恶狠狠地瞪着埃伦迪尔。

“我们的小儿子，他怎么啦？”她愤愤问道。

“他的名字叫艾纳，对吧？”埃伦迪尔说。一天前，他已浏览过埃琳博格收集到的有关这个家庭的具体信息。

“你怎么不跟你丈夫说说艾纳的事情呢？”

埃伦迪尔盯着凯特琳。

“艾纳到底怎么啦？”她又问了一遍。

“他是你的儿子，”埃伦迪尔说，“但他不是他爸爸的儿子。”

“你在胡说什么？不是他爸爸的儿子？他当然是他爸爸的儿子！谁不是自己爸爸的孩子？”

“对不起，我用词不准确，没说清楚。艾纳不是他爸爸、你丈夫的亲生儿子，虽然他一直把你丈夫当亲生父亲。”埃伦迪尔语气平缓地说，“他的亲生父亲是那个强暴了你的霍尔贝格。这事你跟你丈夫说过没？这是不是他离家出走的原因？”

凯特琳一言不发地坐在那儿。

“你告诉了他全部真相吗？”

凯特琳望向埃伦迪尔。埃伦迪尔感觉得到她正在强撑着不开口。几分钟后，他注意到她的嘴唇嚅动了一下，放弃了抵抗。接着，她的肩膀慢慢垮下来，双眼紧闭，半截身子瘫在椅子上，突然大哭起来。埃琳博格看了眼埃伦迪尔。他正看着凯特琳在椅子上痛哭，他想给她一点时间，让她整理一下思路。

“你到底和你丈夫说过艾纳的事没有？”他觉得凯特琳稍稍缓过来了一些，便接着问道。

“他根本不相信。”她说。

“他不相信艾纳不是他的儿子吗？”埃伦迪尔说。

“他们父子俩特别亲近，我是说艾纳和阿尔贝特。从他生下来到现在一直很亲近。当然，他也很爱他的另外两个儿子。可自打艾纳出生后，阿尔贝特尤其偏爱他。作为家中最小的孩子，艾纳总能得到父亲最多的爱。”

说罢，凯特琳停了一会儿。

“也许这就是我为什么一直保守秘密的原因。我知道，阿尔贝特承受不住这一切。这么多年来，我都装作没事人一样，从不提起一个字。一切都挺好。霍尔贝格给我留下的伤口，为什么不能让时间去抚平它？为什么要让它毁掉我们的未来？忘了它成为我应对这些恐惧的唯一方式。”

“你从一开始就知道艾纳是霍尔贝格的儿子吗？”埃琳博格问道。

“他本该是阿尔贝特的儿子啊！”

说罢，凯特琳再次选择了沉默。

“可是，你看他的长相。”埃伦迪尔说。

凯特琳看了眼埃伦迪尔。

“你又是怎么知道的？”

“他看起来很像霍尔贝格，不是吗？”埃伦迪尔说，“跟霍尔贝格年轻时一个模样。有位女士在凯夫拉维克见过艾纳，还把他误认作霍尔贝格本人了。”

“他们两人是有些相似之处。”

“要是你从没向你儿子讲过这事，你丈夫也不知道艾纳和霍尔贝格的关系，现在你和你丈夫之间怎会有如此大的间隙？这怎么回事？”

“凯夫拉维克的哪位女士？”凯特琳问，“住在凯夫拉维克的哪位女士也认识霍尔贝格？难道他跟她一起生活在那里？”

“不是这样的。”埃伦迪尔答道。关于科尔布伦和奥迪尔的具体情况，是否该告诉凯特琳，埃伦迪尔犹豫不决。他想，反正她迟早是要知道的，也没有什么特殊理由去隐瞒。于是，他对凯特琳说，在凯夫拉维克还有一起强奸案，受害者科尔布伦试图起诉霍尔贝格，但遭到重重阻碍；她生下了女儿奥迪尔，可奥迪尔小小年纪就去世了，死于绝症；警方在霍尔贝格的抽屉里找到了奥迪尔坟墓的照片，接着一步步调查，在凯夫拉维克找到了奥迪尔的姨妈埃琳。

凯特琳仔细地听完了埃伦迪尔的详细叙述，当听到奥迪尔得病去世时，她的眼里噙满了泪水。他还跟凯特琳提到了格雷塔，说他很喜欢照相，和霍尔贝格一起的其中一个同伴就是他；他失踪多年，最后在霍尔贝格家的地板下找到了他的尸体。

“新闻里说，诺德米里那里被你们搞得一片狼藉，说的就是这事？”凯特琳说。

埃伦迪尔点点头。

“我都不知道霍尔贝格还强奸过别人，我还以为自己是唯一一个受害者。”

“我们目前所掌握的受害者也只有你们两个。”埃伦迪尔说，“可能还有其他人，只是我们还没发现。”

“这么说来，奥迪尔就是艾纳同父异母的妹妹了。”凯特琳说着，再次陷入沉思，“可怜的孩子。”

“你以前对此一无所知？”埃伦迪尔问道。

“不知道！”她说，“我真的一点也不知道。”

“但艾纳却知道奥迪尔的存在。”埃伦迪尔继续说，“还去了凯夫拉维克的埃琳那儿。”

凯特琳并未回应。于是，埃伦迪尔决定换一种方式问她。

“要是你儿子完全不知情，你也不曾对你丈夫透露过任何信息，那么，艾纳是怎么知道真相的呢？”

“我也不清楚。”凯特琳答道，“告诉我，那个可怜的小女孩怎么死的？”

“你要知道，你儿子涉嫌谋杀霍尔贝格。”埃伦迪尔并没急着回答她的问题。他尽可能地小心措辞，但仍觉得凯特琳过于冷静，她对儿子卷入谋杀案的消息居然一点也不感到吃惊。

“我儿子不会是凶手。”她不紧不慢地说，“他绝不会杀任何人。”

“很有可能他在霍尔贝格的脑袋上砸了一下。也许他并不是故意想杀死他，只是被愤怒冲昏了头。他还给我们留了张字条，上面写着‘我就是他’。你知道这句话是什么意思吗？”

凯特琳一言不发。

“他知道霍尔贝格是他亲生父亲吗？他知道霍尔贝格强暴过你吗？他知道奥迪尔和埃琳吗？如果知道的话，又是怎么知道的呢？”

凯特琳低着头，盯着自己的裙子看。

“你儿子现在在哪里？”埃琳博格问。

“我不知道，”凯特琳平静地说，“我已经好几天没有他的消息了。”

她抬头，看了看埃伦迪尔。

“他是在工作中偶然得知霍尔贝格的。他发现有些东西不对劲。他说没有人能藏得住过往的秘密，还说它们都在数据库里存放着。”

38

埃伦迪尔注视着凯特琳。

“他就是那样知道他亲生父亲的？”埃伦迪尔问。

“他发现自己可能不是阿尔贝特的儿子。”凯特琳低声说道。

“怎么发现的？”埃伦迪尔连续追问，“他在查找什么吗？他为什么要去数据库中查自己的信息？这只是巧合吗？”

“不，”凯特琳说，“不是巧合。”

埃琳博格觉得埃伦迪尔盘问得太久了，应该停一会儿好让凯特琳休息一下。她站起来，说要去倒杯水，并示意埃伦迪尔一起去。埃伦迪尔跟着埃琳博格进了厨房，埃琳博格说凯特琳在这期间承受得太多了，应该让她清静一下，并告诉她可以通过咨询律师问清楚她应该说些什么。他俩应该晚一点再去提问，或者等凯特琳的家人回来了，让他们陪着凯特琳回答问题。而埃伦迪尔认为，凯特琳没有被逮捕，警方也没觉得她有任何犯罪嫌疑，所以这不算是什么正式的审讯，只是找她收集信息，况且凯特琳现在配合得很好，他们应该继续谈下去。

埃琳博格摇了摇头。

“趁热打铁！”埃伦迪尔说。

“这是什么话？”埃琳博格愤愤说道。

凯特琳来到厨房门口，问他们是否愿意继续往下说。她说她已准备好不再隐瞒。

“我想做个了结。”她说道。

埃琳博格问凯特琳是否需要律师，她谢绝了。她说她一个律师都不认识，也从没咨询过律师，不太懂那套流程。

埃伦迪尔让凯特琳继续说下去，埃琳博格略带责备地看了看他。三人又一起坐了下来。凯特琳双手紧握，开始继续讲述自己悲伤的往事。

*

那天早上，阿尔贝特准备坐飞机出国，夫妻俩很早就起床了。凯特琳煮好了咖啡，两人还讨论了房子的事。他们想卖掉目前居住的这个房子，再买间小点的。虽然他俩经常讨论这件事，但一直都没有付诸行动，似乎迈出这一步就表明他俩已经老了。可他们并不觉得自己已经老了，只是迫切地想换个更小一点的房子住。阿尔贝特说等他回来，他就去联系房地产中介。说完就开着他的那辆切诺基车离开了。

凯特琳觉得时间还早，回到床上准备再睡会。两小时以后才到上班时间，但她躺在床上辗转反侧，一直睡不着。八点钟一到就下床了。她在厨房里忙着，这时，她听见艾纳回来了。他有房门的钥匙。

她很快就觉察到艾纳的情绪很差，但她不清楚是什么原因。艾纳说他一宿都没睡。他在客厅和厨房里走来走去，就是坐不下来。

“我觉得有些东西不对劲。”他说着，十分生气地看着他母亲，“我一直都这么觉得！”

她却不明白到底是什么惹得他这么生气。

“的确是有些不对劲。”他重复了一遍，这次几乎是在狂吼。

“亲爱的，你到底在说什么？”凯特琳问道，她还是没弄清他为什么发脾气，“到底什么不对劲啊？”

“我破解了密码，”他说道，“为了破解密码，我违反了一些规章制度去查明那种病是怎样在家族成员间传播的——实话跟您说，那种病就是一种遗传病。有好几个家族里有这种病，但我们家族里没有，您这一方没有，爸爸那一方也没有。这就是我觉得不对劲的地方，您明白吗？您知道我在说什么吗？”

*

埃伦迪尔口袋里的手机响了。他对凯特琳说了声抱歉，走到厨房去接电话，是西于聚尔·奥利打来的。

“凯夫拉维克的那位老太太找你。”西于聚尔·奥利连自己的名字都没来得及报出来，就开口说道。

“老太太？你是说埃琳吗？”

“是的，是埃琳。”

“你跟她谈过了吗？”

“谈了，”西于聚尔·奥利回答道，“但她说她要直接跟你讲。”

“你知道她想说什么吗？”

“她断然拒绝了，不肯告诉我。你那边现在怎么样？”

“你把我的手机号告诉给她了吗？”

“没有。”

“如果她再打来，就把我的手机号告诉她。”埃伦迪尔说完便挂了电话。凯特琳和埃琳博格还在客厅等他。

“抱歉！”埃伦迪尔对凯特琳说。凯特琳接着讲述她的往事。

*

艾纳在客厅里心神不宁地走来走去。凯特琳不清楚到底是什么让他如此沮丧，于是，她坐了下来并叫他坐在她身边，想问问他原因，但他就是不肯坐，继续在她面前来回走。凯特琳知道艾纳出现这种状况已经很长时间了，但他们母子俩不住在一起，她也帮不上什么忙。艾纳的妻子就因为忍受不了他一天到晚悲恸不已，想要开始新生活，便离开了他。

“告诉我发生了什么？”她问道。

“太多了，妈妈，实在是太多了。”

接下来，艾纳问的问题，终于打开了她封存多年的话匣子。

“我的爸爸是谁？”儿子站在她面前质问道，“我的亲生父亲到底是谁？”

她愣愣地看着他。

“妈妈，我们之间不应该有秘密。”他不耐烦地说。

“你都发现了些什么？”她问，“你在说什么，儿子？”

“我已经弄清他不是我的父亲，”艾纳说，“爸爸他不是我的亲生父亲。”他说着，突然大声狂笑起来，“你听见了吗？爸爸他并不是我的亲生父亲！如果他不是我的亲生父亲，那么，我是谁？我是从哪儿来的？我的哥哥们呢？我们突然成了同母异父的兄弟。为什么你一直都不告诉我？为什么要对我撒谎？为什么？究竟是为什么？”

凯特琳看着艾纳，眼里噙满了泪水。

“你对不起爸爸了？”他说，“你告诉我，我不会跟任何人讲的！你是不是对爸爸不忠过？除了我们俩之外，不会再有其他任何人知道这件事，所以你一定要把真相告诉我。我是从哪儿来的？我是怎么生出来的？”

他停了一会儿。

“我是被收养的吗？我是个孤儿吗？我到底算什么？我是谁啊，妈妈？”

凯特琳在沙发上大哭起来。他望着她，开始慢慢地冷静下来。想了好一会儿，他才反应过来他的话会让妈妈多么伤心。他坐下来，用双臂抱住了妈妈。两人就那样坐着，没说一句话。就这样过了一会儿，凯特琳开始讲述整件事情的经过：那时他们还住在胡萨维克。他爸爸出海的一天晚上，她和几个朋友一起出去玩时遇见了几个男的，其中一个就是霍尔贝格。后来，霍尔贝格尾随她，闯进了她家里。他听着妈妈的叙说，没有打断她。

她说了霍尔贝格是如何强暴她的，并威胁她不要讲出去。是她自己决定生下孩子的，而且没有向任何人透漏自己的不幸遭遇，包括他爸爸和他。这么多年来，一切都风平浪静，他们一家人生活得很幸福。她没有让霍尔贝格夺走她的幸福，也没有让他破坏她的家庭。

她还说，虽然他是那个强奸犯的儿子，但她依然非常爱他，就像爱另外两个儿子一样。而且，她知道阿尔贝特更是宠爱他。所以，艾纳并没有因为是霍尔贝格的儿子而受过任何委屈。从来都没有。

艾纳花了好几分钟才明白母亲所说的。

“对不起！”他终于开口说道，“我不该朝你发火。我以为你对不起爸爸，却不知道你遭受了强暴。”

“你当然不知道！”她说，“至今，我从没向任何人说过此事，你怎么能知道呢？”

“我应该猜到这种可能性，”他说，“但没敢往这方面想。对不起，这些年来，您一定饱受煎熬吧？”

“你不要想太多，儿子。”她说，“你不应该遭受那家伙带来的恶果。”

“我已经遭受了很多，妈妈。”他继续说道，“而且是无休止的，还不仅仅只有我一人。您当时为什么没有想到去堕胎呢？是谁不让你去吗？”

“上帝啊！请别这样说，儿子！永远都别这样说！”

*

凯特琳不继续说了。

“你没想过堕胎吗？”埃琳博格问道。

“没想过！当时想，这孩子也可能是阿尔贝特的。生完孩子后，我患了抑郁症。叫产后抑郁症，对吧？我被送往精神科治疗。三个月后，我恢复过来了，可以照顾孩子了。自此，我一直都很爱他。”

埃伦迪尔等了一会儿后，继续问凯特琳。

“你儿子为什么要进基因研究中心的数据库里查遗传病？”他终于问了出来。

凯特琳看他一眼。

“凯夫拉维克的那个小女孩是患什么病死的？”

“脑肿瘤！”埃伦迪尔答道，“这种病被称为神经纤维瘤。”

凯特琳眼泪汪汪，深深地叹了口气。

“你不知道？”她问。

“我知道什么？”

“我们家的小宝贝三年前死了。”凯特琳说，“原因不明。完全找不出病因。”

“你家小宝贝？”埃伦迪尔惊讶地问。

“是的，我们的小甜心，”她说，“艾纳的女儿。她死了。可怜的小乖乖。”

39

屋里陷入死一般的沉寂。

凯特琳坐着，把头埋得很低。埃琳博格看了她一眼，又将目光转向埃伦迪尔，大吃一惊；埃伦迪尔则凝视着半空，想起了女儿埃娃·林德。她现在在做什么呢？她还在他的公寓里吗？他急切地想跟女儿说说话、抱抱她，让她紧紧地依偎着他，并告诉她，她对他有多重要。

“简直不敢相信！”埃琳博格说。

“你儿子是个遗传病携带者，是吗？”埃伦迪尔说。

“他也是这样说的，”凯特琳答道，“遗传病的基因携带者。他们两个都是，他和霍尔贝格。儿子说，他遗传了强奸我的那个家伙的坏基因。”

“但他俩都没患上那种病。”埃伦迪尔说道。

“似乎只有女性才发病。”凯特琳解释说，“男性携带那种基因，但不一定出现什么症状。也可能会以其他症状出现。我也解释不清，我儿子他明白。他跟我说过，但我听不懂。他伤心欲绝，当然，我也很伤心。”

“他是在他们建的那个数据库中发现的吗？”埃伦迪尔问。

凯特琳点了点头。

“他不明白自己的女儿为什么会得这种病。他开始从我和阿尔贝特的家人中查找原因。他到处找亲戚询问，就是不肯放弃。我们以为他这样做是因为失去女儿后受到打击的缘故。他不停地寻找原因、寻找答案，可我们觉得根本没有答案可找。前段时间，他和妻子莱拉分手了，因为两人都不想在一起生活了，所以决定暂时分开一段时间。可那之后他的状况并没有什么好转。”

凯特琳说完，停了下来。

“之后，他找到了答案。”埃伦迪尔说。

“根据他从数据库中找到的信息，他确定阿尔贝特不是他的亲生父亲。这就是他为什么来找我的原因，他以为是我背叛了阿尔贝特才生下了他，不然的话，他就是被我们收养的。”凯特琳继续说。

“他也是从数据库的信息中得知霍尔贝格的吗？”埃伦迪尔问。

“不是的，我想。我告诉他霍尔贝格的事后，他才知道的。真是荒唐啊！通过遗传学和家族数据库，他确定了几组有这种疾病的家族，列出了可能是他亲生父亲的一组名单，霍尔贝格就在里面。反复排查后，他确定他的基因出现了变异，他不可能是他爸爸的亲生儿子。”

“他女儿去世时几岁？”

“七岁。”

“也是死于脑部肿瘤吗？”埃伦迪尔问道。

“是的。”

“她和奥迪尔的死因一样，也是神经纤维瘤？”

“是的，奥迪尔的妈妈一定快崩溃了吧？先是遭到了霍尔贝格的强暴，然后眼睁睁地看着自己的女儿死了。”

埃伦迪尔犹豫了一会儿，接着说：

“奥迪尔的母亲叫科尔布伦，在奥迪尔去世三年后自杀了。”

“上帝啊！”凯特琳惊叹道。

“你儿子现在在哪里？”埃伦迪尔问。

“我也不知道！”凯特琳回答道，“我非常担心他会做出什么傻事来。我儿子，他太压抑了。真让人担心啊！”

“你知道他会与霍尔贝格联系吗？”

“我不知道，但我相信他不可能杀人，这点我敢保证。”

“你觉得他和他的亲生父亲长得像吗？”埃伦迪尔看着她儿子行坚信礼时拍的照片，继续问道。

凯特琳没有回答。

“他们父子俩长得像吗？”埃伦迪尔再次问道。

“不要再问了，埃伦迪尔！”埃琳博格忍受不了这种盘问方式，厉声说道，“你不觉得自己做得太过分了吗？”

“对不起！”埃伦迪尔对凯特琳说，“我问得有点多。你已经帮了我们很大的忙，我从没见过像您这样意志如此坚强的人，这么多年来一直默默忍受着。请把我的这些话当作一个小小的安慰吧！”

“没事，”凯特琳对埃琳博格说，“孩子难免会长得像家里的谁。我从来没有在我儿子身上看到过霍尔贝格的影子。我儿子跟我说，那不是我的错，我不用为他失去女儿而感到自责。”

凯特琳停了下来。

“艾纳会怎么样呢？”她语气平稳地问道。现在，凯特琳已没有任何抵触情绪了，她说话很诚恳，不再撒谎，并且非常积极地配合问话。

“我们必须找到他。”埃伦迪尔说，“跟他谈谈，听听他的心里话。”

埃伦迪尔站了起来，戴上帽子。埃琳博格也站了起来。而凯特琳仍坐在沙发上没动。

“如果你愿意的话，我可以去跟阿尔贝特谈谈。”埃伦迪尔说，“我可以向阿尔贝特解释事情的前因后果，他应该会理解的。他昨晚待在埃夏山酒店。还有，从昨天开始，我们一直派人在你房子周围值守，看你儿子会不会突然出现。”

“谢谢！”凯特琳说，“我会给他打电话的，我知道他会回家来的。为了我儿子，我们要一起努力。”

凯特琳看着埃伦迪尔的眼睛。

“他是我和阿尔贝特的儿子。”她说，“他永远都是我们的儿子。”

40

埃伦迪尔估计艾纳不会待在家里。他们从凯特琳家出来直接去了艾纳在斯托拉盖蒂的公寓。中午时分，交通堵塞严重。路上，埃伦迪尔给西于聚尔·奥利打了个电话，告诉了他事情的最新进展。还告诉他，他们需要公众的帮忙来寻找艾纳的下落，要弄到一张艾纳的照片，配上简短的寻人启事，在报纸上刊登和电视上播放。他俩计划在斯托拉盖蒂会面。埃伦迪尔到了那儿下车后，埃琳博格开车走了。他等了一会儿，西于聚尔·奥利才来。艾纳的公寓在一栋三层楼的底层，门对着大街。他们按了门铃，又使劲敲了几下，但都没人回应。他们去找楼上的住户，结果楼上的人说，艾纳是从一个房东那里租的房子，这位房东正好回家吃午饭，愿意帮忙打开艾纳的房门。房东说，他已经几天都没有见过艾纳了，大概有一周；还说艾纳是个很安静的人，从不向他抱怨什么，房租交得也很及时，压根儿没想到居然会有警察来找他。为了避免不必要的猜疑，西于聚尔·奥利说艾纳的家人很久没见他了，想知道他在哪里，才托警察来帮忙找一下。房主问他们是否有搜查令，他们说没有，晚一点会拿来。房东把门打开后，他俩请房东回避一下，然后走进屋里。所有的窗帘都拉着，屋子里漆黑一片。屋子不大，有一个客厅、一间卧室、一个厨房和一间浴室。除了浴室和厨房铺着亚麻油地毡外，其他地方都铺着地毯。客厅里摆放着一台电视机，电视机前有个沙发。屋里非常闷热。埃伦迪尔没有去拉开窗帘，而是打开客厅里的灯，以便他们能看得更清楚些。

埃伦迪尔和西于聚尔·奥利扫了一眼四周的墙壁，又彼此交换了一下眼神。墙壁上到处都写满了字，有的是用圆珠笔写的，有的是用签字笔写的，还有的是用喷漆涂上去的。他们非常熟悉这些字，也在霍尔贝格屋里看到过。这四个字，埃伦迪尔之前不明白是什么意思，现在终于清楚了。

我就是**他**

屋里到处扔着报纸和杂志，有冰岛国内的，也有国外的；客厅、卧室的地板上堆着一摞摞科普教材，书堆里夹着几本大相册；厨房里一些外卖食品的包装纸四处乱丢。

“父子关系鉴定书，”西于聚尔·奥利说着，戴上橡胶手套，“在我们国家能靠这种东西来破案吗？”

一听这个，埃伦迪尔又想起了基因研究方面的事。基因研究中心最近已开始收集冰岛所有居民从过去到现在的医疗数据，以此建立一个覆盖全国的健康信息数据库，该数据库跟冰岛每个家族数据库相连接——每个冰岛人的宗谱可以追溯到中世纪时期——他们称之为“冰岛基因库”，其主要目的是分析遗传病是如何传播的，继而找到治疗方法，如果可能的话，还可以找到治愈其他疾病的方法。

据说，所有冰岛人都是同一种族，而且还不与其他种族通婚，所以冰岛是一个天然的基因研究实验室。

基因研究中心和为该数据库发布许可证的国家卫生部一致对外保证任何外人都无法进入该数据库，并设置了一套复杂的、无人可破的密码系统来保护这一数据库。

“你担心自己的父子关系吗？”埃伦迪尔问道，他戴上橡胶手套，小心翼翼地走进客厅，然后捡起一本相册，翻了翻，这是一本旧相册。

“别人都说我长得一点都不像我爸，也不像我妈或家里其他人。”

“我也一直有这种感觉。”埃伦迪尔说。

“你什么意思？”

“你可能是个私生子。”

“很高兴你终于找回了你的幽默感！”西于聚尔·奥利说，“你最近总感觉不太开心。”

“什么？幽默感？”埃伦迪尔问。

他翻开另一本相册，里面都是些黑白照。他认出了艾纳的母亲，那位男士应该就是阿尔贝特，三个男孩应该就是他们的儿子。有的照片是在圣诞节期间照的，有的是在暑假照的，大多都是平常在街上或厨房的桌边照的。男孩们穿着带图案的针织毛衫，埃伦迪尔记得这种毛衫应该是从六十年代末开始流行的。照片里艾纳的两个哥哥留着长头发。

还有的相册里照片呈彩色，男孩们的头发也越来越长了，穿着大翻领的套装和黑色厚跟鞋子。凯特琳烫成了卷发，阿尔贝特的头发开始花白。埃伦迪尔发现，艾纳明显跟他的两个哥哥长得不太像。他的两个哥哥长得跟父母很像，尤其像父亲，而艾纳则看起来像一只丑小鸭。

埃伦迪尔放下老相册，拿起一本近期的。照片看起来像是艾纳自己拍的，是他自己小家庭的照片。照片记录的时间段并不是很长，埃伦迪尔推测是八十年代中期拍的。有艾纳与妻子恋爱时的照片；有婚后一起度蜜月的照片，照片中两人有时骑着自行车，有时开着辆破旧的汽车，游遍了整个冰岛，去了豪斯川迪尔、索尔斯默克和海杜布雷达林蒂尔；还有两人露宿野营的照片。看着这些照片，埃伦迪尔似乎走进了艾纳的小家庭生活。

埃伦迪尔快速地翻完了这本相册，又拿起一本看上去像是最新的。照片上一个小女孩躺在医院的病床上，周围摆放着各种医用仪器，她的胳膊上扎着输液管，脸上带着氧气罩，眼睛紧闭着。小女孩像是处于加护状态。埃伦迪尔看了一会儿，继续往后翻。

突然，埃伦迪尔的手机响了，他吓了一跳，来不及合上相册就放了下来。是埃琳从凯夫拉维克打来的电话，她似乎非常焦虑。

“今天早上他到我这儿来了。”她立马说道。

“谁？”

“奥迪尔的哥哥。他叫艾纳。我联系过你，但没打通。他今天早上和我在一起，告诉了我所有的事。他太可怜了，跟科尔布伦一样失去了女儿。他知道奥迪尔的死因，说是霍尔贝格家族的遗传病。”

“他现在在哪里？”埃伦迪尔问。

“他非常沮丧，”埃琳说，“很可能会去做一些傻事。”

“你什么意思，什么傻事？”

“他说一切都结束了。”

“什么结束了？”

“他没有具体解释，只说一切都结束了。”

“你知道他现在在哪里吗？”

“他说他要回雷克雅未克。”

“雷克雅未克？具体是哪儿？”

“他没说。”埃琳答道。

“他有没有暗示过接下来会做什么？”

“没有，”埃琳说，“什么也没有。在这之前，你们一定要找到他啊。他感觉很痛苦，太可怜了！这实在是糟糕极了！上帝啊！我从没想到会有这样的事。”

“什么事？”

“他与霍尔贝格，也就是他的亲生父亲，长得太像了，完全是一个模子里刻出来的，这简直让他活不下去。他听说了霍尔贝格对他妈妈所做的事后，觉得自己被囚禁在那副丑陋的皮囊里。他无法忍受自己的身体里流淌着那禽兽的血。”

“他在说些什么啊？”

“他似乎非常怨恨自己，”埃琳继续说，“说他再也不是以前的自己了，而是变成了另外一个人。他对发生的一切感到自责。不管我怎么劝，他都不听。”

埃伦迪尔低下头，看着照片里躺在病床上的小女孩。

“他为什么要见你？”

“他想了解所有关于奥迪尔的事，她是个什么样的女孩，怎么死的。他还说，我是他家的新成员。你听说过这种话吗？”

“他可能会去哪儿呢？”埃伦迪尔说着，看了眼自己的手表。

“看在上帝的份上，你一定要尽快找到他，不然就来不及了。”

“我们会尽力的！”埃伦迪尔正要挂掉，但觉得埃琳的话还没说完，“怎么了？您还有别的事吗？”他追问。

“你们把奥迪尔的尸体挖出来时，他都看见了。”埃琳说，“他摸清了我住的地方，然后偷偷跟着我们去了墓地，看见你们把棺材从坟墓里挖了出来。”

41

埃伦迪尔开始加速查找艾纳。他的照片被发送给雷克雅未克及周边地区主要城镇的警察局，并在媒体上发布了公告。他下令称如果有人发现艾纳，务必立即与他联系，不可轻举妄动，以免打草惊蛇。随后，他与凯特琳进行了简短的通话，但她说她仍不清楚小儿子的下落，而且她已经把事情的真相告诉给了她的两个大儿子。他俩就坐在她身边，但都不知道艾纳在哪里。阿尔贝特整天待在埃夏山酒店的房间里，期间只给他的公司打了两个电话。

“真他妈可恶！”埃伦迪尔在回办公室的路上喃喃自语。他们在艾纳的住所里没有找到任何有关他下落的线索。

一天过去了，他们决定分头行动。埃琳博格和西于聚尔·奥利去找艾纳的前妻调查，埃伦迪尔则去基因研究中心。基因研究中心的大楼坐落于雷克雅未克郊外的西国大街，共有五层，入口处安保非常严格。埃伦迪尔在华丽的大厅门口受到了两名警卫员的接待。他提前告知该中心他将来这儿，中心主任勉强答应与他谈几分钟。

这位主任是研究中心的老板之一，名叫凯瑞蒂斯，五十岁左右，身材不高，体型偏瘦，头发乌黑，面带微笑。她在英国和美国受过很好的教育，是冰岛的分子遗传学家。在她的极力主张之下，冰岛成立了基因研究基地，为生产相关药品提供服务。建立起来的数据库可以集中处理冰岛所有的医疗记录和健康信息，以帮助鉴定各种遗传疾病。

凯瑞蒂斯在她的办公室等候着埃伦迪尔。她比在电视上看到的还要矮一些，但更为亲切。她不明白刑事调查局要从他们这里获取什么信息。她请埃伦迪尔坐下。埃伦迪尔一边看着墙上的冰岛现代艺术作品，一边直截了当地对她说，他有证据怀疑有人侵入了该中心的数据库，并从中窃取了可能具有危害性的信息。埃伦迪尔都不知道自己刚才说了些什么，但凯瑞蒂斯似乎完全明白他的意思。她没有拐弯抹角，这让埃伦迪尔如释重负，也出乎他的预料，他本打算应对她的抵触和缄默。

“由于数据的私密性，这一问题非常敏感。”埃伦迪尔一讲完，凯瑞蒂斯接着就说，“因此，我想请你保证，这件事情绝不能让第三者知道。我们已经察觉到有人非法侵入数据库了。针对此事，我们进行过内部调查，尤其怀疑一位生物学专家，可他似乎从地球上消失了，所以，我们还无法证实。”

“是艾纳吗？”

“是的，就是他。坦白讲，我们的数据库现在正处于研发阶段，坚决不允许加密被破解这事走漏出去，免得大家以为谁都可以轻而易举地侵入数据库。这些你应该明白，尽管事实上这并不是加密的问题。”

“你们为什么不通知警察来处理这件事？”

“正如我刚说的，加密被破解对我们来说是一件很难堪的事，我们希望可以内部解决。你也知道，公众对这种涉及隐私的事极其敏感，都相信数据库中的信息是不可能会被四处传播、非法使用或者被盗取的。我们对此事保密也是为了避免大规模歇斯底里的发生。”

“大规模歇斯底里？”

“像是全国人民都痛骂我们。”

“为什么这不是加密的问题？”

“你还真把这当成间谍事件啦！其实，艾纳并没有破解密码，他是用其他方法得逞了。”

“他做了什么？”

“艾纳自己虚报了一个研究项目，该项目并没有得到正式批准，可他欺骗大家说，本中心正在研究冰岛几个家族中遗传的一种致瘤基因。他伪造了签名，包括我的签名，瞒过了数据保密委员会——监管数据库的机构，甚至连科学道德委员会也上了他的当。他骗过了我们所有人。”

她停下来看了看手表，起身走到办公桌前，打电话通知她的秘书，会议推迟十分钟，然后又在埃伦迪尔身边坐下。

“到目前为止，我们的项目审批程序就是这样的机动。”她说。

“机动？”埃伦迪尔问道。

凯瑞蒂斯若有所思地看了眼埃伦迪尔。这时，埃伦迪尔口袋里的手机响了，他说了声抱歉，接起电话，是西于聚尔·奥利打来的。

“取证小组彻底搜查了一遍艾纳的住所。”他说道，“我刚给他们打过电话，他们说除了一份大约两年前的枪支执照外，也没什么重大发现。”

“枪支执照吗？”埃伦迪尔重复了一遍。

“我们的登记册上是这样写的，这应该不是全部。他还持有一把猎枪，我们在他的床下发现了一个锯断的枪筒。”

“枪筒？”

“他把枪筒锯短了，一般都会这样做，锯短后射击起来比较容易。”

“你觉得他有危险性吗？”

“等发现了他，”西于聚尔·奥利说，“我们必须小心点。他随身带着枪，谁知道他会做什么呀！”

“他拿着枪也不一定就是想杀人！”为避免泄露信息，埃伦迪尔站起来，转过身子，背对着凯瑞蒂斯。

“为什么？”

“你看，对霍尔贝格，”埃伦迪尔压低了嗓音，“他要是想用枪杀他的话，不早就开枪了？是吧？”

“我还真没想到。”

“就讲到这儿吧！”埃伦迪尔说完便挂了电话，再次对凯瑞蒂斯说了声抱歉，坐下来。

“到目前为止，我们的项目审批程序就是那样的。”凯瑞蒂斯接着前面没说完的话题，“先向几个委员会提出申请，艾纳就申请到了研究某种特殊疾病的遗传问题这一研究项目；之后可以获取一份加密名单，上面列着患这种疾病的人名或携带这种疾病基因的人名；再把它与加密了的家族数据库进行对比分析，就得到了一份加密家系图。”

“就像一棵婚礼祝福树。”埃伦迪尔说道。

“什么？”

“没什么，请继续！”

“数据保密委员会解码这份名单，这样就知道了我们的研究对象，我们称之为‘样本组’，包括患者及其亲属，附带有每个人的身份证号码。你明白我说的了吗？”

“艾纳就是这样得到有关人员的名字及身份证号码？”

凯瑞蒂斯点点头。

“这些都要经过数据保密委员会？”

“我不知道你想要了解到什么程度。我们一直都在与医生和各种机构合作，他们将患者的名字报给数据保密委员会，数据保密委员会将患者名字和身份证号码进行加密处理，之后送来我们研究中心。我们有一套专门的家系追踪程序，它会根据患者间的相互关系把他们分为不同的组群，帮我们挑选出数据最完整、最适合作为研究对象的患者。之后我们会邀请组群里的每位患者参与此项研究。系谱学非常重要，可以从中分析出这种疾病会不会是遗传病，并挑选最好的样本，而且还是寻找致病基因的重要工具。”

“那么，艾纳只要伪造一个样本，就可以在数据保密委员会的帮助下，得出他想要的人员名单。”

“他撒谎并欺骗了所有人，得到了名单。”

“我能理解，这对你们来说是件丢脸的事。”

“艾纳是我们的高层管理人员，也是我们这里实力最强的科研人员之一。人很好，可他为什么做出这种事来？”中心主任问道。

“他失去了女儿，”埃伦迪尔说，“难道你没听说过吗？”

“不知道呀！”她吃惊地盯着他说。

“他在这儿工作多久了？”

“两年了。”

“应该是在这之前吧！”

“他是怎样失去女儿的？”

“他女儿得了一种遗传性疾病，而他是该疾病的基因携带者，但不知道他的家族里谁携带有此疾病基因。”

“血统关系问题？”

埃伦迪尔没有回答她，他觉得自己说得够多了。

“这就是家族数据库研究的难题之一。疾病随意从家族系谱中跳出，又在一个你怎么也想不到的地方表现出来。”

埃伦迪尔站了起来，说：“你们保管着所有这些秘密，年代久远的家族间秘密。悲剧、悲伤和死亡都在你们的电脑里精心保存着，还进行了分类。里面有家族故事、个人故事，也有你我的故事。你们保守着这些秘密，需要时随便调出来用。整个国家就是一座‘大瓮城’。”

“我不知道你在说什么。”凯瑞蒂斯一脸茫然地问道，“什么‘大瓮城’？”

“你当然不会明白！”埃伦迪尔说罢，起身离开了。

42

当晚埃伦迪尔回到家时，还没得到有关艾纳的消息。他的家人已聚合到了他父母家。阿尔贝特与凯特琳经过一番通话后，当天下午就从酒店退房回了家。两个大儿子、他们的妻子以及艾纳的前妻先后都赶来了。埃琳博格和西于聚尔·奥利当天早些时候跟艾纳的前妻谈过，但她也不清楚艾纳会在哪里。艾纳已经有半年没联系过她了。

埃伦迪尔前脚到家，埃娃·林德后脚就跟了进来。他把案子的进展情况详细地讲给了埃娃：在霍尔贝格家里提取的指纹与艾纳留在他家中的指纹完全吻合。

显然是艾纳去找他的亲生父亲，然后把他杀了。埃伦迪尔把格雷塔的事情也告诉了埃娃，他失踪并死亡的唯一原因可能是他总拿照片去敲诈霍尔贝格，最后招致横祸。尽管没有十足把握，但有证据表明，格雷塔拍到了霍尔贝格干坏事的一些照片，比如，可能永远不为人所知的强奸事件。奥迪尔墓碑的照片也说明格雷塔掌握了霍尔贝格的所作所为，甚至进行了一些取证。他搜集了有关霍尔贝格的某些信息，以此来勒索他。

父女俩一直谈到深夜。外面秋风不停地呼啸，暴雨使劲地敲打着窗户。埃娃·林德问他为什么一直有意无意地揉着胸口，埃伦迪尔说他觉得胸口痛，还抱怨说是旧床垫引起的。埃娃·林德建议他马上去看医生，他却把她的建议不当回事。

“你什么意思？你不准备去看医生吗？”埃娃·林德责问道。埃伦迪尔后悔承认胸口疼痛的事。

“没事的。”他说。

“今天抽了多少支烟？”

“这有什么好问的。”

“等等！你胸口一直疼痛；抽起烟来还像个烟囱似的；去哪儿都是开车，也不锻炼；整天竟吃些油炸垃圾食品。还不肯看医生。你还好意思骂我生活方式混乱，把我吼得像个小孩一样大哭。你觉得你这种生活方式好吗？你是不是有点不可理喻啊？”

埃娃·林德站起身，低着头像雷公一样怒瞪着父亲。埃伦迪尔畏缩地不敢抬头看女儿一眼，只能盯着地板。

“好，好，我去看医生。”埃伦迪尔终于开口说道。

“去看病！你跟我发誓，一定去看病！”埃娃·林德高声吼道，“你早该这么做了，胆小鬼！”

“明天早上一起来就去看病，好吧？”埃伦迪尔抬起头看着女儿说。

“这还差不多。”她答道。

*

埃伦迪尔正准备要睡觉时，电话响了。是西于聚尔·奥利打来的。他说，接到报案，有人闯进了巴隆斯提格的停尸房。

“巴隆斯提格的停尸房。”没听到埃伦迪尔的回应，西于聚尔·奥利又重复了一遍。

“哦，上帝！”埃伦迪尔惊叹了一声，“然后呢？”

“还不知道，”西戈多奥利说，“我刚收到消息。他们给我打电话，我说我马上联系你。他们也不知道那人有什么动机。那里除了一些死人的尸体，还能有什么？”

“我们停尸房见，”埃伦迪尔说，“通知病理学家也去那儿，”他又补充了一句，就把电话挂了。

埃伦迪尔穿上外套，戴上帽子，转身看了看表，此时已经过了午夜。埃娃·林德在客厅里睡着了。为了避免吵醒女儿，他轻轻地把门关上，然后急急忙忙冲下楼梯，直奔他的车。

等埃伦迪尔赶到停尸房时，三辆闪着警灯的警车停在外面，西于聚尔·奥利的车子也在那儿。埃伦迪尔准备进入大楼时，看见病理学家的车出现在大楼的拐角处，轮胎与湿漉漉的柏油路面产生摩擦，发出刺耳的声音。大楼的走廊狭长，两旁站着一个个警察。埃伦迪尔快步前行，遇到西于聚尔·奥利从手术室出来。

“似乎什么也没丢。”他看到埃伦迪尔在走廊里急匆匆地走来，立即向他汇报。

“到底发生了什么？”埃伦迪尔边说边同西于聚尔·奥利一起走进手术室。里面空荡荡的，所有的柜子都关着，没有闯入的痕迹。

“地板上到处都是脚印，但现在大多都干了。”西于聚尔·奥利说道，“大楼的警报系统连接着安保公司总部，就是他们十五分钟前给我们打来的电话。盗贼估计是击碎了一扇后窗上的玻璃，伸手进来打开了锁；他一进入大楼，警报就响了，他没有充足的时间来干点什么。所以这个案子并不复杂。”

“时间充分。”埃伦迪尔说。这时，病理学家也来了，但他似乎显得焦躁不安。

“到底是谁闯进了停尸房？”他质问道。

“霍尔贝格和奥迪尔的尸体呢？”埃伦迪尔急着问。

病理学家看了看埃伦迪尔。

“这跟霍尔贝格谋杀案有关？”他问道。

“可能吧！”埃伦迪尔回应道，“快说呀，快告诉我！”

“他们的尸体停放在隔壁的房间里。”病理学家说着，把他俩引向另一间房，房门没上锁。

“这房间总是不上锁吗？”西于聚尔·奥利问。

“谁会偷尸体啊？！”病理学家说着，把头伸进去，却突然不说了。

“怎么了？”埃伦迪尔问。

“小女孩的尸体不见了。”病理学家说，似乎不相信自己的眼睛。他匆匆穿过储藏室，打开了里面的另一扇门，同时打开了灯。

“怎么了？”埃伦迪尔再次发问。

“她的棺材也没了。”病理学家说着，回头看了看西于聚尔·奥利和埃伦迪尔，“我们为她做了一副新棺材。这是谁干的？谁这么缺德？”

“肯定是艾纳。”埃伦迪尔说，“但他不缺德。”

埃伦迪尔转身走了。西于聚尔·奥利紧跟其后，一起离开。

43

晚上，前往凯夫拉维克的路上车辆并不多，埃伦迪尔以最快的速度开着他这辆跑了十年的日本车。大雨倾盆而下，雨刷怎么也扫不完挡风玻璃上的雨水。埃伦迪尔想起不久前去找埃琳时，也是下着大雨。这雨仍没有要停下来的迹象。

他已经吩咐西于聚尔·奥利通知凯夫拉维克的警察随时待命；雷克雅未克警方作为后备力量，保证随时听从调动；他还要西于聚尔·奥利联系艾纳的母亲，告诉她情况的变化。他准备直接开车去墓地，希望在那里能看到奥迪尔的尸体。埃伦迪尔估计，艾纳是想把妹妹的尸体放回墓穴。

埃伦迪尔来到华尔斯内斯墓地门口时，看见了艾纳的车，其司机座位一侧以及后座的门敞开着。埃伦迪尔关掉引擎，下车，在雨中看了看艾纳的车。他屏住呼吸，想听听有什么动静没有，却只听到了雨点啪嗒啪嗒落地的声音。风停了，埃伦迪尔抬起头，只见天空一片漆黑。远处，教堂入口上方亮着灯；墓地里，奥迪尔坟头旁闪着微光，他看见有人影在墓旁移动。

还有一副很小的白色棺材。

埃伦迪尔猫着腰，小心翼翼地靠近那个人。他估计那个人就是艾纳。亮光是从一个大功率的提灯里发出来的，提灯就放在棺材旁边的地上，估计是那个人带来的。埃伦迪尔慢慢靠近亮光，那个人停下了手中的活，抬起头，盯着埃伦迪尔。埃伦迪尔见过霍尔贝格年轻时的照片，毫无疑问，他俩长得一模一样：前额又低又圆，眉毛浓密，两只眼睛离得很近，颧骨突出，鼻子和嘴唇很窄，牙齿微凸，下巴很长，脸型瘦削，脖子很长。他们俩盯着彼此的眼睛，互相对视了一会儿。

“你是谁？”艾纳问。

“我叫埃伦迪尔，负责调查霍尔贝格谋杀案。”

“你很惊讶吧？我跟他长得这么像。”艾纳问道。

“确实很像。”埃伦迪尔说。

“你知道，他强奸了我妈妈。”艾纳说。

“这不是你的错。”埃伦迪尔说。

“他是我的亲生父亲。”

“这也不是你的错。”

“你们不应该把她挖出来。”艾纳说着，用手指了指身旁的棺材。

“我也是没办法。”埃伦迪尔答道，“只有这样才能查清她的死因和你女儿的一样。”

“我打算让她入土为安，这本该是她安息的地方。”艾纳说。

“那好吧！”埃伦迪尔说着，一小步一小步地靠近棺材，“你肯定也想把这个放入棺材。”埃伦迪尔递过一个黑色的皮箱。他从那位器官收藏者那里拿回后就一直放在他的车里。”

“那是什么？”艾纳问。

“就是那种病的……”埃伦迪尔说。

“我不明白……”

“是奥迪尔的大脑，我们理应归还给她。”

艾纳看了眼那个皮箱，又将目光转向埃伦迪尔，纠结了一会儿，不知怎么办才好。埃伦迪尔又往前挪了一步，站在棺材旁。他和艾纳就只隔着那副棺材。他轻轻地放下皮箱，镇定地退回到原先站着的地方。

“我死了就火葬。”艾纳忽然冒出了一句。

“你这一辈子还长着呢，可以慢慢想。”埃伦迪尔告诉他。

“嗯，是啊，一辈子”艾纳说着，提高了嗓门，“是怎样的？一辈子只有七年，又是怎样的？你能告诉我吗？那是怎样的一辈子啊？”

“我回答不了。”埃伦迪尔说，“你身上带枪了吧？”

“我跟埃琳谈过了。”艾纳说道，没有回答埃伦迪尔的问题，“你大概已经知道了。我们谈起奥迪尔，她是我妹妹。我以前听说过她，后来才知道她是我的亲妹妹。我能理解，为什么你们来挖坟时，埃琳要拼命打你。”

“你怎么知道奥迪尔的呢？”

“通过数据库，我找到了所有死于这种疾病的人。当时，我并不知道奥迪尔就是我妹妹，也不知道自己的亲生父亲就是霍尔贝格，后来，我发现了些蛛丝马迹。问过我妈妈后得以证实。”

他一边解释一边盯着埃伦迪尔。

“后来，我发现自己也是那种基因的携带者。”

"那你怎么把霍尔贝格和奥迪尔联系起来的呢?"

"通过分析这种疾病得出。这种疾病的某一分支。这种脑肿瘤十分罕见。"

艾纳沉默片刻后，开始有条不紊、不带任何感伤地叙述整件事情的来龙去脉。他似乎早已做好了准备，随时告知这一切。他说话时语调低沉，声音不大，有时小到几乎听不太清。夜越来越深，越来越静，雨水落在棺材上，空荡荡的回音特别清晰。他的孩子四岁那年突然生病了，几个月过去了，医生也没确诊出来，后来才发现是一种罕见的神经系统疾病。而且，这种疾病由基因遗传，仅限于个别家庭。但奇怪的是，他现在的父亲和他母亲的家族里都没出现过这种疾病。除非是基因变异，不然，这不合常理。

医生们说，这种脑部疾病几年内就能夺去一个孩子的生命。接下来发生的事，艾纳说他没办法讲给埃伦迪尔听。

"你有孩子吗?"他问。

"有两个，"埃伦迪尔回答道，"一个男孩和一个女孩。"

"我们只有她一个。"他说，"她死了，我们的婚姻也走到了尽头。不知怎的，如今回想起我们一起走过的岁月，除了悲伤，能记起的就是在医院里拼命挣扎的那段时光。女儿走了，我们的生活也随之结束了，什么也没留下。"

艾纳闭上了眼睛，一言不发，仿佛睡着了似的，任凭雨点打在脸上。

"我是研究中心的第一批员工。"过了一会儿，艾纳接着说，"当时提出建立数据库时，我感觉自己又活过来了，因为无法接受医生给女儿诊断的病因，我决定自己寻找答案，尽可能地弄清楚女儿是如何遗传此种疾病的。因为健康信息数据库与家族数据库是连接在一起的，所以可以将二者结合着分析。只要你清楚自己想查什么，并解开加密，就可以依家系图追溯，找到携带这种基因的家人。也能发现变异情况，像我和奥迪尔这样。

“我跟基因研究中心的凯瑞蒂斯谈过。”埃伦迪尔一边说，一边想着怎么能更接近艾纳，“她跟我说了你是怎样骗过大家做成这件事的。大家一般不清楚怎样收集到信息、收集什么样的信息以及收集这些信息有什么用，所以没想到你会做那种事。”

“当女儿的主治医生诊断她的病是遗传病时，我就开始怀疑我是被收养的，要真是那样倒还好了；后来，我开始怀疑我妈妈，骗到了她的血液样本；对爸爸，我也如法炮制。不过，我在他们身上一无所获。最后，我在自己身上找到了这种基因。”

“你身上没有出现这种疾病的症状吗？”

“有，但很少。”艾纳说，“我的一只耳朵几乎听不到声音，原因就是我的听觉神经上长了一个肿瘤，不过是良性的，而且我的皮肤上也出现了一些斑点。”

“咖啡斑？”

“你的功课倒做得挺足。我的病可能是基因突变，可我仍觉得会有更令人信服的解释，于是，我进入数据库，拿到了一份该基因携带者名单，而且他们可能和我妈妈发生过关系，霍尔贝格就是其中之一。在我的追问下，妈妈告诉了我她守口如瓶多年的那起强奸事件。在那之前，我从没因出身遭受任何痛苦，相反，我是家中最小的孩子，”他解释道，“是一个宠儿。”

“我知道。”埃伦迪尔接过话茬。

“我知道后多伤心啊！”艾纳大声叫喊起来，他的声音在静悄悄的夜里格外清晰，“我不是我爸爸的亲生儿子；我的亲生父亲强奸了我的母亲；我是一个强奸犯的儿子！他遗传给我的基因是那么肮脏，还夺去了我女儿的命！我那同父异母的妹妹也遭此厄运！要我如何承受这一切？眼睁睁地看着，却回天乏术。妈妈告诉我强奸事件的始末时，我的怒气突然爆发，几乎失控。他成了我不共戴天的仇人。”

“之后，你开始给他打电话。”

“我想听听他的声音。哪怕是个杂种，也想见见自己的亲生父亲，不是吗？”艾纳说着，嘴角边露出一丝苦笑，“哪怕只有一次！”

44

雨细细簌簌地下着，一点点汇成小溪，沿着墓地边小路流去。提灯发出黄色的灯光，照着埃伦迪尔和艾纳。他们隔着棺材站着，四目相对，一动也不动。最后，雨停了。

埃伦迪尔开口说道：“霍尔贝格看到你，肯定吓了一大跳。”他知道，警方已经出发，正朝这儿赶来，因此他要充分利用出现混乱前的这每分每秒，从艾纳口中了解尽可能多的信息。他也知道，艾纳身上肯定带着枪，但他无法断定那枪藏在哪儿。艾纳的一只手放在外套的口袋里。

“你应该见见当时他的那副嘴脸。”艾纳说，“就像见了鬼似的，而他自己就是那个鬼。”

*

门铃响了，霍尔贝格去开门。他看着来访者，尽管从未见过，可他还是立马认出了这张脸。

“老爸，你可好呀？”艾纳调侃地问候了一声，但掩饰不住内心的愤怒。

“你是谁？”霍尔贝格惊呆了，瞪大眼睛问道。

“我是你的儿子呀！”艾纳回答。

“这，这，这是怎么一回事？就是你不停地给我打电话？我压根儿不认得你，别来骚扰我。你大脑有点不正常吧？”

父子俩的身高和外貌都十分相似。令艾纳吃惊的是，霍尔贝格看上去是那么的年老体衰，刚一开口，就能听见他肺部传来的喘息声，很显然，他一定是个有着几十年烟龄的老烟鬼。他的头发几近灰白，脏兮兮地黏在一起；黑圈圈严重，目光呆滞；佝偻着身子，脸拉得老长，皮肤皱褶；双手瘦骨嶙峋，指尖泛黄。

霍尔贝格正要把门关上，但艾纳用力一推，挤了进来。一股恶心的臭味扑鼻而来，像是马厩里的味儿，但更难闻。

“你在这儿养了什么？”艾纳问。

“请你马上离开！”霍尔贝格慢慢退回客厅，冲着艾纳大声吼道。

“我有资格来这里。”艾纳说着，看了一眼放在角落里的书架和电脑。“我可是你的儿子呀，是你放荡出来的儿子啊！能告我一件事吗，老爸？除了我妈，你还强奸过其他女人吗？”

“我要叫警察了！”霍尔贝格说道，喘息声越来越大。

“这事早就该有人管管了。”艾纳说。

霍尔贝格犹豫了半晌。

“你想知道什么？”他说。

“你对发生的事情一无所知，觉得与你无关，完全不管不问。我说的没错吧？”

“那张脸……”霍尔贝格刚开口，却没说完。他两眼无神地盯着艾纳，艾纳注意到他对自己所说的话疑惑不解，好一会儿才反应过来：艾纳就是他的儿子。

“我这一辈子没强奸过任何人。”霍尔贝格说道，“全他妈血口喷人。他们说我在凯夫拉维克有个女儿，她妈妈控告我强奸了她，却找不到任何证据。没有证据，我当然不会被定罪。”

“那你是否知道，你女儿后来怎么样了？”

“那个小女孩很小就死了，不过我和她、她妈妈都没有任何往来。你肯定知道，是她污蔑的我，说我强奸了她，真该死！”

“你也许清楚，你的整个家族中小孩的死亡率。”艾纳问。

“你在胡说什么？”

“你的家族中有没有小孩过世的先例？”

“你说什么？”

“我调查了近几十年出现的几起病例，其中一起就是你妹妹的。”

霍尔贝格盯着艾纳。

“你知道我们家族什么事？你是怎么……”

“你的一个哥哥比你大二十岁，十五年前去世了。他的小女儿一九四一年死的，那年你十一岁。你们家只有你和你哥哥两个男孩活了下来，但你俩年龄相差较大。”

霍尔贝格听着，一言不发。艾纳接着往下说：

“这种病本应伴着你进入坟墓的，你应该是这种遗传病的最后一个携带者。你没有结婚，没有家庭，没有子女，可你却是个强奸犯，一个无可救药的、罪该万死的强奸犯。”

艾纳停了下来，满眼恨意地望着霍尔贝格。

“现在，我成最后一个携带者了。”

“你在说什么？”

“你把这种疾病遗传给了奥迪尔，而我把它遗传给了我的女儿。就这么简单。我调查过有关数据，奥迪尔和我女儿去世后，再没有这种遗传病的新例子出现，我们两人成了这种基因的最后携带者。”

艾纳说着，向霍尔贝格靠近了一步，拿起桌上那只重重的烟灰缸，在手中转弄着。

“现在，一切都结束了。”

*

“我去那儿可不是为了专门杀他，但他肯定觉得自己处在巨大的危险中。我不知道自己为什么会拿起那个烟灰缸。也许我本来就打算扔向他。也许我只是想威胁一下他，可我还没动手，他就先向我发起攻击，掐住了我的脖子，我拿起烟灰缸，想都没想就往他脑袋上来了一下，他就跌倒在了地板上。我是气急之下才出的手，之前还想我们的见面会以何种方式收场，但没想到会是那样。而且，他跌倒时，头撞到了桌角，然后倒在地板上血流不止。我弯下腰，看了看他，发现他死了。我环顾四周，看到一支铅笔和一张纸，于是写下了‘我就是他’。这是我进门刚看见他时想到的一句话：‘我就是他’，我就是那个人；而那个人，就是我的亲生父亲。”

艾纳低下头，看着挖开的墓穴。

“里面有积水。”他说。

“我们会处理的。”埃伦迪尔回应道，“你要是带了枪，就给我吧。”埃伦迪尔说着，朝艾纳这边移了几小步，但艾纳没注意到。

“即使是孩子，也有哲学家的思维。有一次，女儿住院时问我，‘爸爸，我们为什么会长眼睛呀？’我说，我们有了眼睛才能看见东西啊！”

艾纳停了下来。“女儿纠正了我的说法。”他接着往下说，好像是在自言自语，目光却转向了埃伦迪尔，“她说，因为有了眼睛，我们才能流眼泪呀！”

他当时就同意了女儿的说法。

“如果你不是你，那么你会是谁？”他问。

“想开点儿！”埃伦迪尔说道。

“那你想成为谁呢？”

“一切都会好起来的！”

“我也没想到事情会是这样，可事到如今，说什么都晚了。”

埃伦迪尔不明白他是什么意思。

“一切都将结束！”

埃伦迪尔看着他站在灯光下。

“一切都将在这里做个了结。”艾纳又说了一遍。

就在这时，艾纳从口套里掏出了枪，埃伦迪尔准备冲上去，但艾纳拿枪对着他，他只好停下来。就在这一瞬间，艾纳调转枪头，拿枪口对着自己的心脏。只听砰的一声枪响，埃伦迪尔一个箭步扑了上去，两人都倒在了地。埃伦迪尔觉得自己的耳朵要被震聋了。

45

有时，他觉得他的灵魂似乎抛弃了他，让他徒有一身空壳，连望向无边无际的漆黑夜空的双眼也空空洞洞。

埃伦迪尔站在墓穴边，看着躺在地上的艾纳。他举起提灯，照了照艾纳的躯体，确认他已经死去。他又放下提灯，打开棺材，把那玻璃瓶放进去，然后小心翼翼地合上盖子。接着，他一个人使出浑身力气将棺材一点点移入了墓穴。还在泥土堆里找到了一把铲子，对着棺材在胸前划了个十字后，他开始将土铲进墓穴。每铲起一抔土撒向那洁白的棺盖，听着泥土落到棺材上的嘭嘭声，他的心中便感到一阵剧痛。

埃伦迪尔捡起散在坟墓旁的白色木桩，一根根插回原处，接着，又用尽最后一点力气，将倒地的墓碑竖了起来。就在他快要干完时，汽车驶向墓地的声音传来，西于聚尔·奥利和埃琳博格轮流大声呼喊他的名字。黑夜中，他看到越来越多的手电筒光正朝他这边走来；人影在汽车前灯的照射下变得很长很长。

凯特琳出现了，没一会儿，埃琳也出现了。凯特琳疑惑地看了眼埃伦迪尔，但马上明白发生了什么。她扑倒在艾纳的身上痛哭起来。埃伦迪尔并未制止，只是静静地看着埃琳跪倒在她身边。

埃伦迪尔听到西于聚尔·奥利问他有没有受伤，又看见埃琳博格捡起掉在一旁的猎枪。他看到其他警察也正朝这里走来，远处，相机的闪光灯看上去就像雷电一样，忽闪忽闪的。

埃伦迪尔抬起头，注意到天空又开始下雨了，不过现在的雨没刚才那么大。

*

艾纳被安葬在格拉法沃于尔公墓，紧挨着他女儿的坟墓。参加葬礼的人很少，只有他的亲人。埃伦迪尔打电话给凯特琳，告诉了她艾纳和霍尔贝格会面的经过，并解释说艾纳仅仅是自我防卫过当，不是故意杀人，但凯特琳却觉得埃伦迪尔这么说只不过是想让她心里好受一些罢了。

阴雨仍连绵不断，但秋风渐渐减弱。秋去冬来，冰岛即将进入寒夜漫漫的季节。埃伦迪尔就喜欢这样的日子。

在女儿的坚持下，埃伦迪尔终于去看了医生。医生说，他的床垫没选好，再加上平时缺乏锻炼，导致肋软骨挫伤，从而出现胸部疼痛。

*

一天，看着餐桌上热腾腾的炖肉，埃伦迪尔问女儿埃娃·林德，要是她生个女孩，能否让他给她取个名字。她说她早就期待父亲能给她一些建议。

“你想给她取个什么名字呢？”她问道。

埃伦迪尔看着女儿。

“就叫奥迪尔吧！”他说，“我觉得叫奥迪尔挺好的！”